小説

愚禿《ぐとく》親鸞

飛鳥涼子
Ryoko Asuka

風詠社

はじめに

今、日本は千二百万人以上が浄土真宗の教えに帰依しています。この数字は人口の約十分の一になります。明治時代、すでに人口の三分の一が浄土真宗の信者でありましたが、この教えの開祖を知る者はほとんどいませんでした。親鸞の名前は鎌倉時代の文書に載っていなかったのです。一九一一年、大正時代、西本願寺の倉庫の古文書の中に、親鸞の妻の手紙、恵信尼文書が見つかりました。この手紙の束の内容が、親鸞の曾孫であり本願寺の三代目の門主、覚如が作った『伝《でん》絵《ね》』の内容と一致していることがわかりました。しかしながら、親鸞の主要な伝記は『伝絵』が中心であったことに注目する必要があります。本願寺の僧の主張によると、恵信尼の息子であり本願寺の初代留守職、覚如は最初の妻である玉日姫や普通なら相続権を持つはずのその息子、範意について『伝絵』は何も書いていないということを根拠にして、玉日は実在しないとみなしました。この覚如の沈黙で今日もなお、日本や西欧の仏教の専門家たちが玉日の実在を強く疑問視したのでした。

覚如の長男、存覚（一二九〇年～一三七三年）は親鸞の伝記『親鸞聖人正明伝』を書きました。これは親鸞自身が建立して、その弟子、真仏に譲った高田専修寺にいた親鸞面授の弟子たちの言葉を存覚が集めて書いたものです。江戸時代、専修寺は親鸞の資料を多く保存していました。たとえば、一部、親鸞自身によって書かれた『親鸞夢記』など。残念なことに、今日、これらの資料の多くは消失しました。

私は『親鸞聖人御一代図会』（著者不明）に多くの着想を得て、この本を執筆しました。これは江戸時代後記に書かれた一代記で、親鸞の資料の消失前、高田専修寺の僧によって資料に基づいて書かれたものであると考えられます。この本は、親鸞の生涯で次々起る事件の場所や日時、城主や弟子の名前など正確に詳述しています。親鸞と玉日の結婚は特に『親鸞聖人御因縁』や『正明伝』やこの『親鸞聖人御一代図会』に書かれています。これらの資料が玉日は親鸞の最初の妻であったという事実を証明しています。

興正寺という名で親鸞によって一二一二年、京都に建立された寺に『伝絵』より古い時代に書かれた伝記『親鸞聖人御因縁』が保存されていました。その本には、玉日が親鸞の最初の妻であると記されています。親鸞は流刑後、その寺（草庵）を創建して、その後、友人であり弟子である源海に譲りました。そこで親鸞は源海に玉日との結婚を語っていたと思われます。この興正寺（現在の佛興寺）は一三二〇年、僧、了源によって、京都、山科に移築されました。

二〇一二年、京都市埋蔵文化研究所は、伏見にある西岸寺で玉日の墓の発掘調査を行いました。この墓は江戸時代の後半に大修復されたことがわかりました。この墓の中に砕けた骨壷があるのが見つかりました。その中に焼けた骨と金片でおおわれた物が入っていました。そこで、大阪の研究機関がこの埋葬物の中にあった頭蓋骨の破片をＤＮＡ鑑定しました。あいにく、骨は黒こげになっていたので、性別や年齢は特定できませんでした。しかしながら、この調査の結果、この墓は江戸時代後半に大修復されたことが判明しました。そして、石碑の銘文は西岸寺の僧の書いた文書と一致していました。

「我々、西岸寺の僧は数年前から、玉日の墓を大修復することを願っていました。幸運にも、この誓願は九条家のおかげで実現されました。一八四九年四月十六日、九条家（城主、九条氏とその息子とその妻と二人の孫）の人びとが寺に来られました。九条家は我々に玉日の墓の修復をしないかと尋ねられました。我々は快諾しました。このため、九条家は大修復にかかる費用として白銀五十枚以上を寄付されました。さらに、我々は、大阪での勧進も許可されました。」〔文書〕

こういうわけで、大部分の研究者が玉日の実在を強力に否定しているにもかかわらず、今日、玉日の実在は肯定できる可能性があります。研究者たちが否定する理由に、正明伝に載っている奇跡の記述が現代では考えられないということがあります。しかしながら、発掘調査の結果を踏まえて、松尾健次教授（山形大学）は正明伝は伝絵より真実に近い資料と考え、正明伝を再評価するべきだと言います。

私はこのような奇跡は象徴と理解できるし、古い時代、奇跡は人びとに信じられたのだと考えます。聖書がイエスキリストによってなされた奇跡をまず第一に挙げているように、法然と親鸞が阿弥陀仏へのゆるぎない信心と念仏を唱えたことで聖人になったとみなすなら、二人には本願力という超能力を授かったと考えられます。

観無量寿経は浄土にいる聖者たちの十の楽しみを説明して、そのうちの三番目の楽しみは神聖な超能力に恵まれることだと書かれています。法然と親鸞はこの素晴らしい能力に恵まれたに違いないと私は思います。そのため、私は彼らにしばしば起ったお告げを本書に書きました、そしてそれらのお告げは現実に行われました。

親鸞は私生活に起る自分の感情を書き残していません。聖人であるけれどやはり人間です。愛情に駆られたり、時には間違った判断もしました。そこで、私は親鸞自身の書いた本から多くのヒントをもらい、自由な想像で主人公や登場人物に感情を吹き込みました。

浄土教に関しての本はフランスではほとんど出版されていません。私は本書が親鸞と浄土真宗を、西欧に知らせることに貢献することを望みます。本書には浄土経典や法然や源信などの作品の一部も翻訳して入れました。さらにジェローム・デュコール氏の『歎異抄』の素晴らしい仏訳をそのまま引用させていただきました。ジェローム・デュコール氏に感謝の意を表します。

日本の読者の皆様に

親鸞の名前は日本ではよく知られていますが、外国ではほとんどの人が、その名前さえ知りません。又、日本でも親鸞の実生活はあまり知られていません。本書の執筆は、鎌倉の図書館の倉庫で偶然見つけた江戸時代の僧侶が鎌倉時代の資料を基にして書かれたと思われる『親鸞上人御一代図絵』によって可能になりました。

日本の昔の知恵を紹介するため、二十年以上前から『日本古典仏教全集』（OEuvres classiques du bouddhisme japonais）をフランスで発行してきた飛鳥研究所の責任者、飛鳥涼子です。フランス語の本づくりに励む姿を見て、友人や家族から「そんなに日本の古典書が素晴らしいのなら、日本でも出版してほしい」と言われましたが、「日本人は図書館に行けばいくらでも日本古典を読むことが出来るけど、外国人は日本語が読めないから一生無縁になっている。そのために、私はフランス語の本を作り続けるのです。」と、答えてきました。しかし、本書『小説　愚禿親鸞』（SHINRAN《L'Imbécile tondu》du bouddhisme）だけは、ぜひとも日本人にも読んでいただきたいと願って日本とともに、フランスでも出版を準備中です。本書を作るにあたって、日仏の関係者の皆様のご理解、ご協力に深く感謝いたします。

飛鳥　涼子

◎目　次

【装幀】２ＤＡＹ

小説　愚《ぐ》禿《とく》親鸞

主要な登場人物

親鸞：この歴史小説の主人公。幼年時代は両親から「松若丸」と呼ばれ、次に、叔父であり最初の師、慈円より「範宴」という名を与えられ、偉大なる師、法然からは「綽空」、「善信」を経て、最後に「親鸞」と呼ばれる。流刑中に自ら「愚禿親鸞」と名乗る。

宗業：親鸞の伯父、儒学者、漢文学の師。

範綱：親鸞の伯父、親鸞の養父、後白河法皇の身辺警護の責任者。詩人。

性善坊：親鸞の従僕。後に親鸞と玉日の子、**範意**（後に、印信）の従僕。

尋有：親鸞の弟。親鸞は晩年、善法院の住職になった尋有のもとに身を寄せる。

慈円：親鸞の最初の師。天台宗の寺、青蓮院の僧正。詩人で「愚管書」の著者。

蓮位坊と順信坊：親鸞の弟子。

稲田九郎：笠間の領主の息子。後に親鸞の弟子となり教養坊と名乗る。親鸞が京都に行った後、稲田の親鸞の住居に住む。

宇都宮頼綱：親鸞の信者。稲田九郎の父。笠間の領主。

幸実：玉日の兄。親鸞の弟子、**乗念坊**。

弁円：稲田の近くの板敷山の山伏。後に親鸞の弟子になり、明法坊と名乗る。

唯円：親鸞の弟子、「歎異抄」の著者。

慈信：親鸞と恵信の長男。後に僧になり善鸞と名乗る。

高田の入道、国時：親鸞の信者、真岡の城主。

覚信尼：親鸞と恵信の末っ子。親鸞の晩年、世話をする。

哀愍房：守護地頭の回し者。

序論

親鸞聖人によって開かれた浄土真宗の独創性や重要性は、親鸞以前の浄土教の思想的発展を知らないと理解出来ないであろう。この宗派は阿弥陀仏の誓願を基盤とする。阿弥陀仏のことは小乗仏教の経典類には書かれておらず、大乗仏教の経典や注釈書に多く言及されている。阿弥陀仏は西方浄土に無数にいる仏の中の一仏として現れた。その思想的根拠は浄土三部経典として集められた三つの経典にある。その後、人間の救済のために、この仏こそ重要であると認められた。

浄土三部経典の一つである無量寿経の中で、歴史上に現れた仏、釈迦牟尼が阿弥陀仏の由来を語っている。弟子、阿難が釈迦牟尼仏の体から発するまばゆい光明について質問した返事に、良い質問をしたと、阿難の知恵をほめた後、釈迦は全ての衆生が真の幸福を得られる重要な教えを開示した。

「数劫年前、世自在王仏の教えを聞いた王が、全てを捨てて法蔵比丘という名の僧になった。世自在王仏は宇宙にある無数の仏国土のさまざまな様相を法蔵比丘に教えた。この教えを聞いた法蔵比丘は他の仏国土より優れた浄土を建設するため、五劫という長い期間、荘厳仏国清浄の行を思惟し四十八の願を建てた。法蔵比丘はその願の中で、『十方の全ての衆生が深い信心で阿弥陀仏の名を唱え、阿弥陀仏の国へ往生を願い、そこで阿弥陀仏に会い悟りに至らなければ、私は悟りに入らない』と誓った。法蔵比丘は全ての願を成就して、阿弥陀仏になられてすでに十劫が経つ」と経典は語る。

このように、この教えは「念仏を唱える人は皆、希望の地、浄土に生まれる。衆生は無知と愛欲のため、悟りを得ることはいつもむずかしい。しかし、阿弥陀仏から、仏への信心をいただいて、念仏を唱えれば、来世の浄土に往生し、そこで阿弥陀仏に会い、説法を目の当たりで聞くようになる。そのときは、もはや情欲や無知がなくなっているので深く説法がわかるようになる。」と説く。

浄土教の祖師はインドの竜樹菩薩である。彼はその著作で、「菩薩の道には、徒歩で行く非常に疲れやすい難行道と、海を渡る疲れない易行道がある。浄土に至るため、長い苦行をしなければならない道と、同じ目的に至るのに、信心を抱いて阿弥陀仏に向き合う、より簡単で早い道の二つである」と説く。竜樹は釈迦仏のおられた時代は、難行は出来たと言う。しかし、そんな時代でさえ、難行が出来ない菩薩がいた、そのような修行者に用意されたのがやさしい道である。それは、仏を観想し、自分を抑え、信じて阿弥陀仏に向き合うのである。瞑想、観念の念仏と自制が初期の念仏の定義である。しかし、それは全ての人ができる行ではない。

竜樹菩薩から二世紀経って、世親菩薩（インド僧）が念仏と仏の瞑想についての新しい教義を作った。すなわち五正行である。五正行は仏陀を讃嘆すること、阿弥陀の姿を観察すること、阿弥陀仏を礼拝すること、阿弥陀仏の名を唱えること、実践した仏行を全ての衆生が往生出来るように振り向ける供養、この五行が浄土往生への正しい行であるという。これらの行を阿弥陀仏の救済を信じた信者が生涯かけて行い成就すれば、往生できると言う。

竜樹菩薩の教えも世親菩薩の教えも阿弥陀仏への信仰が重要視されていた。救済される過程で人間の役割は大きい。この五正行だけが人間を救済に導くと説いた。難しい観想念仏が称名念仏より重要であるとされた。当時、この五正行の中の称名念仏は、観想念仏の補助的存在であった。

それが、後の時代になると、人間の弱さを考慮して、より易しい称名念仏が重視されるようになった。五世紀、中国で末法意識が急速に広まったため、人々はさらに自力往生について深く考えるようになった。難行を行う人の場合、悟りは自力の行の蓄積の結果えられる、自力に頼って、目的を遂げる方法である。易行に従う人々の場合、信者は悟りを実現するため、自力に頼らず、信心をいだいて阿弥陀仏に向き合い、阿弥陀仏が信者を悟りに至らせると約束した阿弥陀仏の力を信頼する方法、すなわち、他力、阿弥陀仏の力によっての往生や悟りの方法である。

阿弥陀仏思想の古典になった言葉、すなわち、難行と易行の二つの語を最初に使ったのは中国僧、曇鸞である。その直後、中国僧、道綽も末法時代にふさわしい宗教として浄土教の発展に多大の貢献をした。

末法思想が多くの経典に書かれ、行者の不安を掻き立てた。道綽は全ての仏教の教えを、聖道門と浄土門にわけ、人間の救済に開かれた二つの道を紹介した最初の人物である。竜樹菩薩の語る難行や曇鸞菩薩の自力と表現された聖道門は、目的に至るまで非常に長くかかる行である。竜樹菩薩の易行、曇鸞菩薩の他力と表現された浄土門は、阿弥陀仏の誓願を深く信じ念仏をすれば浄土に往生してすぐに悟りにいたるという、全ての人に開かれた門である。

その後の中国僧、善導は、浄土教をさらに発展させ、この教えをもっと受け入れやすくさせた。善導は末法に生きる人間の弱さを強く意識した先駆者である。阿弥陀仏の誓願と救済について、全ての師が浄土往生に絶対必要だと認めた信心について善導は熟考した。善導によると、信心に二つの面がある、一つは信者側の自己の弱さと無知の自覚ゆえ、どんな行もできないという鋭い反省。もう一つは、この絶望的な人間の条件から直ちに解放され浄土に導かれるという、阿弥陀仏の力への絶対的な信頼である。

この新しい信心の解釈によって、善導は阿弥陀の理論を限界まで発展させ、浄土教の理論を易しくさせた。信者たちは熱心に易行を務めた。最も弱く最も無知な人々も阿弥陀仏の救済の約束の恩恵を受けると断言した善導は、聖人も弱者もすべての人々に阿弥陀の教えの門を開いた。善導は又、浄土往生に必要な行の簡素化にも努めて、他力の教えにすがりたい人を、さらに一歩進めた。浄土経典のある文章に基づいて、善導は浄土往生に必要な行はただ称名念仏だけで、ほかのすべての行、特に、観想念仏も補助的なものでしかないと教えた。こうして、善導は称名念仏は観想念仏の補助でしかないという伝統的解釈をひっくりかえした。彼は末法時代、救済に届かない人間の側の厳しい現実を経験して、難行は無駄であるとは言わないが、救いに関して、人間の側の役割を少なくした。

この善導の「人間は自分では何もできない救われない存在である」という思想が、日本の僧、法然に多大な影響を与えた。法然は、その時代を襲った精神的苦悩の中で、称名念仏のみに専念せよ、ほかの行はすべて捨てよと、教えた。

こうして、浄土教の歩みは飛躍した。当時、日本で末法の時代にすでに入っていると計算され、それが物事を大きく変えた。

「救済の唯一の門は浄土門で、他のすべての道は偽りである。」この法然の見解は善導の思想をさらに進めたものであった。この教義を最初に教えて、法然は独立した浄土門を建立した。法然は善導と同じように聖道の有効性を否定はしないが、「末法時代には、聖道が教える行を出来る人はおらず、行のできない弱い衆生しかいない。したがって難行は行っても無駄である」とはっきりと断言した。

旧仏教側の反応がすぐ想像できる。法然とその弟子たちは島流しにされ、一部の弟子は死刑になった。建暦二年（一二一二）に亡くなった法然は弟子たちにはっきりした教えを遺した。救いに必要な行は限界まできりつめられ、人間は称名念仏だけを唱えるだけでよいと、法然は説いた。これは伝統の浄土教がこれ以上進展がないところまで行った解釈である。

しかしながら、法然の弟子の一人が法然の解釈にさらに上乗せした革命的な解釈をおこなった。それが親鸞である。日本仏教のマルティン・ルターとみなされた親鸞は師、法然の指導のもと、阿弥陀仏の力を完全に信頼し、自力を全く放棄した真の道を発見した。彼自身、長らく聖道門で修業中に体験したすべての問題がこの回信によって解決された。その後も、彼は阿弥陀仏の誓願の素晴らしさを探求しつづけた。この結果、彼は真の救いは阿弥陀仏の他力にあるという、法然の教えを超える教えをうちたてた。

話を前に戻そう。法然は浄土往生に、南無阿弥陀仏と唱える称名で十分であると教えた。この称名の行は末法のおぞましい時代に生きる悲惨な衆生に、阿弥陀仏から与えられた易行であると、法然は説いた。こうして、信心を抱いて称名すれば、他力の恩恵を受け、衆生は目的に達するのである。

しかし、親鸞はこれでは、人間が本来持つ自力に頼る傾向から本当には解放されないと説く。すなわち、阿弥陀仏の力を信じて称名念仏することによって、仏の救済をうけるのなら、それは自力によって救われることになると言う。

信心は自分の心の中で、阿弥陀仏が活動なさるという意識である。親鸞によれば、善行によって、人は悟りに至る道を歩むという理論でなく、それどころか、阿弥陀仏の救済に一番妨げになるのが、功徳を積み重ねる善行を成し遂げるという人間の意識である。なぜなら、自らを救うために何かをすることができると確信するかぎり、行に励むようになるからである。そうすることによって、阿弥陀仏の力に謙虚にすべてをゆだねることが出来なくなるからである。人間の側に、自力の心があるかぎり、他力にすがることが出来ない。自力に頼ることと他力にたよることとは、親鸞にとって全く違うことである。それが、自分は悪人であると自覚する人こそ、仏の教えを心から受け入れることが出来るという彼の悪人正機説である。

親鸞聖人の内面観察の深さ、仏教理解の鋭さと個人的体験は独特で卓越したものである。しかし、こういった洞察力の深い理解は宗教に現世利益や、宗教に権威を求める人々の期待に応えるものではなかった。宗教に来世の保証や、よりよい人生のモデルを求める人々にとって、親鸞の鋭い仏教理解は居心地の良いものではなかった。親鸞は二十五世紀にわたる仏教の歴史上、こだましつづける一つの疑問しか関心がなかった。それは、「人生は苦であり、どうしたらその苦を和らげることが出来るか？」

釈迦仏のように親鸞の関心は、もっぱらこの苦の問題である。ついに、親鸞は人間存在の核心に迫り、人間の現実をみつめた。こうあるべきだと望む姿でなく、最も残酷な現実に真正面から向き合った。さらに、彼は仏教理論を深く究明した。座って理論を観想するのでなく、又、現実や人間存在の無秩序にこもっているのでなく、あるいは、学問研究に耽っているのでもない、ただ、ひたすら誠実に生きて、自分で考えた。こうして、親鸞は仏の真の弟子はどのようであるべきかを我々に示した。皆それぞれ独特な業をもつ個々の念仏の弟子たちに、彼ら自身の見解で法を聞かせる方法を彼は示した。この意味において、親鸞は人類史上、まれにみる卓越した教師である。蓮如上人は親鸞について、「親鸞は阿弥陀仏の化身であると言ってもよい。」と、言う。

今日、日本では様々な念仏が共存している。阿弥陀仏を瞑想するより、繰り返し仏の名を唱えるほうが阿弥陀仏をよりよく観想できるという観想念仏。こうして、阿弥陀仏は瞑想の対象になった。又、善導や法然の説く称名念仏、この場合、自己の弱さを自覚した行者が、自分の心の奥にある自力の火種を見出し、阿弥陀仏の名を唱えることによって、その火種で行者を輝かせる炎に変えることが出来る念仏。そして、最後は、この火種が自分にはないという事実を受け入れた親鸞やその信者たちが称える感謝の念仏。この自己の無力の全き闇を、阿弥陀仏の無量光が輝き照らし、各光線である信者が阿弥陀の名を讃える、感謝の念仏である。

オカンテ・ヤン（フランス語版「愚禿親鸞」の共著者）

第一章

平清盛は寝殿造りの大きな館で貴族、高官そしてその奥方たちと何の不安もない贅沢な生活をしていた。琴の音色を聞きながら紅葉や月をめで、ごちそうや酒を堪能し、恋や生の喜びを歌にしてこの世の栄華を楽しんでいた。しかし、一歩門の外を出ると、そこには恐ろしく悲惨な光景が広がっていた。自然の猛威や社会と政治のひどい混乱から、おびただしい数の飢えた人びと、浮浪者、病人がまるで動物のように生きていた。寒さに凍えた人々は近くの寺の仏像を盗んで、火を焚き暖を取る有様だ。病人や埋葬されない遺体が無造作に道端に捨てられた。通行人はそんな光景も慣れてふり返って見ることもなかった、野犬だけがこぞってそれらの死体に喰らいつく。それは犬にとってはごちそうだ。加茂川の岸辺にも庶民の遺体が野ざらしに放置されている。そこへ、館から出てきた荒々しい男共が召使たちの遺骸を背負って「ちくしょう。なんという臭いだ！」と、うめき声をあげながら、死体を放り投げ、逃げ去った。あたりに強烈な悪臭がただよった。

そこから数歩離れた所を、範綱と弟の宗業がしっかりした足取りで、祝宴が催される古びた屋敷の方に歩んで行った。二人は松若丸（後の親鸞）の叔父である。宗業は儒学者で漢詩の先生、範綱は後白河院の身辺警護者であり詩人でもある。範綱はけわしい顔をして言放った。

「なんて悲惨な光景だ！　京都の町は全く地獄だ！　平家は人民を馬鹿にしている。」

「しっ！　平家の悪口を言うのは禁止されているということを知っているだろう。」

「こんな恐ろしい光景を見て、目や口をふさげって言っても無理だ。しかし、こんなことで弟の有範の息子の晴れの祝宴を台無しにさせたくないな。」

「そうだよ。なんて月日が経つことが早いのだろう。松若丸が日野家の最初の子供として生まれてからもう二年半になる！」

しばらくして、突然、宗業が尋ねた。

「松若丸は不思議な子だと思わないか？」

「お前はいったい何を言いたいのだ？」

「母親の吉光女の言ったことだが、毎日如意輪観音に拝みに寺に通ったとか。子供が欲しくてさ。」

「そうだ、妹は私に子供が生まれた時のことを詳しく話してくれたよ。」

「私には全然だ。なんて話していた？」

「吉光女が人生に無常を感じながら、ある晩、頭を西に向けて寝ていたら、夜中、夢の中で、まばゆい光が現れ、三回まわって彼女の口の中に入ったとか。妹が途方にくれていると、頭に装飾を施した非常に美しい男が西の方向に現れ、『わたしは如意輪観音菩薩であるが、あなたに子供を授けよう』と言ったという。その数日後、彼女は妊娠したそうだ。」

「実に奇跡だ、この子が我々家族にとって恵みになるだろう。」

「そうなるといいのだが、なにしろ我々の父上が宮廷を追われ、悲しい評判がたち、そのため我々の出世もおぼつかない有様だから。」

「それは父上が悪いのでない。知ってると思うけど、岳父、宗清がその妻の淫乱のため間男に暗殺された事件が起こった。この事件のために、父上は宮廷で役職につけなくなった。それで、我々の家族が今でも、うだつがあがらないのだよ。」

「その話は古い話だ。もうそのことを話すのを止めようよ。この子供が日野家の名を再び輝かしてくれるのを願おう。」と宗業が話を決めた。

話していくうちにやっと、二人は藤原家の先祖代々から受けつぐ鳩の紋の付いた大きな木造の家に到着した。

秋の夜に、日野有範は息子、松若丸（親鸞）のために中秋の観月会を催した。夜の帳が静かに落ち、輝く満月が東の空に現れた。実は、松若丸は二歳半になっても話をしないので、家族は非常に心配していた。その夜、松若丸は父親のひざに座っていた、と、突然、良く通る声で「なむあみだぶつ」と唱えた。集まった人びとは仰天して、シーンとなった。

「今の声は松若丸の声でないか？」

「そう、松若丸の声だ、とうとう、この子は言葉を発した！」

「それも、どうでもいい言葉でなくて、阿弥陀仏の名号を唱えたのだ！」

「信じられない！　この子は本当に如意輪観音があなたに告げたように、菩薩の化身だろうか？」

うれしさのあまり泣き出した母の吉光女は、つぶやいた。

「私はよくこの子を連れて法界寺の阿弥陀仏堂に行って、念仏を唱えていました。それで、この子はきっと仏の名号を覚えたのだと思います。」

「我々の家族は薬師如来を祭っているが、阿弥陀仏信仰が今、貴族階級に広く広まっていることは本当だ」と範綱がきっぱり言った。次に、吉光女が目に涙を浮かべ、読んだことのある本の一節を語り始めた。みんな耳を傾けた。

「私が読んだ往生要集には、浄土について、そして地獄の拷問や人間の死後待ち受けているさまざまな苦しみの世界について書いてありました。其の本は僧侶や貴族たちに大きな影響を与えたのでした。その本を読んで、みんな地獄がこわくなって、浄土に往生することを願ったのです。そこで、阿弥陀仏を讃えるために、いっせいに、堂を建てたり仏像を作らせたりしたのです。源信僧都が『気力と知恵のある人にとっては、仏道修行をするのに苦労はないでしょうが、私のように愚かな者にとっては、どうやって、仏道修行に耐え成就できるでしょうか？　そこで、念仏門に従って、経典から抜粋した文章を編集しました。この本を深く学んだら、浄土往生の教えが楽にわかるようになるでしょう。』と断言しています。多くの貴族たちが源信僧都の言葉を聞き、それを書き写し、念仏を唱え始めました。臨終が近づくと、貴族たちは糸を自分の指と仏像に結んで、念仏を唱えつづけました。」

宗業が言った。

「実際に当時それはよく行われてたよ、私も何回もこの本を写経したよ。」

吉光女は説得するような調子で言った。

「私はよくこの子に、浄土について話をしました。そして阿弥陀仏の名を、この子のいる傍らで唱えていました。それだから、この子は念仏を聞きながら大きくなったのです。この子が念仏を唱えられたのは、阿弥陀様の限りないお慈悲のおかげです。私の願いは聞き遂げられました。」

この晩から、松若丸は普通に話せるようになり、両親の心配は消えた。時が経ち、やがて、吉光女はさらに三人の息子を産んだ。

ある朝、四歳の松若丸が見当たらず、とうとう一日中行方がわからなくなった。母、父、叔父たちが探したが見つからなかった。みんな死ぬほど心配した、というのも、当時、人買いが出没して子供をさらい売るのが珍しくなかったからだ。何時間も探しまわり、夜になってやっと見つかった。松若丸は屋敷の庭の奥に隠れて、三体の仏像を泥で作っていた。父の有範は行方不明の衝撃がまだ覚めやらぬが、子供が見つかってほっとして言った。

「この子は阿弥陀仏や観音菩薩や勢至菩薩の仏像を造っていたよ。」

吉光女は範綱に「何でこの子は仏像などを造る気になったのかしら?」と聞いた。

「たぶん、私が慈円をたずねに青連院に通っていた時、私と慈円の会話を聞いたんだと思うよ。慈円が私に阿弥陀仏や観音菩薩や勢至菩薩について語った時、よく松若丸は私のそばにいたからね。慈円は又、源信によって作られた二十五三昧会についても話していたよ。これは、死に臨む僧が阿弥陀仏の浄土に生まれるように二十五人の僧が集まり祈る儀式で、源信によれば、阿弥陀仏が観音菩薩と勢至菩薩を伴って死にゆく人を迎えにくるそうだ。慈円のこの話を松若丸はいつも熱心に聞いていたよ。」

有範はめんくらって言った。

「まったく不思議な子だ。夢のお告げのように、この子は本当に菩薩になるだろう。」

家族の幸福は長く続かなかった。有範は宇治の合戦に出陣し、その後、屋敷に戻らなかった。松若丸は「父上はどこにいるのでしょう。どこにいるの?」と聞くのをやめなかった。そして、泣き叫んだ。吉光女はもっと悲しくなった。しかし、すぐに物事を引き受けることに決めた。

「松若丸、よく聞くのですよ。あなたは藤原家の嫡男ですよ。あなたは朝廷に入り大臣になる人なのです。それなのに、朝から晩まで泣いてばかりしていますね。もうやめなさい。泣いてばかりいないで勉強をしなさい。論語や大学を読み始めなさい。」

松若丸はこの忠告によく従った、やがて読書に没頭するようになった。五歳で、本や経典を、全部すらすら暗唱できるようになった。

数年後、四月末、満開の桜が咲きみだれる春の穏やかな日、松若丸の母が長患いの後亡くなった。臨終の時、吉光女は範綱を枕元に呼び泣きながら言った。

「松若丸が四歳の時、父が死にました。今度は母が死にます。私の子供たちは孤児になってしまいます。どうか、あなたが孤児たちを養ってください。そして、私の菩提を弔うために子供たちを僧にしてください。」

「養子は家族のようなものだと言います。心配しなくていいです。私はあなたが浄土に往生できるように祈ります。」と、範綱は答えた。吉光女の顔に喜びの微笑みが浮かんだ、それから、念仏を唱えながら静かに息をひきとった。

松若丸は悲しみのどん底に突き落とされた。何も食べられず、体重が減り、立っていられなくなった。叔父の範綱は何もしないわけにはいかないので、ある日言った。

「松若丸よく聞きなさい。悲しみにくれて過ごしても、なんにもなりません。こんなことでは、亡くなったお母さんが悲しみますよ。法華経を読んでお母さんの菩提を弔いなさい。」

松若丸は叔父の忠告を聞き、法華経八巻を夜も昼も完全に暗記するほど読み始めた。この読書が僧になろうと決心をするほど彼を変えた。しかも出来る限り早く。しかしこの誓願を実現するには翌年まで待たなければならなかった。

平家打倒をめざす反乱分子を探し出す任務をになった六波羅探題の役人たちが、いつものように加茂川のほとりをうろついていた。彼らは平家の悪口を言う者を見つけるとひっとらえて牢屋にぶちこんだ。人びとは彼らを黒死病（当時、黒くなって死んでいく人々がいた。人々は、それを非常に恐れた。日蓮も言っている。後にそれはペストだとわかった）のように恐れていた。加茂川べりには捨てられた病人や老人がいた。金持ちの商人や貴族は死を穢れとみなし、死に向きあうことをいやがったので、使用人が重病になったり、年をとって動けなくなると、加茂川の川沿いに運ばせ、少しの米粒を添えて捨てたのだ。それがやがて、死体になり加茂川のあたり一体に強烈ないやなにおいを漂わせた。しかし役人たちは土手に撒き散らされた腐った死体のにおいに慣れていた。虫の息の召使から、彼らの主人が語っていた、平家への不満を聞きだす絶好の機会であったからだ。

ある晩、範綱と松若丸と侍従の性善坊が輿に乗ってこの場所を通過した。この悲惨な状況を目の当たりにして松若丸は涙を流した。

「叔父上、どうしてあの人たちはあんなふうにして捨てられたのですか？　もう面倒を見てくれる人が誰もいなくなったのですか？」と、締め付けられるような声で言った。

「松若丸、今日は慈円様に挨拶に青蓮院へ行くのだよ。お前は僧になりたいのでないか？　お前のことはもう話してあるよ。」甥の質問に叔父は控えめに答えた。

「でも、私はこの悲惨な光景に耐えられないのです。あれを見て、私の心はやりきれない思いでいっぱいです。どうしてあの人たちは施薬院に入らないのですか？　叔父上の部屋に、聖徳太子の本があったので読んだのですが、聖徳太子は貧しい人たちや家の無い人たちに施薬院を作りました。平氏はどうして作らないのですか？　彼らには目や耳があるけど心は無いのですか？」

「言葉に気をつけなさい！」と範綱がびしりと言った。

「もし、役人たちに聞かれたら、私たちはすぐにつかまってしまうじゃないか！」

この子供の思慮のない言葉を聞いて、従者の性善坊は青ざめ、額の汗をぬぐい、心臓の激しくなる鼓動を静めようとした。

「もうすぐお寺に着きますよ！」と、まだ震える声で言った。

数分後、輿は木立に囲まれたどっしりした寺の前に着いた。この寺の庭の大きな池にかかった橋が有名だ、ゆるやかにながれる滝の水が、池の石が詰まれたところに流れこんでいた。それが庭全体に、静寂と荘厳な特別な雰囲気をかもしだしていた。

慈円は青蓮院の大僧正である。保元の乱の時、後白河天皇方について戦った関白、藤原忠道の息子である。この兄が後に関白になった藤原兼実（九条兼実）である。三人は寺の応接間に通された。数分すると、おつきの若い僧が鳴らす小さな鐘の音と共に、慈円大僧正は入ってきた。慈円大僧正は当時二十七歳、つやのある顔で、静かで穏やかな感じの人であった。

「範綱、会えるのを待ち望んでいたぞ、今日は松若丸を連れてきたな。」

その視線は自分の前でおじぎをしている子供に向けられた。慈円は笑みをうかべ問かけるような視線で子供を見た。

「はい、今日はそのことでお願いがあって参りました。」と、信頼して、範綱は答えた。

「とても小さい子だね、松若丸、いくつになったの？　範綱の家にいた時のおぬしを思い出すぞ。」

「九歳です。」

子供ははっきり答えた、その態度に大僧正は微笑をうかべた。

「大きくなったなあ！　最初におぬしを見た時は四歳であったぞ。」

「春頃から、この寺に入るためあなたに会いたいと、絶えず松若丸にせがまれて、それで連れてまいりました。この子は僧侶になる堅い決意をしております。これは、亡くなった母の吉光女の願いでもあります。」

「しかし、僧になるには若すぎるぞ。天台宗の規則があるのじゃ。僧になるためには、まず、比叡山で九年間仏教を学び、それから、僧侶になりたい者にその動機を我々が聞くのじゃ。勉強を成就出来たか確かめる一種の試験である。我々の質問に完全に正しく答えた者に対して、我々が朝廷に寺に入門する許可を願い出るわけだ。国家から許可が下りたら、その者は剃髪する。こうして、公式に僧になるのじゃ。これが我々の伝統である。」

範綱は深々と慈円に頭を下げ、そして、一気に言った。

「大僧正、よく存じております。しかし、松若丸はすぐに私の家を出なければ、平氏に殺される危険があります。平家は間者を使って源氏の血統の者を探させています。大僧正も御存知のように、この子の亡くなった母親の吉光女は源氏の大将、義家の孫娘です。又、義朝の従妹でもあります。」

重い沈黙が二人の間に流れた。

「ああ、そういうわけか。今はあなたの頼みがよくわかりました。では、今、試験をしましょう。松若丸、法華経を読んでごらんなさい。」

　慈円は弟子に法華経の巻物を持って来させた、と、其のとき、松若丸は暗誦した文を称え始めた。ほんの一瞬、慈円の顔色が変わった。

「その経典を全て暗記したのか？」と、ちょっとびっくりして尋ねた。

「はい、私は法華経が大好きですから」と子供は無邪気に答えた。

「よろしい、あなたがこの寺に入るのを禁じる理由はありません。今日はもう遅いから、明日、剃髪をしましょう。」

　そのとき、松若丸はうるわしくしなやかに立ち上がり、紙と墨と筆が置いてある小さな台へ歩いて行った。そして、一言も言わずに、みんなの注視の中を、紙に美しい字を書いて慈円に渡した。大僧正がその子が作ったばかりの短い詩を感動しながら読んだ。

「明日あると思う心のあだ桜、今宵、嵐が吹きやらん」

　子供は勇気を出して、

「明日まで待ちたくありません。この世は無常のため、明日があるかはわからないと言われます。どうか大僧正、直ぐに私の髪を切ってください。」と、かってない鋭い視線、深く厳かな声で言った。その気迫に仰天した慈円は、その詩をもう一度読み大きな声で朗詠した。そこで松若丸は手を合わせ合掌し、慈円におじぎをした。その優美なしぐさに魅了された慈円は「すぐに剃髪式を執り行うように」と弟子たちに命じた。養和一年（一一八一）五月十五日、剃髪式の後、慈円は範宴という僧名を松若丸に与えた。

比叡山での百日の荒行

若い範宴は、比叡山の寺の住職もしていた慈円から指導を受けて仏道修行を始めた。一一八二年、慈円は範宴に大乗戒を授けた。このすばやい受戒に比叡山の僧たちは範宴に嫉妬をした。大勢の僧たちが慈円のもとに不満を言いに詰めかけた。

「私どもはこれまで十歳以下の少年が大乗戒を受けたことなど聞いたことがありません。」

「こんな若造に戒を授けるなんて、我々の必死の行がむなしく思えます。」

それを聞いた慈円は、

「わしはこの少年は大乗戒を受ける素質があるとみなしたのじゃ。去年、青蓮院に入ってから、わしは大乗戒に必要な全ての行を範宴に教えた。範宴はすべての行を非常な努力で成し遂げた。この子はまだ若いが、驚くほどの能力がある子じゃよ。」と、きっぱりと言った。

嫉妬にかられた弟子が軽蔑するように言返した。

「しかし、比叡山には規則というものがあります。」

「そうじゃが、天台宗の開祖、最澄は受戒に年齢は問題にならないと書いている。受戒を受ける能力があれば何歳であろうと受戒できるのじゃ。」と、慈円が答えた。それから目を閉じ、しばらく考えた後「なぜ、年令によって選ばなければならないのだ？　百歳の僧だからといって、戒を深く理解出来るであろうか？　竜女が仏になったのは八歳の時だった、と、法華経に書いてあるぞよ。子供が戒を受けた例が無いと言うのか？　比叡山の僧正である私は、全ての弟子の能力を知っている。このような素晴らしい種が、比叡山で花を咲かせるであろうと考えて、あなたがたは反対に喜ぶべきことではないか！」

この僧正の説得で大部分の僧たちは納得した、が、納得しない僧もわずかにいて、「最近、文殊菩薩の化身だと言われた法然が、人々に念仏を説くため比叡山を去った。」

「法然は敵になったのだ！」

「そうだ、我々比叡山の伝統を破ったぞ！」

「戒を受けた範宴は比叡山にとって、もっとまずいことになるであろう！」と言い合った。

当時、比叡山には寺院が三千以上あり四千人以上の僧が住み、合計十五万人の僧がいた。僧全体を統括していたのは十六人の僧正であった。各寺院、草堂、庵はそれぞれ仕事を持ち、決められた役があった、叡山の複雑な位階はこの十六人の僧正によって決定された。範宴の学才とめざましい修行の業績のため、十六人の僧正たちは慈円が後継者に範宴を任命し、範宴が次期の大僧正になるのではないかと心配し始めた。しかし、そのようなことはあるはずがなく、無駄な心配であった。大僧正に成れるのは帝の子孫か、わずかな上級の貴族だけと決まっていた。当時の比叡山は学生と、堂僧、それから僧兵で成り立っていた。学生は天台の教義を学んだ上級貴族の息子がなった。堂僧は悟りを得るために厳しい修行をするのが仕事だった。僧兵は仏教を全く知らないが、頑強で勇敢な浮浪者がなることが多かった。僧兵の任務は学生や堂僧に仕え守ることであった。没落貴族の出身の範宴は堂僧であった。比叡山の天台宗という、音楽の五線譜のように決められた組織の中で、範宴が高い地位を望むことは出来ることではなかった。それに堂僧として熱心に修行に励まなければならなかった。範宴はいくつかの草堂の掃除をするのが仕事であり、又、法華経やそれ以外の重要な経典の講義をすることを任されていた。

比叡山には、断食と瞑想、祈りをしながら九十日間、山を歩く回峯行という荒行があった。実際は天台宗の開祖、最澄しかこの厳しい修行を成し遂げていなかった。範宴を敵視した僧正の一人で、次期大僧正になる野心を抱いたある年配の僧は、範宴を山から追い出すために、この厳しい行を範宴に課することを思いついた。数人の弟子を引き連れて、この老僧は慈円に面会を求め、この考えを表明した。範宴に対する恐ろしいまでの嫉妬心を、彼らの目に読みとった慈円は、直ぐに彼らの下心がわかった。この行を範宴にやらせるために、老僧は無意味な理由を長々と慈円に説いた。黙って聞いた慈円は、苛立ちながらきっぱり言った。

「わしでさえ回峯行はできないのだ。命を落とす危険があるからだ。そんな危険な行をどうして、わしの弟子に命令できよう？　断る。早くこの部屋から出て行け！」しかし、狼狽することなく、老僧はこの拒否をかわして言った。

「大僧正はこの少年がかわいいから守ろうとしています。しかし、この願いは我々十六人の僧正の意見だけでなく、十五万人以上いる比叡山全部の僧、三千の寺の意見です。」

この回峯行は途中で止めることはできない、一旦、始まれば死ぬまで止める事はできなかった。何人もこれまでにこの行を試みたが、途中で命を落としたのだった。慈円は範宴を高く評価していたので、こんな危険な行を強いることは出来なかった。しかし、十六名の僧正の提案も無視出来なかった。慈円はしばらくこの苦しい葛藤に考え込んでしまった、するとそのとき、範宴が面会に来ていると弟子が慈円に伝えた。慈円は僧正を帰して、範宴を部屋に入れて言った。

「範宴よ、たった今、わしはお前のことを思っていたのだ。」

「それは光栄です。ですけど、どうして私のことを思っていたのですか？」と自分のことを慈円大僧正が思っていたことを範宴は知って、びっくりして聞いた。

「それは後で話そう、それよりも、何で私の所に来たのか言いなさい。」

「慈円大僧正、私はあなたの指導の下、仏教を九年間、一生懸命に学びました。また、あなたが紹介してくださったおかげで、各宗派の最高の指導者からも学びました。」

「わしの方からも、いつも、全ての学業と行に真剣に取り組んでくれた事に礼を述べるぞ。」と大僧正は範宴の努力を認めた。範宴は首をふり、困った顔つきで言った。

「しかし問題があるのです。それは……実は……私の意識はいつも動いているのです。あらんかぎりの力をこめて集中しても、落ち着かなくいつも動くのです。私の心の中の月を凝視しようとしても、妄想の雲で覆われるのです。疑いがいつもあります。どうして私はこんな行を続けるのでしょうか？　そんな心ではすべて無駄に思えるのです。私は悟りの問題を解決していません。私はこの世の権威や利益を捨てて悟りに到達したいのです。そういうわけで、この根本的な悩みを解決するために回峯行に挑みたいのです。」

今聞いた話に仰天した慈円は驚きを隠せなかった。

「本当にお前は回峯行がしたいのか？　どんな行だか知っているのか？　ほとんど飲まず食わずで百日間も朝も夜も、比叡山の十六の危険な谷をよじ上るのだ。命を落とす危険があるのだ！お前の前にも多くの人が挑戦したが、みんな亡くなったのだぞ。」と老師は心配そうな様子で説明した、と同時に内心、この若い弟子がこの重大な決定を覆さないことを願った。

「はい、みんな知っています。しかし、私は疑いの気持ちをはらう必要があるのです。回峯行をしなければならないのです。」と範宴は出来る限り静かに言った。

「それでは、お前の決意を尊重するしかないな。」慈円は複雑な気持ちで許可をした。

「私は翌朝の最初の鐘の音と同時に出発します。」

「気をつけなさい。お前を良く思わない僧たちが隠れて見張っているぞ。荒行中、少しの間違いでも、私に知らせてくるだろう。」

「私はあなたの弟子であるのを光栄に思っています。たぶん、お会いするのも、これが最後になると思います。もし、私が山で死んだなら、どうか阿弥陀経を私の霊前で唱えてください。」

「わしはお前の成功を観音様に祈って、念仏を一万回、阿弥陀経を三百回唱えようぞ。」と、慈円はこの最後の言葉をゆっくりと各音節をはっきりと、範宴の運命を導くお守りのように言った。

範宴は翌朝、鐘が鳴る前に出発した。数日間、食事をとらず休みなく山道を進んだ。仏の山は今、遠くにあった。先祖伝来の山々は緑の茂みで覆われ、霧がかかっていた。寺を出てから四十日が過ぎた。瞑想しながら歩む足取りはだんだん困難になり苦しそうになった。夜の冷え込み、昼の恐ろしいまでの暑さ、わずかな食料と水しか取らないため、歩くたびに彼の体を衰弱させた。皮膚から発散する水分が体をひからびさせ、生気が抜け、毎日死にそうになった。だんだん、山奥に入り、たえず唱える念仏だけが、行を続ける力を与えた。百日目になった。最後の荒行だ。千回気絶をして、千回木の根っこにつまづいて、首を痛め、若竹に串刺しになり、草と間違えたへびにかまれたりしたにちがいないが、彼のまどろみがちな水晶のような瞳には、この荒行に打ち勝つんだという勝利の輝きがあった。密林の奥へ、磁石にひきつけられるように、千回もくりかえし、登ったり、降りたり、すべったりして、それでも、慈悲の菩薩像が置かれた枝に正確にたどり着いた。いつも道があった。その上を恐れずに、躊躇せず、心の中は確信に満ちていた。しかし、彼はまさに自然の餌食だった。彼の前に密林ははてしなく続いていた、あらゆる種類の緑の草がからみついた壁が割れ、彼の行く手を阻んだ。疲れと空腹で気を失った、そして、また、うす青い山の奥へ入って行った。山が範宴をのみ込んだように、空は夕闇に呑まれて見えなくなった。揺り篭のように無数の山の神々の響きに揺られながら、彼は湿った幹にもたれ、目を閉じた……。

比叡山にいる誰も範宴がまだ生きているとは信じられなかった。だいぶ前から、慈円は僧たちに山のしげみに入り、どんな状態であっても範宴をつれもどすよう命じた。みんな名前を呼びながら、「もう荒行は終わったぞ！」とくりかえし言いながら探した。

しかし、懸命な捜索活動にもかかわらず、とげのある枝で引き裂かれた着物の破片しか見つからなかった。ついに僧たちは捜索を止めて、範宴の悲しい運命を思い、泣きながら寺に引き返した。数日後、親しかった僧が数人、再び、鳥の声を手がかりに捜索を始めた。山林、谷を長い間歩いてへとへとに疲れきった時、偶然、生気が無い見違えるほど朽ちた一人の僧の体を見つけた。死体だと思った僧たちは念仏をいっせいに唱え始めた。其のとき、一人の僧が唇がかすかに動いているのを見つけた。

「見ろ！　彼は我々に話そうとしている！」

死の淵にいた範宴は法華経をかすかに唱える力しかなかった。

「範宴だ！　生きているぞ！　信じられない事だ！」

「経典を唱えているぞ！」

「範宴、回峰行は終わったよ！　君は成功したんだよ！」

彼らは栄養になるものと十分な水を瀕死の僧に与えたら、少し顔色に赤みがさし、生気が出て来た。彼らは範宴を慈円のいる寺まで担いで行った。慈円はイライラしながら、知らせを待っていた。恐ろしい山中で、飲まず食わず休息もせずに百日以上いたので、もう範宴は死んだと慈円は思った。そこで、範宴の霊前で阿弥陀経を唱えはじめた、と、突然、遠くで叫び声を耳にした。

「大僧正！　大僧正！　範宴は生きていた！　回峰行から生還した！」

慈円は喜びの涙を流しながら、彼らのもとへ駆け寄った。死んだようになった痩せ衰えた範宴がいた。慈円は範宴を腕に抱き、ささやきかけた。

「なんてつらいことを耐え忍んだのだ！　心配していたぞ。」

慈円の涙が止めどもなく範宴の顔に流れた、其のとき範宴は力をふりしぼって、墓から抜け出したような弱々しい声で慈円に言った。

「大僧正、又、お目にかかれてうれしいです！」

「おお、意識が戻ったか！　わしもお前に再び会えて本当にうれしいぞ！」

数秒の沈黙の後、慈円は範宴の耳もとに身をかがめて、聞いた。

「それで生死の問題が解決ついたのか？」

「いいえ、大僧正、私はみじめな者です。毎日緩むことなく厳しい行をしましたが、ついに、生死の問題は解決出来ませんでした。」と、範宴はうちのめされた調子で、力尽きたように答えた。

聖徳太子の夢告

建久二年（一一九一）七月末、十九歳になった範宴は慈円に法隆寺に行く許可を願い出た。九月十二日、性善房を連れて範宴は磯長の永福寺に着いた。この寺が聖徳太子の墓を管理していた。聖徳太子自身が書いた二十行の詩の墓碑銘が太子の墓にあり、読むことが出来る。範宴はそれを手書きした。

「私は世を救う観音菩薩です。私の妻は大勢至菩薩です。私の母は西方にいる阿弥陀仏です。罪障にみちた末法の人々を救うため、私たちの遺体は埋葬されました。極楽に戻った観音菩薩の化身である私は、全ての人を救う私の誓願を衆生に見せるため、我々の三遺体の骨をこの磯長の墓に埋葬させました。それは、観音菩薩、大勢至菩薩、阿弥陀仏の三佛の法身の教えと阿弥陀仏の誓願の大利益を後世の人間に示すためです。」

範宴は墓の近くの一室にこもり、三日三晩祈った。二日目の夜、不思議な夢をみた。目覚めるとすぐに、その夢を書き留めた。

「私、範宴、佛の若い弟子は、母が私を身ごもる前、腹に入った五葉の松の不思議な母の夢を思いながら、如意輪観音菩薩の化身でおられる聖徳太子に導かれるのを願いました。私はその墓に祈りに行きました。そこで三日間祈っているとき気絶しました。二日目の朝二時頃、満月のように光り輝く三佛に囲まれた太子が私の前に現れました。その時、聖徳太子は私に告げました。

「私たち三佛は汚れに満ちたこの世を導きます。日本は大乗仏教が広がるのにふさわしい場所です。範宴、私の大切な弟子よ、よく私の言葉を聞きなさい。

あなたはあと十年生きるでしょう。死後、浄土に生まれるでしょう。それを信じなさい、善信、真の菩薩よ。」

その紙の余白に彼は書き添えた「建久二年、九月十五日早朝、範宴、佛の弟子」

この聖徳太子の出現後、心が喜びに満たされた範宴は、太子が眠っている寺を出た。それは始めての神秘体験であった、しかし、疑いがひとつ心に浮かんだ。

「私は今十九歳だ、十年後は二十九歳である。聖徳太子が告げたその年まで、私の寿命はわずかな時間しか残されていない。生死の問題を出来る限り早く片付けなければならない。浄土に至る道を見つけなければならない。そうしないと、来世は地獄に生まれるだろう。生死の輪廻を逃れる道を見つけないと、これまでの全ての私の努力は水の泡になる。」

範宴はこの体験を誰にも話さなかった。

当時、範宴は比叡山の堂僧であった。比叡山の常行三昧堂で九十日間、阿弥陀仏の像の周りをたえず念仏を唱えながら回る、不断念仏という厳しい行をしていた。聖徳太子の夢のお告げにせかされて、何回もこの行をしたが、阿弥陀仏を見ることが出来なかった。疲労感と絶望感で、しばしば、夜、自分の部屋の仏壇の前にひざまずき、泣きながら聖徳太子のあの予言の言葉を繰り返した。そして「生死の神秘を解決するまで、命をとりあげないでください」と、泣きながら祈った。

秋のある日、慈円は範宴に、源信の著作『往生要集』について、比叡山の僧たちに講義をするように頼んだ。其の日の講義で、範宴の知識の深さと明晰さを聴衆の僧たちに印象づけた。其の後、慈円は範宴を正光院の住職に任命した。範宴は源信を日本の阿弥陀信仰の主導者の一人として大変尊敬していた。後年の著作『浄土高僧和讃』に、源信を浄土教の七高僧の一人として讃歌を書いている。源信が書いた地獄の記述は、当時の人びとを非常に怖がらせた。たとえば、ある地獄について、このように書いてある。

「地獄では罪人たちは飢えと渇きに苦しみ、自分の体を食べ始める。完全に食いつくすと、再び命がよみがえる。生き返ると、又、自分の体をたべる、こういうことが果てしなく続く。あるいは、腹の黒い蛇が罪人たちに巻きつき、体を呑み込み少しづつ、むさぼり食う。地獄の番人たちが罪人たちを真っ赤に燃えた炭火に投げ込んだり、鉄なべに投げ込み焼く。罪人たちは気の遠くなるほどの長い年、筆舌しがたい苦しみにあう。

雨山聚処《うせんじゅしょ》という名の別の地獄がある。非常に高い鉄の山が罪人たちの上に落ち、穀粒をひくように罪人たちをくだく。粉々になると、罪人たちは又よみがえる。よみがえると又ひかれる。又、十一の炎が罪人の体の周りを取り囲み、地獄の番人が剣で彼らの体を切りきざむ。それから、こなごなになった体に溶かしたろうを注ぎ込む。こうして、罪人たちはいつも病気にかかり、たえず苦しむ。昔、仏様に供えた食べ物を盗み、誰にも分かち与えずに食べた者が、この地獄に落ちる。」

源信は又、浄土の十の楽しみも書いた。最初の楽しみは、死ぬ時、菩薩たちが信者を迎えに来る光景が見られる楽しみである。

「生存中、悪いことをたくさんした人は死ぬ時、激しい動きと強烈な暑さに悩まされる。まず、体の力が消え体温が下がる。反対に、生存中、良い行いをいっぱいしてきた人の病はゆっくり進行して、苦しみはあまりない。最初、肉体を離れ、地、水、火などの肉体を構成していた要素が蒸発して消える。さらに、念仏を長年信じ、唱えて功徳を積んだ行者は、最後の時、心に大きな喜びが満ちるのを感じる。既に成就した誓願に従い、阿弥陀仏は、まばゆく光を放ち、多くの菩薩や僧たちを伴って死に瀕した行者の前に現れる。

それから、大慈悲の観音菩薩が念仏の行者の前に進み、蓮台をささげる為に手を差し出す、それから大勢至菩薩は多くの聖者たちと共に、行者を讃え、手を差し出して浄土へ導く。その時、行者はこの素晴らしい光景を目の当たりにして、心は喜びに包まれる。体と心は涅槃に入るように静まる。わらぶきの家で行者が目を閉じたとき、蓮台に座り菩薩たちに取り囲まれて阿弥陀仏の後に続き、一瞬で浄土に入る。」

浄土の別の楽しみ、他者を救う楽しみについての記述、

「浄土に往生する者は、明晰な精神と超能力を得る。超人的な洞察力で前世と未来の生を見るこ

とが出来る。鋭い聴力で宇宙の全ての音を聞くことができる。過去を思い出し、過去世で受けた親切を思う。超人的な洞察力で他人の心が読め、その心に入ることが出来る。高速度で移動できる。巧みな方法を使え、変身できる超能力で人びとを浄土に導くことが出来る。」

比叡山での不思議な出会い

建久九年（一一九八）、二十六歳になった範宴は、京都の明王院で読経と経典の講義をした後、帰り道で、突然、白い肌、白粉を塗った首に長い黒髪のかかった非常に美しい若い女性に出くわした。彼女は侍女と思われる若い女性を連れていた。豪華な美しい着物と品の良い顔立ちから、貴族の娘のようであった。朝の暖かい光に照らされて、着物の中に崇高なまでの素晴らしい肉体があるのが想像できた。

その美しい顔を範宴に向けて、愛らしいが毅然とした調子で尋ねた。

「美しい貴公子さま、どこから来られてどこに行かれるのですか？」

範宴が連れていた弟子の一人が答えた。

「はい、我々は比叡山へ戻ります。」

「私はずっと前から比叡山に祈りに行きたいと思っていました。今日、侍女と一緒に行こうと決意しました。しかし、初めての道ですので、よく道がわかりません。御一緒させていただけないでしょうか？」と、落ち着いた態度で聞いた。

範宴はちょっと当惑しながら静かに答えた。

「喜んでご案内したいところですが、あなたは女性であられる。比叡山の規則をご存じないのですか？　比叡山は僧たちが天台宗の修行を行う聖なる山です。まことに残念ですが、女性は入山が禁止されています。」

「どうして女性が入ってはいけないのですか？」と失望した様子で聞いた。

「女性は罪障に満ちているからだと言われます。法華経では女性は罪障が深く仏法を受けられる器ではないと言います。天台宗の開祖、最澄が女性の入山禁止を決めたのは当然なことです。お帰りになることをお勧めします。」

するると、若い娘はひざまずき、範宴の僧衣をつかみ、哀願した。

「なんて冷たいお言葉でしょう！　あなたは経典の『全ての人間に仏性がある』の一節を読んだことがないのでしょうか？」

範宴はこの女性の知識と執拗な態度に驚いた。

「はい、もちろんこの有名な文を知っています。僧ならみんな、この文を宝のように大切に心に抱いています。」若い女性は頑固に説得を続けた。

「比叡山には人も動物もたくさんいます。しかし、動物、鳥、昆虫にも当然、雌はいます。それなのに、どうして人間の女性は入れないのでしょうか？」

「おっしゃるとおりです。」

「天台宗の教えでは、すべての人は救われるのです。もし、この教えに女性が含まれないのなら、大きな矛盾になります。それでは、仏陀の教えに反しませんでしょうか？」

範宴はこの言葉にびっくりした。自分は仲間の僧たちとこれまでたくさん佛教について議論してきたけど、今まで誰からも天台宗の理論のこの矛盾を指摘されたことはなかった、と思った。

彼女は続けた。

「私も法華経を読みました。女性は仏教を受け入れられる器でないと説いていますが、竜女は仏になれました。」

範宴はびっくりしてこの女性を見つめ、話を聞いてしまった。

——気品のある優美さから貴族階級の人であろう、おそらく姫君であろう。しかし、どうしてこのような女性が比叡山に行こうとしたのだろう？　もしかしたら、この女性も生死の問題を解決しようとしているのかもしれない。

女性は続けた。

「それに、お釈迦様も僧団に女性を受け入れました。それなのに、どうして比叡山は女性の入山を拒むのでしょうか？」

「とても良い質問です、しかし、私には答えられません。」

「私はあそこでお坊様に出合って、女性が生死の輪廻から救われる方法を私に教えてくださるはずの方に贈り物を持ってきました。」

「入山できないのは本当にお気の毒ですが、それが規則なのです。」

「あなたは私の懇願を退けました。ずいぶん頑固な方とお見受けしました。それでも、この贈り物をお受けください。」

彼女は着物の袖から宝石をはめこんだ玉をとりだして、範宴にわたした。範宴は受け取って良いものか、しばらくためらっていた。それでも、彼女は強引に押し付けた。

「贈り物を受けるのを困っているようにお見かけします。お坊様、どうか聞いてください。私は子供のときから生死の問題の解決を求めてきました。侍女と私は仏教書を沢山読みましたが、まだわからないことがいっぱいあります。お坊様、今日の私たちの出会いは偶然のこととは思われません、きっと、前世からの因縁があったのだと思います。」

範宴はこの若い娘の大胆さにだんだん狼狽して、早口で言った。

「本当に申し訳ありませんが、私はあなたの頼みごとも贈り物も受け取れません。私は単なる僧です。私は比叡山の創建当時からの規則を破ることも議論することも出来ません。」

「お坊様、お名前をおしえてくださいませんか？」

「範宴と申します。こちらの人は性善坊で正光院で私の仕事を手伝ってくれます。」

彼女はおきまりの挨拶はしないで、彼に差し出した物を是非もらっていただきたいと強く言い張った。

「この玉は太陽の光を集めて火を作ります。この世で最も高いものは太陽であり、最も低いものが地面だと思います。太陽が大地を直接照らすのではありません。太陽が夜を明るく照らせるのは、この玉の中で光を反射するからです。もし、仏法の水が比叡山の頂上しか流れないのなら、仏法は人類の美しい夢でしかありません。仏法の水が山のふもとまで流れ落ちて初めて、仏法は全ての人を豊かにするでしょう。範宴様は、これまでにない賢者になるでしょう。どうか、私の申したことを重く受け止めてください。」

「かしこまりました。決して忘れません。」範宴がこう答えると、初めに現れた時のように、突然、範宴の傍らに玉を残して、二人の若い女性は森の茂みに消え去った。

この思いがけない出会い以来、範宴はこの若い女性のことを考えずにはおられなくなった。その女性が範宴の心の中に入り、その姿を追い出そうと努めればますます現れた。もはや読経も瞑想も集中出来なくなった。経典を読んでいる時も、座禅中にも彼女の面影にとらわれ、夜になれば、早朝まで彼女を抱きしめる夢をみた。

――おお！　私はこの女性に執着を抱いている。恋に落ちてしまった！　しかし、私は仏になる誓願を守らなければならない。私の人生は短いのだ、私は悟りを求めなければならない、死んだ後、地獄に落ちたくない！

しかしながら、この若い女性の優美な姿が彼を悩ました。今や、範宴は別の角度から物事を見るようになった。花を見れば彼女の肢体を思い出し、彼の周りの全て、動物も鳥も虫もみんな、愛の歌を歌っているように思えた。仏像の前にひれ伏して許しを請うた。この欲望が断ち切れるまで、打たれたいと思った。そこで、厳しい修行を自分に課した。しかし、無駄だった。目を閉じれば、彼女はいた。散歩しても、本を読んでも、眠っていても、彼女がいる、念仏を唱えても、いつも彼女が居た。

数年前、歌人であり僧である西行が歌会を始めた。朝廷がこの会の再開を望み、詩人であり思想家でもある慈円に歌を作りそれを披露するように求めた。そこで慈円は歌を作った。

「わが恋は松をしぐれの染めかねて、真葛が原に風さわぐなり」

この和歌は最も優れた歌として、天皇自身が慈円の和歌を絶賛した。しかし、一部の宮廷人たちと多くの僧侶たちが嫉妬まじりに言った。

「この歌は恋を知らない者には書けない和歌だ。作者の慈円は僧だ。僧は独身で無ければならないし、女性関係は慎まなければならない立場だ。僧は恋を知らないのが当然だ。それなのに慈円はどうしてこのような歌を作れたのか？」

「彼は遊女に溺れたにちがいない。醜聞だ！」

「こういう僧によって仏法は地におちるのだ！」

長い議論をした結果、慈円は淫行のため追放されることになった。朝廷はこのような歌がどうして書けたかその理由を言うようにと慈円に手紙で命令した。慈円は歌の形式を使って返事をした。

「草も木も口はないけど、花は咲き、葉は地に散り、自分を表現をする。鳥や動物は泣く事は出来ないけど、詩人はその感情を表現できる。それが、詩人のわざである。同様に愛の経験がなくても、詩人は愛の歌を作れないのであろうか？」

朝廷はそれならばと、愛を題材にしない別の歌を作るように命じた。慈円はすぐに新しい和歌を送った。

「はし鷹の身よりの羽風吹きたてて、おのれと払う袖の白雪。」

帝はみんなの前でこの歌を絶賛して仰せになった。

「才能を持つ者はなんでもわかるものじゃのう。」

しかし、またして、帝の賛辞が貴族たちや京都の五つの寺院の僧たちの嫉妬心に火をつけた。彼らは朝廷に来て帝に謁見を乞うた。

「慈円を青蓮院から追い出せ！　慈円を流罪に処せよ！」とわめきたてた。この要求を受けて、帝は慈円を朝廷に呼び、女性関係はないか遊女屋にいりびたっていないか、と、再び詰問することを決めた。帝は慈円の返事によって判断し、必要な処置をとることにした。しかし、慈円は詩ぐらいのことで非難されこともないし、こんな情趣のわからない輩に答えても無駄だと言って、何回も出廷を拒んだ。ついに、慈円は病気を理由にして、寺の一室に閉じこもり、執拗な出廷命令を無視してしまった。その結果、朝廷は返事が無い以上島流しもやむをえないと決めた。このようなことは、関白であった弟の兼実が朝廷に力があった時は、決して起こらなかったであろう、しかし、兼実は三年前に朝廷から退出し、今は隠居生活であった。朝廷の新勢力と僧たちは団結して、慈円を青蓮院から追い出そうと図った。どの坊主もこの寺の住職の座を、近親の者や友人に譲りたく思っていたからだ。

一方、青蓮院の僧たちと慈円を支持していた貴族たちは、範宴のもとに集まりこの問題の解決策を練った。

「朝廷や比叡山の僧たちの脅迫を軽く考えてはいけません。」と何人かが言った。範宴はそれに答えた。

「師匠の書いた和歌は単なる口実でしかないです。実際、慈円は青蓮院の大僧正です。朝廷に影響力を持ちたがっている僧や貴族たちは、慈円が居たら自分の思いどおりにならないので、慈円を権力の座から追放しようとしているのです。」

数日後、冷泉天皇は慈円に病気でも朝廷に出廷するように命じた。青蓮院は文書で返事をした。

「大僧正は重い病気で床にふせっていますので、出廷できません。帝がこの状態に御理解を示し、慈円の代わりに他の僧を受け入れてくださいますことをお願いいたします。」

帝はこの提案を受け入れ、範宴が帝に謁見することになった。その日がやってきた。全ての宮廷人と比叡山の高僧がこの機会に集まった。

帝は範宴に尋ねた。

「慈円大僧正の名代として来たあなたの名は何と言うのですか？」

「私は範宴と申します。有範の息子です。」傍の者が帝にこっそり「範綱の義理の子だ」と告げた。一人の僧が直接範宴に尋ねた。

「あなたの師匠の代わりに我々の質問に答えることが、出来るのですね？」

「師匠は重病です。それで代わりに朝廷に行くようにと師匠から頼まれました。」

「よろしい。慈円大僧正は非常に魅力的な和歌を作りました。しかし、それは女性関係の経験がある者しか書けない歌です。このような関係を持つことは僧侶としてあるまじき行為です。我々僧侶の役割は自分自身と人類の救いのために戒律を護ることです。」範宴はうろたえることなく、すぐ言い返した。

「僧はまず、人間であるのが本当なのではありませんか？」

この大胆な返事に一瞬重い沈黙があたりに広がった。僧は続けた。

「あなたは僧が性的関係を結んで仏法を犯しても、それは自然だとみなすのですか？」

「いいえ、私はそんなことは言っていません。私はたとえ僧であっても、この世に生きている時は欲望があると言っているのです。」

「それでは、師匠は遊女屋に行って欲望を満たし、性的関係を経験したとあなたは告白しますね？　それが自然なのですね？」

「私はそんなことは言っていません。全ての生き物がやがて異性の魅力を知るのは自然の法だと言っているのです。」

「あなたは自然の法であるから、僧は性的関係が結べると認めているのですね？」

「釈迦仏が僧に女性関係を禁じているため、私はそれを認めていません。しかし、釈迦仏は全ての者が五感の欲望に執着し、そのため、嫉妬心や所有欲に苦しむこと。こういう人間に慈悲心がありますす。そのため、仏は我々僧に戒律を与えて、この五欲から僧を守ろうとしているのです。仏は戒律を守った者だけがその教えを正しく理解できると、我々に言ってます。」

「仏法を良く知っているあなたは、慈円大僧正は重要な戒律を破ったとみなしましたね。慈円の島流しの刑は当然です！」

「いいえ、慈円僧正は決して戒律を破っていません。反対にこの和歌は、愛は苦しみの元だと教えています。慈円僧正はもう歳を取っていますす、しかし戒律を守ってきたおかげで精神の若さを保っています。戒律を破っていたら、どうしてわざわざ、あなた方の悪意を引き寄せるようなこんな歌を朝廷に出したりするでしょうか？　あなた方の気に入るような歌を作ったでしょう。」

範宴は落ち着いた調子で説得したので、もう誰も口を開こうとしなかった。

彼は師のことを語ることより、性欲の苦しみと仏が僧に課した性関係の禁止の戒律を守ることの難しさを語った。

「帝とここにお集まりになった僧侶たち！　戒律を守ることはむしろ重要だと私は断言します。仏は無量寿経で、次のように言っておられます。

「戒律を尊び、聖人や善人を敬いなさい。慈愛心でもって、全ての人に接しなさい。私の教えに反抗しないように。この迷いの世界に我々を留める因果の鎖を断ち切るために、悟りを求めなさい。無明の根を断ち、苦しみのこの世を去りなさい。」又、仏は言います。「善行を積みなさい。衆生に哀れみをたれなさい、そして戒律を犯さないように。耐え忍びなさい、悟りを求めて修行をしなさい。心を静めて知恵の完成を求めなさい。私の戒律を忘れないように。たった一日だけでも戒律を守ったら、阿弥陀仏の浄土で百年間善行を積むよりその功徳は大きい。その理由は、この世は悪に満ちているが、浄土では悪は存在しないからである。この世の人びとは欲望を満たそうと願い、互いにだましあい、身も心も疲弊する。この世の人びとは、はてしない恐怖の中で生きている。」

範宴はすこし沈黙して、それから語りだした。

「このように、仏は僧にとって戒律を守ることが難しいこと、戒律に違反しない人はほとんどいないことを知っておられます。しかし、戒律に違反しない少数の人たちこそ、欲望から解放された高僧だと言います。彼らは迷いから遠く、大いなる知恵を持ち、自由であり、いつも衆生に大慈悲心で接することを望んでいます。彼らは老いの寂しさを感ずることなく孤独を享受します。私は慈円僧正がそういう精神の高みに達した僧なのだと思っています。」

範宴は話すことを休止して集まった人びとを凝視した。それから言った。

「もし、みなさんが慈円僧正をお疑いなさるなら、青蓮院においでください、そして僧正の生活ぶりをごらんください。そうしたら、このような疑いは消えるでしょう。」

列席した全ての人がこの若い僧の発言に感動した。帝は範宴の答弁をほめて微笑みながら仰せになった。

「慈円大僧正は良い弟子を持ったものじゃ。あなたの養父、範綱は和歌がうまいし、あなたの師匠も和歌の名手だ。あなたもきっと上手だと思う。我々のために一首作ってくれないか？」と帝は思いついたままおっしゃった。「しかし、まず、慈円の和歌を再び読んだ後に。」範宴は慈円の和歌を再び詠んだ。すると、帝が仰せになった。「あなたの師の僧正は、鷹の羽先についた雪について詠んだ。今度は同じ題で雪が袖に付いた場合を詠みなさい。」

範宴はしばらく考えてから、詠みながら書き始めた。

「はし鷹の身よりの羽風吹きたてて、おのれと払う袖の白雪。」

全ての参列者はこの和歌をほめたたえた。帝は感激のあまり、ひはだ色の小袖を範宴に賜り「さすがに、範綱の養子であり慈円大僧正の弟子の作品じゃ。」と、仰せになった。

玉日姫

島流しになるはずの慈円大僧正の危機を、演説と詩才によって範宴は救った。しかし、帝に謁見した後、範宴の心の中にいくつかの疑問が生まれた。

――もしも私が失敗したら、私の師と私の叔父の評判に傷をつけただろう。そうしたら、自殺もありえたのだ。それでは悟りどころではないのだ。私が天台宗の弟子である限り、宮廷からしょっちゅう呼ばれるようになるであろう。そうして私は世間のほこりに汚れるのであろう。師匠の慈円大僧正はそのような道をお選びなさり、この世の権力者と関係を持ち、こんなに困ったことになったのだ。そういうことは悟りに導かない。聖徳太子の墓に参拝しお告げをいただいてから、もう九年になる。悟りに達するまでもう一年しか残されてない。私は一体どうすればいいのだろうか？

あの事件のあと、宮廷と貴族の間で範宴の評判は増大した。次第に範宴は貴族の家で行われる法事に呼ばれるようになった。特に摂政関白、九条兼実の家によく呼ばれた。ある日、範宴が行った法事の後、兼実が範宴に言った。

「今日はとても良い法事でしたよ、しかし、驚きましたよ、娘と私は。」

「法事の時、なにかお気にいらないことを私はしましたか？」

「いいえ、そうでなくて、三年前比叡山のふもとであなたと話をしたと、娘の玉日が言うのですよ。あの時、私は娘を叱ったのです。若い女性が山に行くなんて、とても危険だからです。悪い人に襲われたら、遊女屋に売られてしまうかもしれないからです。」

「ごもっともです。私はあなたが心配される気持ちがよくわかります。」

「あなたのおかげで、娘は無事に戻ることが出来ました。」

範宴はびっくりして、あの不思議な出会いのことを思い返した。

「私が比叡山で話した人があなたのお嬢さんだとは、本当に驚きます。」

「私の信じる阿弥陀仏が守ってくださったのだと思います。我々の出会いも偶然ではないと思いますよ。ところで、あなたにお願いがあるのですが。」

「何なりとお申し付けください。」

「あの時、私はなんで比叡山に行ったのか娘に聞きました。娘が答えるに、死が怖くて、悟りを見つけたかったと言います。そういうわけで、比叡山の僧から直接、説法を聞きたかったようです。」

「若いお嬢さんが死について、そのような感情を抱いていたとは知りませんでした。」

「とても体の弱い娘でした。十五歳ぐらいからやっと健康になりましたが、死の恐怖は決して消えなく、それどころか、このごろ毎晩、悪夢をみて、恐怖のあまり叫び声をあげて目が覚めるのです。今、娘は十八歳です。そろそろ婿を見つけてあげなければいけないのですが、この悪夢と死の恐怖が解決しないと、結婚生活は難しいでしょう。そこで、阿弥陀仏への信仰の深いとても賢い侍女をつけました。」

「私がお嬢さんに出会ったとき、一緒にいた若い女性のことですね。」

「そうです。〝朝〟という名前で私の家来の三善為教の娘です。今、彼女は二十歳です。朝は娘の死の恐怖をやわらげるために、しょっちゅう阿弥陀仏のことを娘に話してくれます。」

「ようやく、あなたが私をお呼びになった理由がわかりました。でも、私で大丈夫でしょうか？

私は浄土宗の僧でなく天台宗の坊主です。」

「娘の死の恐怖はぜんぜん消えません。そこで、娘の生死の問題にあなたが答えてやっていただきたいのです。娘は比叡山のお坊様に強いあこがれを感じているのです。いつも生死の問題を解決するため、比叡山に行きたいと私に言っていました。しかし、今はそれは禁止されていることを知りました。」

「私はお嬢さんの期待に添えるような人物ではありません。私自身、生死の問題を解決していません。どうか、私ではなく、お嬢さんを助けられる良い僧侶を見つけてあげてください。」

「あなたの正直さには感動しました。しかし、あなたを指定したのは私ではなく、娘自身なのです。そのため、私は娘の恥をあなたに打ち明けたのです。」

「恥ではありません。みんな死のことは、自分の問題として考えなければならないのです。」

「では、娘を助けてくれますね？」

「かしこまりました。ただし、釈迦佛の言葉を教えることしか出来ませんが。」

「引き受けてくれて感謝します。さあ、娘の所に行きましょう。玉日は朝と一緒にあなたを待っています。」

二人の娘は範宴をいまかいまかと待っていた。兼実は娘とその侍女を範宴に紹介してから、部屋を出た。玉日は範宴をじっとみつめてから、会話の口火を切った。

「あなたを我が家にお迎えできるとは、なんて光栄なことでしょう。あれから三年経ちましたね。」

「又お目にかかるとは、本当にびっくりしています。あなたのお父さんがあなたの質問や恐れを私に打ち明けてくださいました。しかし、私自身、悟っていないので、あなたの全ての質問に答えることは難しいと思いますよ。私に出来ることはお釈迦様の言葉を教えることぐらいです。」

と範宴は微笑みながら返事した。

「体が弱かった子供の時からずっと、私は死ぬのが怖かったのです。幸いに今は健康になりましたが、死の恐怖は子供のころよりもっと強烈にいつも襲ってくるのです。毎晩、死の瞬間の悪夢を見ます、恐ろしくて叫んでしまい、その叫び声で目が覚めるのです。」

「あなたの恐怖感はよくわかります。」

「お坊様、死んだらどうなるのか教えてください、どこに行くのですか?」

「お釈迦様は言いました。人は世間の欲望に執着して生きていますが、人間は一人で生まれ一人で死んでいくのです。現在の行いが善業か悪業かによって、次に生まれる生が苦の世界か幸せの世界かが決まります。私たちは自分の行為の責任を負わなければなりません。自分の罪障を他人になすりつけることはできません。みんな違った業を各自が持ち、過去の業によって次に生まれる世界が決まります。それが因果の法則です。」

「なんて神秘的な話でしょう!」

「はい。お釈迦様は因果の法則を弟子たちに伝えました。」

「その方は素晴らしい人です。」

範宴は微笑みながら、まるで子供みたいな人だなあと思った。突然、真面目な調子になって言った。

「御嬢さん方、これから私が言うことを人に喋ってはいけません。今まで誰にも言わなかった私の秘密です。」

「ぜひ教えてください、誰にも言いませんから。」

「実を言いますと、私も同じことで悩んでいるのです。十九歳の時、聖徳太子から、私はお告げを受けました。その当時、私は永福寺にお参りに行ったのです。三日間お堂にこもって祈りつづけました。二日目の深夜二時ごろ、お堂の中が光輝き聖徳太子が現れました。その時お告げがあったのです。

「我々、三仏陀が、汚辱にまみれたこの世を導く。

日本は、大乗仏教が普及するのにふさわしい国である。

範宴よ、私の愛する弟子よ、よく聞きなさい、私の言葉を。

あなたはあと十年生きる。

死んだら浄土に往生するであろう。

信じなさい、善信。真の菩薩よ。」と、聖徳太子からお告げがありました。」

それから付け加えた。

「もしこのお告げが本当なら、私の命はあとわずか一年足らずです。それでとても怖いのです。」

朝は気持ちを和らげようと、声の調子を整えて範宴に言った。

「それはまさに奇跡ですね。なんでそんなに恐れているのですか？」

「私は比叡山で勉強をたくさんして、厳しい行にも励みました。しかしまだ悟りに達していないのです。最近宮廷の貴族たちの間で、私の評判は高くなりました。それで、瞑想の時間が無くなってきているのです。」

「ごめんなさい、私の話を聞いてもらって、あなたの貴重な時間を奪ってしまって。」と、玉日が答えた。

「いいえ、私がこんなに心を人に開いたのは初めてのことです。」

玉日はほっとしてためいきをついて言った。

「あなたが私たちに打ち明けてくださって、とてもうれしいわ。あなたのおかげで、私はもう一人でないと知りました。」

朝がためらいがちに、二人の話に割り込んだ。

「お坊様、私は仏法のことは何も知りませんが、法然上人が私たちは末法の時代に生きていて、厳しい修行をしても悟りに到達できないと、説法でおっしゃっていました。お釈迦様は難行が出来ない人たちに、お念仏をお勧めしていると、上人様はおっしゃいます。法然上人様は吉水で毎日説法されています。多くの人が説法を聞きに訪れています。玉日様のお父様も、上人様のお弟子さんです。私はよくご一緒させていただいて、お説教を聞いています。あなたもお聞きなさってはいかがですか？」

　すると、突然、嫉妬に駆られたように玉日が叫んだ。

「黙りなさい！　おしゃべり！　範宴様は天台の偉い御坊様ですよ。礼儀知らず！」

　朝は女主人のいつにない調子にびっくりした。こんなことは初めてだった。姫は行き過ぎた辛辣さが自分でもわかっていた。朝はちょっと混乱して言った。

「ご無礼でしたらお許しください。」

　しかし、範宴はさえぎって言った。

「いいえ、無礼ではありません。続けて、その僧について話してください。」

「法然上人はあなたと同じように、比叡山で天台の教えを学びました。次に浄土宗を黒谷で学びました。法然上人の念仏の教えは、とてもわかりやすいです。私でさえ難しくありません。」

「本当ですか？　彼も私のように比叡山で学んだのですか？」

　朝はうなずいて話を続けた。

「熊谷直実は昔のお侍さんでしたが、法然上人に尋ねました、『戦場で多くの人を殺した私はどうしたら浄土に行けますか？』と。法然上人は『犯した罪を心配せずに、ただ、お念仏を唱えなさい。お念仏を唱えることによって、浄土に往生できます』と答えました。直実は泣きながら『こんな罪を犯したので、自分は絶対に救われないと思っていました』と言って大地にひれ伏して感謝の言葉を述べました。この話はとても有名です。法然上人の評判は京都で日に日に高まっています。」

「今、彼は吉水で説法をしていると言いましたね？」

「はい。吉水は華頂山のふもとにあります。」

「時間があったら行ってみましょう。今日は私の秘密を聞いていただきありがとうございました。」

玉日姫はうっとりして言った。

「おお、範宴様、又会ってください。私はあなたに手紙を書きます、侍女や父の家来にそれを比叡山まで持って行かせます。」

「あなたの質問に答えて、あなたの死の恐怖を鎮めるように、私はあなたの父上に頼まれました。あなたのお役に立てるよう約束します。」

その日から、玉日姫は質問があると手紙にしたためて、比叡山まで使いの者に届けさせた。それに対して範宴は必ず返事をした。

関白、九条兼実の邸宅は京都の東にあった。そこへ範宴は法事に通った。京都の西側に兼実の別宅、西の洞院があった。花が咲き乱れる美しい庭があったので、この別宅を付近の住民は「花園御殿」と呼んでいた。兼実の側室とその息子、光実とその娘、玉日と侍女や従僕たちがそこに住んでいた。兼実は玉日を愛していたが、その母親の側室には、もうなんの感情も湧かなくなっていた。かつて、兼実がこの別宅を訪れるたびに、兼実と側室はけんかをし始め、彼らの再会は嫉妬と怒りと嘆きで終わった。今や、兼実は彼女に嫌悪感しかなく、出来る限り会わないようにした。しかし、兼実は娘、玉日をこよなく愛した。兼実の心には、この邸宅で過ごした玉日との懐かしい思い出が、いっぱい詰まっていた。玉日が子供の頃、兼実が現れると、駆け込んできた玉日が「抱っこして、抱っこして！」とせがんだ。腕に玉日を抱き上げた時、兼実はこの上ない幸福感に酔ったものだ。

兼実はこの思い出を宝物のように心に刻みつけたが、今の玉日は大人の女性になり、兼実から距離を置いているように思えた。一方、玉日は、実母が兼実との関係悪化に苦しんでいるのを思いやり、父には複雑な感情を抱いていた。そういうわけで、兼実は玉日と範宴の出会いに多くのことを期待した。それが、兼実が二人の接近を許した第一の理由であった。こうして、範宴は玉日の相談相手になった。

ある日、範宴が花園御殿に出かけた時、玉日が範宴に尋ねた。

「範宴、実は私は良い人でないと知っているの。自分の心の中にはいっぱい良くないものがあるの。」

「御自分のことをどう思われているのですか？」

「たとえば、私はとても嫉妬深いのよ。私よりずっと美しく、ずっと賢い女性を見ると、嫉妬心がむらむらと湧いてきて、抑えられないの。そして、その人が不幸になれば良いと思ってしまう。それから、父がこんなに私を愛してくれるのに、又、親孝行は一番大事だと知っていても、父にいつも逆らうの。そんな自分に私は嫌悪感を抱くのです。比叡山で仏道修行をしたら、この嫌な感情から逃れられると思った。比叡山に行って、こんな自分を罰するために、苦行を自分に課したかったの。」

「そんな風には見えませんでした。」と範宴は答えて考えこんだ、そして、言った。

「実は私も同じように良くない感情に苦しんでいます。この嫌な感情は私の自我から来るものだと知っています。」

「えっ？　あなたも私と同じように、この良くない感情に苦しんでいるの？　仏道修行をしているお坊様はこんな問題に、もう苦しむことは無いのだと思っていたわ。」

「僧にとっても、こういう問題を解決するのは非常に難しいのです。」

「お坊様でもそうなら、尼でない私にはもっと難しいわ。範宴様、お釈迦様はこのような問題になんとおっしゃったか教えてください。」

範宴は無量寿経の一節を暗誦してみせた。

「第三の悪とは、人びとは天と地の間のこの世に住んでいるが、寿命に限りがある。一方で賢人、金持ち、崇拝される者、健康な者がいて、他方、貧乏人、堕落者、粗暴な者、悪人、愚かな者がいる。さらに、悪人はいつも悪いことばかり考え自己満足しか求めない。贅沢と愛欲にふけり、心に安らぎが無い。貪欲でけちで、手に入らないものを求める。好色でみだらな行いをする。妻を嫌い、他の女性のところに出入りする。その結果、財産を失い、法に違反するようになる。徒党を組んで暴動や争いを引き起こす。人びとを攻撃をし、殺し、財産を奪う。他人の財産を奪うため恐ろしい計画をたてる。自分の仕事に就かないで、盗んで他人の物を得ようとする。欲望に突き動かされ多くの違法行為をする。いらいらし、興奮して、ひとを脅し、他人のものを盗み取り、その盗んだもので、妻子を養う。欲望の声しか聞かず、みだらな行為にふける。親族の絆をまったく無視し、先祖を忘れ、家族や近親の者に苦悩を与える。

さらに国家の法も守ろうとしない。しかし、この悪業は人びとや神々に知られており、月と太陽の光が彼らの行為を明るみに出し、天と地の神々が記録する。こうして、業の自然な法のため、地獄、餓鬼、畜生界で無限劫の間、限りなく苦しみを受ける。彼らの受ける苦しみは筆舌に尽くしがたい。これが、第三の大悪、大痛、大焼という。その苦しみは燃え盛る火に生きたまま焼かれるごとくである。」

次に、範宴は無量寿経に書かれている第四番目の悪を暗誦する。

「第四の悪は次のようなものである。世間の人びとは善をしようと考えず、互いにそそのかして、あらゆる悪を犯す。ひどい言葉で人をののしる、うそをつき、無益なおしゃべりに夢中になる。あるいは、人を中傷し、善人をうらやみ嫌う。賢人をおとしめ、密かにそれを喜ぶ。両親を無視し、師や先輩を軽んじる。友人に信頼されなく、誠実さを欠く。自分は偉い、徳のある人間だと思い込んでいるが、行動はきまぐれで、他人を見下している。自分の悪に気が付かず、それを恥じない。自分の力を誇示し、人が自分をほめることを強要する。天地をおそれず、善を行うことを軽蔑する。学ぼうとも改悛しようともしない。尊大で自分の道しか従わない。」範宴は少し沈黙し、又続けた。

「傲慢で、なにも恐れず、いつも尊大な態度に出る。しかし、神々は彼らの悪行を記録している。たぶん、過去の善業がまだ少し残っていて今はその過去の善業の残りを当てに出来るが、それも、今生で犯した悪業が過去の善業の積み重ねた貯金を帳消しにしてしまう。」

それから、範宴は具体的に例を挙げて説明した。

「たとえば、あなたの前世の善業のおかげで、あなたは今生で姫になれました。悪業を犯せば、これまで積み上げてきた善の貯金が消えてしまうのです。」

それから、又、釈迦佛の言葉を話し始めた。

「この世で悪をして前世から積み上げた功徳が尽きてしまうと、神々から見放され、誰も当てに出来ず独りになってしまう。命が終わると業の自然な法則によって、地獄に落とされる。各自の業は神々によって記録されるから、悪行を犯せば、地獄への道に通ずる。悪を犯せば罰は必然的についてまわり、決して逃れることはできない。やがて灼熱の地獄の大釜に入り、体は溶け耐え難い苦しみを受ける。その時、自分の犯した悪行を悔いても、助ける者はいない。因果の法則は誰にも避けられない。これが第四の大悪、第四の痛、第四の焼である。その苦しさは、燃え盛る火に生きたまま焼かれるようなものである。」

玉日はこの最後の言葉に恐怖を抱いた、が、範宴はそのまま続けた。

「経典の最後で、お釈迦様はどうしたら地獄に落ちないかを教えています。

「しかし、このような苦しみの世界で、心を制御して良い行いをし、悪を行わず、善のみをすれば、その功徳によって、この苦の世界を離れ浄土に往生出来て、涅槃に達する。これが第四の大善である。」

「私が良くない考えを抑えることが出来ないのはこういうわけだからですか?」と、玉日は悲しそうに言った。

「人は、自分の考えを抑えることは非常にむずかしいのです。」

「なんて、人間は惨めなのでしょう! 範宴、私を助けて!」

「私はあなたに何もしてあげられません。私に出来ることはお釈迦様の言葉を教えてあげるだけです。私自身、自分の良くない考えを止めることができないからです。」玉日は残酷な妄想に苦しんで、言った。

「範宴、ここに泊まって。私の傍にいて。あなたの居ない独りはいやです。」

「お許しください。お姫様。そんなこと私には出来ません。寺に帰らなければなりません。」

範宴は急いで寺に帰った。彼自身、玉日と同じように、人間の惨めな実態を考えて、ため息が出てきた。玉日と離れていると、範宴の恋心はますます募った。

悟りに達するための誓願と恋心の板ばさみで、心が引き裂かれた。範宴は往生要集の地獄の一節を思い出した。

「地獄の番人は地獄に落ちた人びとを針葉樹林の森に投げ込む。木のてっぺんに美しい着物をきた美女が居る。番人は美女を見ると、すぐに木によじ登る。登ると、針葉樹林の葉の針が彼の体を傷つけ、筋肉をずたずたに引き裂く。ずたずたになった体でてっぺんに着くと、美女は木の根元に居て、男に誘う言葉をかける。『私はあなたを愛するために、ここに居るのよ。どうしてこっちに来て、抱いてくれないの？』それを見た男は、欲望に燃え降り始める。するとかみそりの刃のような葉が、男の体をずたずたにする。地上に着くと、女は又、頂上にいる。かわいそうな男は、又、登ろうとする。」

男の欲求不満の苦しみを描くこの場面は、今の自分にそっくりだと範宴は思う。

彼は仏像の前に行き泣いた。そして、法華経を読んだ。こうして、自室に閉じこもり、玉日に対する執着心を断ち切るため瞑想に入った、が、悟りへのすべての努力は肉欲の情熱に負け、崩れてしまうのだった。傷ついた心で範宴は考えた。「私の誓願を守るため、唯一の解決策は、彼女から離れることだ。」

数日後、兼実の家来と侍女の朝は、玉日の書いた手紙を持って青蓮院に行った。範宴が手紙を開くと、「愛」という言葉が目に飛び込んできた。自分の欲情を抑えるために、手紙を破り、彼はいつものように邸宅に行った。玉日はわくわくして、彼を迎えた。

「なつかしい範宴、私の範宴、あなたは家に来てくれた、私の想いを遂げさせてくれるのね。」

「玉日、私がここに来たのは、あなたに重要なことを言うためです。」

「手紙に書いたように、比叡山で会ってからずっと、あなたを愛していたわ。」

「私も、あの日のあなたを忘れません。」

「ああ！　今の言葉うれしいわ。私はあなたの妻になりたいの。いつも、あなたの傍にいたいの。あなたがいない人生は耐えられないの。」

「よく聞いてください。寺院は仏法を行じる神聖な場所です。私は規則を犯したくありません。」

「おお、なんて冷たい言葉！」玉日は泣き出した。それからきっぱり言った。

「寺院であなたと一緒に暮らすことは諦めたわ。密かに私の部屋で交わりましょう。心配しなくてもいいわ、誰も来ないから。もうすでに、朝にはこの部屋に入ってこないように言ってあるのよ。」

「お許しください。お姫様、私は僧としての誓願を破りたくないのです。もし破れば、将来仏は、私を罰するでしょう。」

「範宴、あなたには感情が無いの？　血も肉も涙もないの？　あなたに悲しみをもたらす誓願なんて捨てなさい！」

「私は長いこと悲しみを忍んできました。八歳の時、母を失ったのです！　以来、別れの悲しみに耐えてきました。」

「あなたの悲しみを私が取り除いてあげましょう。後白河天皇は、『僧は女性関係を隠すが、仏は知っている。しかし、今は、関係を隠す僧はほとんどいない。』と、言ったのをご存知ないのですか？　今日では、お坊さんの肉体関係は公然とした秘密です。安心して。私は絶対に秘密を守るから。誰も私たちを非難しないわ、誰も知らないし、それに、お坊さんはみんな、やっているのよ。」

「うそは仏法に反します、私は地獄に落ちてしまいます。」

玉日は手を握り締め、力強く言った。

「一緒に地獄に落ちても、あなたが居れば私は耐えられる。私の心には良くない考えが、次から次に浮かんでくるから、死後、私は必ず、地獄に行くと思う。止められないの。でも、あなたと一緒なら、地獄でも幸せだわ。」

「釈迦佛は、因果の法則によって、生前中の各自の行為によって、次に生まれる場所が決まる。と、おっしゃった言葉を思い出してください。」

「なんて、あなたは冷たいの？　私の言うことを全部否定して！」

「そんな風に言わないでください。それに、あなたは、ご自分の名誉を守らなければなりません。あなたは関白、九条兼実のお姫さんなんですよ。あなたの欲望が遂げられたら、私は地獄に落ち、あなたは名誉を失うのですよ。」

「そんなこと全然気にしないわ。あなたは名誉が大事だから、それを失うのを恐れているの？」

「恐れていません。お父上はあなたに仏法を教えるように、私に頼んだのです。釈迦佛の言葉によって、あなたの死の恐怖が取り除かれるのを、お父上は望んでおられるのです。だから、私はここに教えに来ているのです。お父上はあなたが貴族の妻になることを望んでおられます。」

「私は本当にあなたが好きなのよ。他の人と結婚したくありません。あなたは本当に私になんの感情も抱かないの?」

「気持ちはいっぱいありますが、私は僧です。私は自分の命を仏にささげました。私は悟りを求めています、そして、この世で苦しむ人びとを救ってあげたいのです。」

「あなたの命を、私たちの幸福に捧げてもらいたいわ。」

「玉日、さようならを言う時が来ました。私はそのために、今日、ここに来たのです。」

「さようならなんて、絶対、受け入れられません。絶対に。」

姫は大きな声でうめき泣きだした。範宴は深くおじぎをして、部屋を去った。

範宴は玉日との別れを非常に苦しんだ。この恋心を忘れるために、又、聖徳太子の予言により、まもなく自分の命の終わりが近づくのを恐れたために、瞑想の行をすることを決意した。そして、比叡山の大乗院にこもった。そこには性善坊だけが入ることを許され食事を運んだ。彼は範宴が真面目に行に励んでいるか疑問に思い、囲いの割れ目から夜通し覗き込んだ。すると、仏像の前で瞑想し、磯長の墓で受けた聖徳太子のお告げの文を唱えている範宴を、性善坊は見た。

ある晩、瞑想中に月の光が大乗院の祈りの部屋いっぱいに差し込んだ、すると、如意輪観音菩薩が範宴のもとに現れ、彼に告げた。

「あなたの誓願も私の誓願も成就するでしょう。」と。

それから突然、消え去った。範宴はその場で歓喜の涙を流した。

その時、突然、ある考えがひらめいた。京都の頂法寺の六角堂に安置された如意輪観音は中国にあった古い佛像である。昔、慧思という名前の中国僧が（聖徳太子の前世の名前）弟子に自分は来世は全ての人びとを救うために、日本に生まれるだろうと予言した。さらに、自分の死後三十六年経ったら、この如意輪観音像を日本に送って欲しいと、その弟子に頼んだ。弟子は師の遺言どおり、三十六年後、その像を日本に送ることにした。箱にこの仏像を入れて、その箱の上に、日本の朝廷にこの仏像を差し上げると書き、弟子の名前と所属していた寺の名前を書き入れた。海にその箱を浮かばせる前に、彼は祈った。「如意輪観音の功徳は限りない。どうか、この菩薩像が日本に到着して、私の師の慧思の願いが叶えられるように。」

偶然にも、この像は五八四年、淡路島の浜に打ち上げられた。日本の漁師がそれを発見した時、箱から神秘的な光が漏れ出ていた。漁師はそれを朝廷に送った。敏達天皇が箱を開けさせると、光輝く如意輪観音の銅像が出てきた。その時、聖徳太子は三十歳であったが、この像に強く惹かれた。

「これは自分が前世で持っていた如意輪観音の像と同じだ」とも言った。それから、聖徳太子は京都に六角堂を作らせ、この像をそこに安置したという。この話を範宴は思い出したのだ、六角堂に安置された如意輪観音は、聖徳太子そのもので、大変貴重なものだと、依然から範宴は信じていた。そこで、彼は百日間、この堂にこもり、祈りを捧げる誓願を建てることを決意した。

六角堂のお告げ

建仁一年（一二〇一）一月十日、範宴は比叡山の聖光院を出て、遠く離れた京都の六角堂に行った。聖光院の勤めがあるため、仕事が終わった夜出発して、翌朝早く寺に戻った。距離は離れていたが、固い誓願をたてた範宴は、雨の日も雪の日も、寒い日も疲れた時もかかさず通い、一晩中、六角堂で祈った。六十八日目の夜、瞑想中、お告げがあった。

「末法の時代の凡夫が、生死の問題を解決するには、念仏の行以上に良い教えはない。今、念仏を布教している聖者がいる。名は法然といい、京都の東の吉水で説教をしている。この行の深い意味を聞きに行きなさい。」

聖なるお告げを受けた範宴は、歓喜の涙を流した。

聖光院に返る途中、京都の三条橋で、範宴は親友であり比叡山の安居院の僧、聖覚に出会った。涙を流しながら歩いている範宴を見て、聖覚は言った。

「範宴、涙をながして、一体どうしたんだ？　どこに行くのだ？」

「おお、聖覚、ちょうどいい時に会った。聞いてくれよ、僕は六角堂で貴重なお告げを受けたところなんだ！」

「お告げ？　さっぱりわからん、君の寺は聖光院ではないか？　どうして六角堂に行ったのだ？　一体、何が起こったのだ？」

「話せば長くなる。君に時間があれば、祇園公園でそのことを話そう。」

二人は公園の入り口の鳥居をくぐり、松の大木の木陰に座った。

「僕は十九歳の時、磯長の墓で聖徳太子の聖なるお告げを受けたのだ。」

「えっ？　聖徳太子のお告げを受けたって！　それは奇跡じゃないか！」

聖覚は信じられないという顔つきで範宴を見た。

「この予言では、僕の寿命はその時から十年しか残っていないのだ。今、二十九歳だ、その予言を信じれば、僕の死がもうすぐ迫っているのだ。」

「君は信じるの？」

「もちろん信じるよ。そのお告げが聖徳太子のものだから。聖徳太子は人間でない、菩薩だよ。

「偉大な僧、空海も聖徳太子を敬愛したよ。彼も君のように墓に行った。」

聖徳太子は過去も未来もわかるのだ。」

「聖徳太子は日本仏教の父ではないか？　僕はそう思うよ。」

「だから、君は悟りを急いで得ようとした？」

「そういうことだ。自分の死期が迫るのに追い立てられて、熱心に悟りを得ようとした。」

「君のした回峰行を思い出すよ。もう少しのところで、命を落とすところだったね。」

「そう、難しい行をしたけど、悟りはまだないのだ。」

「わかるよ、僕も横川でこの厳しい行をしたけど、仏を見ることは出来なかった。僧正たちはこの行をすれば仏に出会うことが出来ると言っているけどね。」

「しかし、横川で何回も常行三昧の行をしたのがいけないのではない。僕は常行三昧堂の堂僧だ。念仏を唱えながら、阿弥陀仏の像の周りを回って祈った。」

「僕も同じだ、この行の最後に阿弥陀仏を見ることは出来なかった。」と、聖覚が考え深げに言った。

「どうして仏様に会えないか、ついにわかったのだ。僕は阿弥陀仏に集中していなかったのだ。時々、ほかのことを考えていた。完全に集中していなかったのだ。それに、どうして自分は悟りに至れないかわかったのだ。」

「ああ、どうして？」

「自分の煩悩が原因だ。僕はこの煩悩を難行によって取り除こうとしたのだ。しかし出来なかった。自分はこの煩悩と迷いのため、絶対に来世は地獄に生まれるだろう。」

「実は、僕もだめだった。難行は僕を悟りに導かなかった。それで、比叡山を去って、法然上人の説教を聴きに吉水に行ったのだ。」と、聖覚は言った。範宴はびっくりした。この法然という名前を聞いたのは、これで二回目だ。

「法然上人を君は知っているの？　実は六角堂のお告げは吉水に行って、法然上人の念仏の教えを聞きなさいというものだった。」

「そのお告げは正しくて素晴らしい。法然によって、君の全ての問題が解決すると思うよ。僕もまた、法然の念仏の説教によって救いを見つけたのだよ。」

「旧摂政関白、九条兼実の侍女も私に法然のこと言っていた。法然はどういう人なの？」

「僕は今では法然の弟子だから、よく知っているよ。法然は今六十九歳だ。彼もまた比叡山で学んだのだ。」

比叡山で学んだと聞いて、範宴は法然に親しみを感じた。聖覚は法然上人の生い立ちを語った。

「九歳の時、夜、父親が敵に暗殺されたのだ。」

「法然の前で父親が暗殺されたって？」

「そうだ、しかし、父親は最後の息を引き取る前、暗殺者に恨みを抱いてはいけない、これは自分の前世の悪業の結果なのだと、法然に言ったそうだ。」

「父親は既に業の法則を知っていたのだね？」

「そう。父親は息子に言った。『お前が復讐をしたら、争いは永遠に続くだろう。出家して僧になりなさい。そして、悟りを見つけなさい』と。」

「とても感動的な話だね。」

「そう、とても有名な話だよ、こうして、法然は母方の叔父の勧覚の弟子になった。」

法然の子供時代は自分の少年時代とよく似ていると、範宴は思った。聖覚は説明を続けた。

「十三歳になった時、法然の利発さに感動した勧覚は、比叡山でもっと深く仏教を勉強させるように母親を説得した。それから、比叡山で法念は源光に出会い師事した。十五歳の時に、大乗戒を受けた。法然は君のように必死に勉強したよ。十八歳で、悟りを求めて、黒谷の叡空の庵に行った。そこで、毎日難行に励み経典を読み耽った。そして、法然坊源空と改名した。それからあのいまわしい法元の乱と平治の乱が勃発した。多くの貴族たちが、法然の下に来世の救いを求めて来た。そこで法然上人は彼らに大乗戒を授けた。さらに、法然は経典を沢山読み、どうしたら衆生が救われるかを探した。その研究から中国僧、善導の観経抄に導かれて行ったのだよ。」

「善導の観経抄、その古典知っているよ。善導は各自が誠実な心で念仏すれば、浄土往生できると教えた。」

「僕もそれを読んだよ。法然は観無量寿経の根本的な教えに忠実だ。この経典で釈迦佛は韋提希夫人のような多くの悪業を積んだ人でさえ、もし、阿弥陀仏の名を十回唱えたら、浄土往生できると約束した。」

「その念仏は、僕が常行三昧の行を横川でした時唱えた念仏と違っている。」

「そう、まったく違うよ。四十三歳の時、法然は阿弥陀仏への信心を確信したのだ。阿弥陀仏への深い感謝の気持ちで、浄土往生を誠実に願い念仏を唱えれば、全ての人は浄土往生が保証されるとね。」

「僕は自分と多くの共通点がある法然上人を尊敬するよ。」
「さあ、吉水に行こう。午後から説教があるから聞きに行こう！」

法然上人との出会い

清い泉があることから名付けられた吉水草庵は京都の祇園にある。法然は、そこに住んでいた。弁天様の小さな神殿の曲がり角を回り、石階段をよじ登ったところにその草庵はあった。法然は吉水に来る前は比叡山の黒谷で学んだ。この草庵の傍らに小さな寺がある。法然はしばしばそこで、説法を訪れてくる人びとにした。吉水時代と黒谷時代の間のわずかな期間、法然は円照坊と二人で比叡山の西山広谷で暮らしていた。二人はとても仲良くなり、一緒に念仏に改宗した。円照坊は亡くなる前、所有していた自分の寺を法然に遺贈した。法然は寺の柱を解体して、その柱でこの寺を、吉水の草庵の傍に建てたのだ。又、草庵の東西に僧たちが泊まるための宿坊も建てた。坊主たちはみんな、敬愛する彼らの師、法然の周りに集まり、自由にそこで生活している。

法然が説教している所に範宴と聖覚が近づくと、集まった信者の唱える念仏が聞こえてきた。聖覚も唱えはじめた。信者の群れから少し離れた草の上に二人は座り、法然の説教を聞いた。

「南無阿弥陀仏の御慈悲を大切に心に刻みなさい。なむあみだぶつ、なむあみだぶつと声に出して唱えなさい。これは、至心、深心、至上心が詰まった言葉です。炎は上にひろがり、水は下に流れるのは自然の法です。阿弥陀仏は念仏を唱えるだけで、罪障の深い全ての衆生を浄土に迎えると誓願を建てました。純粋で一途な信心で、阿弥陀仏の名を唱えるだけで、あなたの死ぬ時、阿弥陀様は確実に迎えに来てくださいます。それが仏の法です。それは疑いない確かなことです。念仏を生涯唱えなさい、そうすれば、功徳が増大し、死後は浄土に生れるでしょう。そうすれば、あなた方は、もう、生死のことを心配しなくて大丈夫です。」

そして、最後に「さあ、一緒に念仏をしましょう。なむあみだぶつ、なむあみだぶつ、なむあみだぶつ。」と、説教を終えた。会衆全員が法然の念仏に唱和した。

人びとが本堂を去った後、聖覚は範宴を草庵に連れて行き、法然に紹介した。法然の周りには何人もの僧たちが集まっていた。質素な黒衣を着た法然は、がっしりした体格の老師で、自分より古いと思われる数珠をつまぐっていた。この時、法然の寺の真面目な雰囲気は悟りの道に通ずると範宴は思った。聖徳太子の聖なるお告げは本当だったのか？

法然は二人に気がつき、驚くほど若々しい声で言った。

「おお、聖覚でないか！　私の説教を聴きに来たのか？　お念仏をして比叡山のほかの僧たちと気まずいことにならないかのう？」

「いいえ、比叡山で仕事をしながら、念仏を唱えていても、何も困ったことはおこりません。」

「それは結構なことじゃ。仕事をしながら念仏するのはいいことだ。ところで、あなたが連れてきた人は誰じゃ？」

「はい。この人は私の親友で、範宴と言います。比叡山の僧で聖光院で住職をしています。私もそうでしたが、みんな天台宗の行と救いに疑問を抱えているのです。法然上人は私の友人を助けられると、思いまして連れてまいりました。」

法然は範宴をしばらくじっと見て言った。

「天台の修行をしている比叡山の僧が何人も、救いを求めて私の意見を聞きに来ました。さあ、あなたの修行と仏道の問題を少し話してごらんなさい。」

すると、居合わせた僧たちが、個人的に法然が話がしやすいように、それぞれ口実を作って、部屋を出て行った。ここにいる全ての僧が、かつては、法然の下に救いを求めて来たのだ。ここ数年も何人かが来た。みんな法然が新来者の話を注意深く聞いた後で、称名念仏について個人的に教えることを知っていた。そういうわけで、みんな部屋を出て行った。聖覚も「法然上人、私はこれから庭の掃除をしてきます。どうぞ、友人の範宴をお願いします。」と言って部屋を出た。

法然はみんなに「寺の仕事をしてくれてありがとう」と礼を言って、それから範宴に向き合った。

「もう、二人だけじゃよ。あなたの心の内を私に話しなさい。」範宴は悟りを得るため比叡山でしたあらゆる努力を語り始めた。

「法然様、私に悟りを得る能力があるか、ないか率直におっしゃってください。」

法然は優しい微笑を浮かべて、静かに答えた。

「あなたは稀に見る人ですよ、範宴。あなたのように真面目に行をする人は今は、ほとんどいないのです。命がけで難行に挑み、経典全てを理解しようと大変な努力をされている。今日、比叡山の僧の中で、あなたのような修行者は本当に珍しい。大部分の僧は聖者の難行道に従っていると言っているが、実際は難行はしたがらず、仏教書も真面目に読もうとしないのです。特に名誉や富のような表面的な快楽を求めているのです。あなたは誠実に熱心に行をして、自分の力では悟りに達することは出来ないとわかっているのですよ。この気持ちは非常に尊いのですよ。私がいつも教えている阿弥陀仏信仰による道を、あなたはすぐにわかるようになるでしょう。実を言うと、私も若いとき、あなたと同じ道を歩んだのでした。本当によく似ている。これからは、あなたの疑問に答えてあげますよ、僧坊に無料で泊まって良いですよ。今、約三十人ほどの僧が日本中からやってきて泊まっています。みんな真面目で動機がしっかりしています。つまり、悟りを求めて来ているのです。みんなとうまくやっていければいいですね、あなたの友達の聖覚も、時々、比叡山から降りて、私の念仏の説教を聴きにきて泊まっていきますよ。あなたも安心して、ここで泊まりなさい。」

範宴はこの老僧の優しい気持ちに感動した、そして、心の氷が溶けていくのを感じた。長いこと疑いや苦しみや孤独感が積もっていた彼は、涙を抑えきれなくなり、法然の前で泣きじゃくった。

数カ月間、法然と範宴はさまざまな仏教の問題について語り合った。ある朝、密教の知識を持つ範宴は、観佛についての考えを法然に話した。静かに聞いていた法然は言った。

「慈円僧正の弟子の中に、熱心に真面目に行に励む若い僧がいると聞いたが、今、私の前にいるあなたのことなのですね。あなたの悟りへの探求は強く素晴らしいですよ。」

「私は横川で、何回も常行三昧の行をしました。しかし、仏を見ることが出来ませんでした。」

「あなたが横川でした念仏は、私が吉水で教える念仏と違います。あなたのは聖道門の念仏です。行者は悟りに至る長い段階を自力で進むことに集中します。一定の期間、行者は阿弥陀仏の像の周りを、阿弥陀仏を心に描いて、念仏を唱えながら回るのです。この行の最後に、行者は阿弥陀仏を肉眼で見えると言います。しかし、私たち悟ってない凡夫は、仏の金色の体を見ることができません、五官から起こる五欲に執着しているからです。このように、この方法で魂の解放に至るのは非常に難しいのです。私も、あなたと同じように比叡山で悟りを探しました。私は一切経を全部、五回以上読みました。私は十八歳の時、不断念仏を叡空の指導の下で黒谷で行いました、それを四十三歳まで行いました。不断念仏の行は二十五三昧会の僧たちから、叡山では非常に評価されていました。この行は九八四年、横川の源信によって作られた行で、高い声で念仏を唱え、同時に心に阿弥陀仏を思い描くのです。天台宗の念仏で自力で悟りに到達する方法です。この行は末法に生きる衆生にとって難行です。」

範宴は思い切って尋ねた。

「よくわからないことが幾つかあります。どうして、私はその行で仏が見えなかったのでしょうか？」

「その説明をする前に、念仏の行の意味を、善導の文で説明しましょう。善導は言います。『行者は静かな部屋に座り、仏を観ようとせずに、称名に集中して阿弥陀仏のことだけに意識を集中しなさい。そうすれば、仏を観ることが出来るでしょう。』と。」

「この点がわからないのです。どうして、善導は行者に阿弥陀仏を観ようと勧めないで、ただ名号だけを唱えなさいと勧めたのでしょうか？」

「善導は、それは行者の心の状態のためだと言います。悟りを妨げる迷妄が心に充満しているから、対象に集中出来ないのだと言います。心が綿密でなく荒いので、永遠に動き、真理を識別出来ないのです。」

「残念ながら、それこそ私の心の状態です。」法然は微笑みを浮かべながらも、はっきり言った。

「そのために、限りなく慈悲深い釈迦佛は念仏を教えられたのです。念仏の行は易しい。阿弥陀仏の名を唱えれば、浄土に往生出来るのです。」

範宴は自分の問題がどこにあるのか、身にしみて悟りはじめた。法然は続けた。

「私はこのさまざまな行では悟れなかった、四十三歳の時に書いた文を覚えています。『生死の問題の解決が見つけられなくて苦しんでいた。恐ろしい心配に捕らわれていた』と。」範宴はびっくりして言った。

「上人は私と同じ問題に苦しんでおられた、しかも、もっと長い間！」

「全くそのとおり、だから、あなたの疑問がよくわかります。あなたは若い頃の私にそっくりです。善導の書かれた観経抄という書物に出会ったのは四十三歳を過ぎていました。その中の一文に私は釘付けになりました。

『たえず、阿弥陀仏の名号を唱えることに専念することを、正定業と言います。阿弥陀仏の名を二心無く唱える称名念仏こそ、阿弥陀仏の浄土往生の条件を満たすのです。』単純なこの文を読んで、私が探し続けたものは、もうすでに、阿弥陀仏が用意しておいてくれたのだと、私はわかりました。長い間積み上げた私の仏教の知識は、浄土往生には役に立たないのだと理解しました。そこで、私は聖道門を捨てて、わが国に浄土門を開きました。行者は阿弥陀仏の力だけによって、浄土に救われるのです。この教えによって、私は、衆生を浄土に往生する手助けが出来るでしょう。」

範宴は比叡山のふもとで出会った玉日姫の言葉を思い出して、法然に言った。

「浄土に行く道を示して、全ての人を救うことがとても重要ですね。」

「そうです。インドの僧、竜樹は易行品で言っています。『仏になる道は、この世の道と同じように沢山ある。難しい道と易しい道がある。徒歩で行く道は疲れるが、海上を船に乗って行く道は易しい。菩薩の道も同じである。自力で苦行をする道はむずかしいが、信心によって進む道は簡単ですばやく不退転の所に到達する。』」法然は範宴の反応を見て、又続けた。

「『もし、阿弥陀仏が仏像を造営したり、塔を建てたりする人だけを対象に、誓願をするのなら、貧乏人は浄土に生まれることは出来ない。しかし、この世には金持ちはわずかで、貧乏人は多い。もし阿弥陀仏が賢い人や才能がある人だけを誓願の対象にするのなら、凡人は浄土に生まれない、この世には賢人は少なく、凡人が多い。もし、阿弥陀仏が深く仏教を学べる人のみを、誓願の対象にしたら、仏教をよくわからない人、あるいは仏教をほとんど知らない人は浄土往生が出来なくなる。もし、阿弥陀仏が戒律を守れる人だけを、誓願の対象にすれば、戒律を重視しない人、あるいは戒律を破る人は浄土に往生できなくなる。この世には多くの人が戒律をやぶり、戒律に従う人はわずかである。もし善行をする人だけが往生出来るのなら、ほとんどの人は善行をしないから、ほとんどの者は往生出来なくなる。限りない慈悲に富む法蔵菩薩は阿弥陀仏になる前、全ての衆生を救うため四十八願を建てた。そのうちの十八願は、仏像を彫ったり塔を建てたりの善行でなく、ただ、南無阿弥陀仏の名号を唱えるだけで救われるという。』

法然はちょっと休止した後、さらに続けた。

『阿弥陀仏の限りない慈悲心は貧しい人、愚かな人、ほとんど仏法を知らない人、戒律を破る人にもそそぐ素晴らしいものである。このような人びとは、私が行った聖道門による救いからほど遠いのである。』この文に出会って、とうとう、私は全ての衆生を悟りに導く道を見つけました。」

ある日、法然と討議をしていた時、範宴は夢告の予言を思い出した。

「十年前、磯長で私は不思議な体験をしました。」

「どんな体験ですか？」

「私は聖徳太子の墓へ祈りに行きました。三日間、祈り続けて、気を失いました。二日目の深夜二時、満月のような輝きを放った三仏に囲まれて聖徳太子がその部屋に現れました。その時、聖徳太子が私に夢告をしました。

「私の三仏は汚辱にまみれたこの世界を導く。日本は大乗仏教が広まるにふさわしい場所である。範宴よ、私の弟子よ、よく聞きなさい、よく私の言葉を聞きなさい。あなたはあと十年生きて、死んだ後、浄土に生まれるでしょう。信じなさい、善信、真の菩薩よ。」

範宴が打ち明けると、法然は喜んでおっしゃった。

「それは素晴らしい。誰にも与えられる夢ではありません。何日も仏像の前であなたは行をなされた。そのあと、聖徳太子があなたの前に現れました。それは、仏の答えです。こういう経験は大変重要で、悟りと同じです。私が敬愛する善導はこういう体験を、観無量寿経の注釈書の「観経抄」で語っています。観経抄を書き上げた善導は自分の書いた注釈書が正しいかどうかを仏に聞きました。次の夜、仏が夢のなかに現れ、観経抄は正しいと確認しました。善導はこの観無量寿経の注釈書は自分が書いたのでなく、仏が教えてくださったものであると、言います。これから、この所を読んでみますね。」

法然は善導の観経抄の巻物を探しに行った。それから、特に重要な部分を読み出した。

「勢観無量寿経の注釈書を作る前、佛の前で私は夢の中で浄土を見れるように誓願をたて、三回阿弥陀経を読み、三万回念仏を唱えた。次の夜、私の夢の中で浄土が初めて現れた。大勢の菩薩が座っていたり、立っていたり、話していたり、沈黙していたりしていた。それから、目が覚めた。その翌日、私は観経抄を書いた。次の夜から、僧が現れ玄義分という仏教書を私に教えた。注釈書を書き終えると、その僧は夢から消えた。私は再び、十回阿弥陀経を読み三万回念仏を七日間唱え続けた。毎晩、私は浄土をこの眼で見た。その後、最初の三日間の夜、白いらくだに乗る人を見た。浄土往生につながる行を続けなさい、迷いにみちた汚れたこの世に執着しないように、と、その人は私に言った。最後の夜、阿弥陀仏自身が宝石で出来た木の下で、金の蓮の上に座り十人の菩薩に囲まれて浄土にあらわれたのを、私は見ました。長い道に沿って、大きく背の高い旗が掲げてありました。この光景をさまたげるものは、何もありませんでした。」

法然が巻物を閉じると、善導の夢に感動した範宴は言った。

「なんて不思議なことでしょう！　この浄土の夢は経典に書かれてある浄土の光景と同じです。」

「そうです。善導は同じ夢を見たのです。」

「法然上人、ありがとうございました。今初めて、私の夢は重要だったのだとわかりました。」

少しの間、沈黙が流れ、突然法然は範宴に打ち明けた。

「三年前、私も善導と同じように、素晴らしい夢を見ました。その日から、私は天台宗の教える観想念仏を止めて称名念仏にきりかえました。」

範宴は師の自分に対する率直さと親密さにうれしくなった。

「もし、さしつかえなければ、その夢を聞かせていただけたら幸いです。」

法然は微笑み、しばらく思い出に耽っている様子を見せ、それから語りだした。

「夢の中で、私は山を登っていた。山並みが北から南に広がり、川が見渡す限り下流へ流れていた。西側の空には紫色の雲がうかび、浄土に住む孔雀やオウムのような幻想的な鳥が、川と雲の間を、行ったり来たり飛び交っていた。突然、上半身、光に包まれた黒衣を着た一人の僧が私の前に現れた。その人は仏のようだった。私は合掌してその人に聞いた。

――どなたですか？　その人は答えた。

――善導です。

――どうしてここにおられるのですか？

私は、善導という名前を聞いて好奇心にかられて聞いた。

――称名念仏を行ずるあなたは尊い人です。このことを言いに私はここに来ました。

私はさらに聞いた。

――称名念仏をする全ての人は浄土に生まれることが出来ますか？

残念ながら、答えをもらえずに、私はそこで夢から覚めました。」

範宴は心を開いてくれたことに大変感謝して、法然に言った。

「ここに来る前、私は京都の六角堂で百日の瞑想の行をするつもりでした。六十八日目に聖徳太子が現れて、あなたに会いに吉水に行きなさいと、お告げがありました。」

「仏があなたを私に導いたのです。」

「しかし、百日の願を成就するには、まだ三十二日残っています。あなたの教えを聞いた後、京都に戻り六角堂で祈るつもりです。」

「それは良い決断です。きっと、新たに仏が訪れ、あなたは新しいお告げを告げるでしょう。」

ある晴れた春の日、法然は範宴に言った。

「中国の僧、道綽はこの末法の時代では自力で悟りに達するのは不可能で阿弥陀仏の他力の力によらねば悟りに達せられないと言いました。そこで、彼は自力の聖道門を捨てて、阿弥陀仏の力による浄土門の行をしました。善導は浄土往生に必要な五正行を作りましたが、その五正行を知っていますか？」

「はい。比叡山で学びました。浄土三部経の読誦、阿弥陀仏の観想、阿弥陀仏への礼拝、阿弥陀仏の名の称名、それに、阿弥陀仏の功徳の称賛です。」

「そのとおりです。しかし、善導はそのうちの四番目の阿弥陀仏の名の称名をもっとも重要な行とみなしました。称名だけが浄土往生を確実にするからです。それを正定業と呼びました。そして、他の四つの行を助業と名づけました。」

「はい、私は比叡山で助業を大変な努力をして行いました。」

「私もそうでした。善導はもし念仏を一生懸命すれば確実に浄土に入れると言います。善導は念仏が一番大事な行とみなし、念仏する行者だけが、阿弥陀仏の力で確実に往生できると言います。日本でも徳の高い僧たちが阿弥陀仏の力による救済を教えました。誰だか知っていますか？」

「源信僧都が往生要集で阿弥陀仏の救済を書いています。」

「そのとおりです。又、比叡山の北谷に私が居た頃、叡空も阿弥陀仏の救いを説いていました。彼は比叡山の常行三昧堂の堂衆をやめて、京都の大原で良忍の指導の下、融通念仏を学びました。」

「私は比叡山で堂衆をしていたので、堂衆の仕事を知っています。」

「これら全ての師は、仏教の研究や行を人生の最後になって止めて、もっぱら念仏を唱えるようになりました。彼らは最後は、念仏こそ浄土往生に最も早く効果がある道だと考えました。こうして、彼らは生死の問題の解決を見出しました。それだから、誰がこの教えに従わず、三界の火宅に留まっていられましょうか？」

「わかりました。私もこの道に従います。私はとうとう、私の道がどれなのかわかりました。」

範宴は綽空と改名した

法然との対話を積み重ねていくうちに、範宴は阿弥陀仏の誓願と他力信仰の重要さを、だんだん意識してきた。霊性の指導者との出会いの結果、狭くむずかしい自力の聖道門を捨て、広く易しい他力の道を歩むことを範宴は決意した。阿弥陀仏の力と念仏に完全に範宴はゆだねた。そのあと、法念に新しい名前をつけてもらえるように頼んだ。

「法然上人、これから、私はあなたの弟子のお仲間に入れていただきたく思います。どうぞ、私の霊性の新たな段階を示す新しい名前を授けてください。」

一週間後、他の弟子たちが集まっていた部屋に、法然上人は範宴を呼んだ。改名式の準備がもう整っていた。

「範宴、今日、あなたに綽空という名前を授けます。あなたは阿弥陀仏の力に完全に自分をゆだね、後悔や恐れや疑いもなく、自力の修行を捨てることを決意されたからです。吉水に来てから、あなたの道の探求は、中国の僧、道綽を思い出させます、その名の綽と私の名前の法然坊源空の空を取って、綽空と名づけます。」

綽空は歓喜の涙を流して、「ありがとうございます、法然上人、この貴重な名前を光栄に思います。」と答えた。法然は「この門にあなたを呼んだのは、阿弥陀仏です」と言って、全員に念仏を唱えさせた。

柔らかな日差しが草庵を照らしていた。その時、性善坊が綽空のもとに駆けより、心配そうな声で尋ねた。

「比叡山の正光院にお戻りになると聞きました。なにが起こったのですか？」

「性善坊、いきなり呼びだしてすまなかったな。実は、私は法然上人の弟子になり念仏の行者になることを決めたのだ。法然上人が新しい名前を授けてくださった。これからは、綽空と呼んでくれ。」

性善坊は目に涙を浮かべてうめき声をあげた。そして、疑い深そうに言った。

「全部捨てたのですか？　二十年間比叡山で積み上げてきたもの全部を？」

「ある意味では、そういうことになる。」

「しかし、国家からの収入を受けずに、どうやって生活するつもりですか？　あなたは正光院の住職で国から報酬を受けている人です。だれでもが欲しがる恵まれた地位なんですよ。」

「そのことは心配しなくてよい。吉水には僧坊がある。自由に宿泊出来る。私は今や、乞食坊主の生活を送りたい。私はとうとう法然という本当の師に出会ったのだ。私は心からこの師を信じる。私は決めたのだ、最後までこの師についていくと、地獄であってもついて行く。」

「あなたの叔父の範綱様は、あなたのこの決心を知ったら、不愉快に思われるでしょう。」

「確かに。しかし、人の思惑より私の救いが一番大事だ。」こう、きっぱり言ったので、これ以上説得が出来なくなった性善坊は、

「天台宗の安居院に住んでおられる聖覚上人は、法然上人の説法を聞きに時々吉水に来られるとうかがっております。聖覚上人は浄土宗を信じておられますが、天台宗の僧の資格を失っていません。あなたも聖覚上人のように為さることをお勧めします」とだけ言った。

「そのとおり、私も良く知っています。彼が私を吉水に連れてきたのですから。しかし、私と彼とは違います。私は真の救いから遠い生活に耐えられないのです。」

性善坊は主人の性格を良く知っていた、いったん決意すると、もう戻れないたちだ。そこで、もう説得を止めた。綽空は袈裟を脱いで渡して言った。

「比叡山の全寺に手紙を書いて送ろう、それから、慈円僧正にあいさつに行こう。しかし、それより前に、正光院に辞表を書くから、それをあなたが渡して欲しい。」

「あなたが、私どもの寺を去ってしまうのが非常に悲しいです。しかし、あなたの選択を尊重して、あなたの言うとおりにしましょう。」

「あなたがこれまでにしてくれた全てのことに、感謝します。もしも、あなたが自分の信心について疑いが出てきたら、迷わずに、私についていらっしゃい。比叡山を出るのも残るのも、あなたの自由です。」

「私は、あなたのように思い切ったことは出来ませんから、正光院を完全に止めることは出来ません。しかし、あなたの居ない正光院で、私は完全に孤独になります。」

性善坊は深々と綽空におじぎをし、涙をうかべて、いとまごいをした。袈裟を持ち、正光院に通じる道をたどり、やがてその姿が消えた。

綽空は新しい生活が始まったと感じた。朝早く起き、念仏を朗誦し、寺や庭の掃除をする。法然の日常のお世話をする、段々増える法然の説法を聞きにくる参拝者に、教えたり案内をしたりお茶を出したりする。一生懸命浄土の教義や祭式を学び、浄土教の高僧の本を読んだ。法然の著書を熱心に読み、師と弟子の真の友情関係を築いた。法然は綽空に次第に責任ある仕事を任せ、何かを決める時は綽空の意見を取り入れたりした。綽空も師匠の近くにいられる幸せを感じ、喜んでお世話をし、息子が敬愛する父にするように献身した。

綽空は浄土教の基礎であり真髄である浄土三部経を暗記した。法然は念仏を絶えず唱え、衆生に教えたり導いたりした。又、知恵第一といわれる法然なので、さまざまな学派からやってきた僧侶たちに三部経の講義をした。法然に従う僧の数が段々増えてきて、彼らが泊まる部屋が足りなくなったので、綽空は部屋を明け渡した。他の僧に手伝ってもらって、京都の岡崎の土地に草庵を建てた。数週間後、岡崎の草庵に引越しをして、そこから、毎朝、夜明け前に法然の草庵に通った。

建仁二年（一二〇二）一月十七日、綽空は慈円僧正を訪問した。前もって知らせておいたので、慈円は寺の一室で首を長くして待っていた。来訪が伝えられた。綽空は恭しく部屋に入り、深く額を床につけて、悲しい目をしてお辞儀をした。慈円も、昔の弟子にお辞儀をし、締め付けられるような声で言った。

「範宴、また会えてうれしいぞ。しかし、あなたが乞食坊主になったことを知って、悲しみを隠せない。あなたは以前は、比叡山の宝だとみんなから崇拝されていたのじゃよ。あなたの仏教の造詣の深さや詩の才能は、比叡山で高い地位を約束されていた。しかし、ついに、あなたは生死の問題に解決を与える自分の道を見つけたのだね。」

綽空は頭を下げて、二年前の宮廷での和歌の件、比叡山の修行、そして、約一年前の法然との出会い、これが、彼の人生を変えたことなどを、慈円に話した。

慈円は注意深く話を聞いて、結論づけた。

「あなたは仏様の導きによって、自分の師をみつけたのだ。わしは、それがうれしいよ。」

綽空は二日間青蓮院に残り、次に聖光院を訪れる準備をした。聖光院に着くと、全ての僧が集まり、綽空の足元にひれ伏して、目に涙をうかべ、再会の喜びを表した。また、同じ日、比叡山の別の寺、大乗院に行った。そこでも、全ての僧が出迎え綽空の来訪を祝った。

翌朝、比叡山の三塔を訪れ、特に根本中堂で念仏を唱えた。比叡山を訪れるのはこれが最後になると、綽空は知っていた。それから、性善坊と山を降りた、性善坊は結局、綽空に従い、浄土の教えに帰依する決意をしたのだ。

玉日が病気になって一年が経つ。父の兼実は大変悲しんだ、しかも、この不思議な病気の原因がさっぱりわからなかった。玉日に仕えていた朝が、病気の原因を打ち明けることを決意した。

「玉日様は範宴様が好きになりましたが、範宴様はこの愛にお答えにならず、もう便りもお寄こしなさらないのです。」

それ以来、兼実は毎日見舞いに来ていた。そんなある朝、兼実は朝に低い声で聞いた。

「今日の姫の様子はどうですか？」

玉日の部屋は薬草の臭いがたちこめていた。昼さえ庭に通ずる仕切り壁やふすまは閉ざされていた。玉日は日の光が耐えられず、影や暗がりの方を好んだからだ。

「昨日も何も召し上がりませんでした、が、今朝、少しおかゆを召し上がりました。」と朝がつらそうに低い声で言った。ちょっと安心した父は娘が眠っている床に近づいた。

「私のかわいい娘よ、気分はどうかな？」と髪の毛をなでながら優しく言った。玉日は何も答えず視線を父に向けた。それから、閉じたその目から涙がこぼれた。藤原家の嫡流の九条家は、当時の朝廷や貴族社会に絶大な力を持っていた。しかし、政敵、源通親の反乱により、内大臣であった息子と共に朝廷から追われ、その後、息子の急死によって、兼実は宮廷を退き隠居生活を送り、詩、文学、仏教、そして娘に親しむようになった。その愛娘が病気になってから、この父の目は悲しみに満ちていた。彼は娘の苦しみに何もしてあげられないことを知っていた。最初はこの恋もやがては忘れるだろうと思っていた。数カ月経ったが、忘れるどころか、娘の美しい目は悲しみの心を表し、いつも濡れていた。

「娘を治すただ一つの方法は、二人の結婚をお膳立てすることだ。」と、兼実は思った。

春の朝のように、この解決策がくっきりと兼実に浮かんだ。

「お前は範宴との結婚を望んでいるのか?」兼実は単刀直入に聞いた。玉日はほっそりした顔を、父に向けた。

「そんなこと、どうして出来るのですか? 範宴様は僧の生活を送ることを望んでいるのですよ。」と、諦め顔で言った。

「娘よ、お前の範宴への愛は、子供の一時の戯れでないことは、私にはわかっているのだよ。お前の前世の結果が出ているのだ。」

「わからないわ、何をおっしゃっているのですか?」玉日の黒い瞳は父の雄雄しい目を見つめた。父は稲妻のように言い放った。

「前世でお前と範宴はとても近しい関係だったのだと思うよ。」

玉日の唇が震え始めた。

「初めて比叡山で彼に出会ったとき、私はすぐに不思議な縁を感じました。あの時、とても親しい人に再会したような印象を受けました。前世で私たちは愛し合った仲だと私も思うのです。」

「前の生で知り合った人たちは、次の生でも出会うという言い伝えがある。この結婚はお前の業の結果になるだろう。」長い間消えていた光が娘の目に再び灯った。

「夢じゃないわね?」

「過去の行為の報いは、いつも幸福をもたらすわけではないよ」と、父は言った。

「どういうこと?」

「二年前、お前の義母の病気回復を祈って、法然上人に来ていただいた時、上人は病気は病人の業の結果だと私におっしゃったのだ。仏や僧に祈ったり助けを求めても、病気を治す解決にならない、人は業の法則にたいして、どうすることも出来ないからだと言われた。むしろ、病気を治すには医者を呼ぶほうが良いと。それで、法然上人は病気回復の儀式をすることを断った。」

「では、上人は行をなさらなかったのですか？」

「私が、無理にお願いした。医師団も呼ぶから、その場に法然上人にも参加して欲しいと言った。ついに、上人は私の気持ちを受け止めてくださった。私は裸足になって法然上人を自宅にお迎えした。」

「それで、おば様は良くなったの？」

「そう、法然上人の知恵と徳のおかげで、彼女は完全に回復した。私は法然上人をほかのどの僧侶よりも崇拝している。他の僧は出来ないが、法然上人だけが戒を貴族に授けられる。平民だけでなく貴族の間でも法然上人の評判は絶大だ。」

「朝はよく法然上人は聖人だと言います。でも、結婚と法然上人とどういう関係があるの？」

「もし、お前の病気が自らの過去の行為の結果だとすると、お前は過去の業から逃れられないのだ。これが法然上人から教わったことだ。私はできる限りお前を支え、範宴との結婚のお膳立てをしよう。」

沈黙が流れた。

「ありがとう、お父様。」

微笑んで頬を上げ、玉日は父に言ったものの、仮面のような表情で玉日は言葉をつづけた。

「私は、長いことお父様に反抗心を抱いていました。子供の頃、お父様が母上以外の別の女性を愛するのを許せなかったの。母上の苦しみを思って、お父様を恨んでいたの。」兼実は心に衝撃を感じた、すると、そよ風が庭に通じる障子戸を振るわせた。

「私がいけなかったのだ。お前があやまることではない。愛と理性は反するものだよ。お前も今ならわかるだろう。今はただ、お前が幸せになってくれることだけを望んでいる。たとえ、世間にこの考えを受け入れてもらえず、非難を受けようとも、お前と範宴との結婚のお膳立てをしよう。』

九月になって涼しくなった日が、静かに暮れた。繁茂する松の陰に浮かぶ満月の下、古い木造の邸宅が眠りについた。

翌日、兼実は毛筆で書いた手紙を、五人の重要な親類のもとへ届けさせた。五人の中に弟の僧正慈円が含まれていた。兼実は娘の玉日と範宴との結婚の承諾をとりつけなければならなかった。五人が受け取った手紙は丁寧ではあったが、簡潔で急を要する文面だった。みんな多忙であったが、この呼び出しに答え、数日後、全員、兼実の邸宅に集まった。

ありえないこの結婚を二人にさせるつもりだという兼実の言葉は、まるで雷のような衝撃を彼らに与えた。反応は筆舌に尽くしがたかった。一同黙ってしまった。この沈黙は永遠に続くかのように兼実は思った。慈円が心配気な顔で、このうっとうしい重苦しい沈黙を破った。

「兄上、僧侶の結婚は禁止されていることは知っていますね？　しかし、兄さんはこの規律に背こうとするんですね。そのうえ、範宴は住職の職を辞めて乞食坊主になったのですよ。」

別の親類が言った。

「もし、体の弱い玉日を非常に貧しいその乞食坊主と結婚させたら、玉日の病状はさらに悪くなって死んでしまうかもしれないよ。」

「全くだ。玉日の幸福を考えるなら、貴族と結婚させるほうが良い。」と、三番目の親類が言った。

「綽空は頼朝将軍の子孫の一人だ。それだから、貴族の血統だ。」とすばやく慈円が弁護した。

「先祖は問題にならない、彼は今は乞食坊主で何も用意できないぞ。この結婚は考えられないよ。」と、従兄弟がずばり言った。

「玉日にふさわしい男なら他にいくらでもいる。見合いの場を作ってあげよう。」

「兼実、これは九条家の名誉にかかわることだ。不幸にもこの結婚が実現したら、九条家全員が中傷され、権力の場から追放されることを考えたのかね？

息子の急死で、あなたは盲目になっているんだ。気の毒だと思うけど、お願いだから、理性の声を聞いてくれ！」

兼実は黙った。

「兄上、おわかりのように、私たち親類一同、この結婚に絶対反対だ。」と、慈円が結論を言って、さらに付け加えた。

「その上、範宴自身、この結婚を望んでいないと思う。最近、私は彼に青蓮院で会った。彼は熱く法然が説く浄土について、私に語ったが、誰かとの結婚については何も言ってなかったよ。私はよく彼を知っている、彼は私の弟子だったことを忘れないでくれ。弟子だったにもかかわらず、私の寺から遠くない所に寺を建てた、あの乞食坊主は法然に従う選択をしたのだ。法然は無知で無教養の人びとに称名念仏を勧めた。そうしたら僧侶や尼さえ彼の教えに従ったのだ。法然が説法をしてから、京都の寺には人が来なくなった。範宴は法然の説く道に従い、名前も変えてしまった。法然は京都の寺や我々に損害を与えている。すべてが悪くなっていくよ、兼実。この結婚は不可能だ、同意出来ないどころか危険だ。どうか、この誤った考えを止めにしてくれ。」

みんなが帰った後、兼実は長いこと気分が落ち込んだ。彼は親類が絶対反対することはわかっていたが、弟の慈円だけは賛成してくれると期待していたのだ。

――弟は綽空の幸福しか考えていない、しかし、自分は毎日苦しむ娘を見ているのだ。と一人愚痴をこぼした。

――娘を苦しみから解放させるのは、綽空との結婚しかないのだ、そうしないと、玉日は死んでしまうだろう。

兼実は苦悩した、と、突然、良い考えがひらめいた。吉水に行って法然上人の説法を聞きに行こう。玉日の病気のため、あそこへ行かなくなってもう一年になる。兼実は朝についてくるように頼んだ。

法然の説法の前、他の僧たちと阿弥陀経の読経をしていた時、綽空は誰かに見られていると感じた、と、突然、視線が重なった。兼実だった、朝が一緒だった。

再び、玉日姫との熱い思い出がよみがえった。あれから、玉日を忘れるために必死だった、そこで、京都の六角堂の聖徳太子の墓に通ったのだ。その時、聖徳太子が夢に現れ、吉水の法然上人に会いに行くように告げられた。法然との出会いの筋書きに重要な役を担ったのは玉日だと綽空は思った。後悔の感情が心に沸き起こった。そして、玉日のことを想わずにはいられなかった。

雪のように白い皮膚、ほっそりした手、ふっくらした頬、形の良い口。真珠の髪飾りでたばねたふさふさした黒髪、特に彼を魅惑したのはその目、細長い素晴らしい目が冷たく青白い刀の刃のように彼の心を切った。毛筆で数千の詩が書けるほど印象深いその瞳。彼は心の中で戦った、しかし、毒は全身をまわった。

――なんて自分は弱いのだろう！　と綽空は独り言を言った。

私は愛欲の広海におぼれた。その時、聖徳太子のお告げを思い出した。まだ、六角堂の百日の行が終わっていない。聖徳太子が再び現れて、この妄想の暗闇から抜け出す光をもたらしてくれることを願って、この行をやり通そうと彼は決意した。

綽空は法然に京都に行く許可をもらって、六角堂へ向かった。そこで、三十二日間の孤独と瞑想の行を行った。最終日、四月五日の明け方、疲れとひもじさに瞼は下がり、疲労困憊した体は未知の広大な空間に倒れた。虹色の霧のかかった白い尾根の高い山が紫色の広大な空に溶け込む。極楽の鳥が丸い空をよぎっていた。息を呑む素晴らしい光景が現れた。見渡すかぎり琥珀色の大地が広がり、風にたなびく草が瞑想に誘う、金色の毛並みの動物が、宝石のような湖の水を飲みに行く。少し離れた所に、金色に輝く蓮の花の上に座った袈裟を着た素晴らしい人の周りを、光輝く数千の衆生が取り囲んでいる。その人は救世観音であった。救世観音は透き通った声で歌うように告げた。

「行者が、宿業にひかれ、女を犯すのなら、私は玉のように美しい女となって犯されましょう。一生の間、その人生を荘厳して、臨終の時、私が極楽に導きましょう。これが私の誓願です。」

そして、如来は限りない慈悲に満ちた視線で綽空を見つめて、ささやいた、

「善信よ、世間に私の誓願の意味を告げなさい。全ての人に私の誓願を知らせなさい。」

すると、大地が振動し、木は実や花をいっぱいつけた。綽空を目ざめさせたのは、六角堂の屋根にたたきつける雨の音であったか？　目を開けると、いつもの六角堂にいた。綽空は夢の中の光景を、うろ覚えにならないように、すぐに今のお告げを記した。

親類全員の反対や綽空の否定にもかかわらず、兼実は娘の結婚を諦められなかった。と、良い考えが浮かんだ。

「そうだ、法然を味方に引き入れよう！」

その年の十月の初め、兼実は吉水に行った。あらかじめ、来訪を告げる「兼実殿下は法然上人との面談を希望します」という伝言を家臣の一人に伝えさせた。この伝言は法然に渡った。法然は承諾したが、僧たちに説教をするからしばらくお待ちあれと返事をした。

一時間後に法然が「兼実殿下、長いことお待たせして申し訳ございません」と言いながら兼実の元に現れた。

「法然上人、あなたは私よりずっと年長であられるのに、いつも精力的ですなあ。その元気さはおそらく、阿弥陀仏への信心から来るものでしょう。」

「私はいつも念仏を唱えております。」と、法然が兼実にお辞儀をしながら答えた。

「私は弱い人間です。あなたのお説教を聴くと安心しますが、家に帰りあなたから離れると、あなたがおっしゃったことを疑ってしまうのです。」

「どうぞ、率直にあなたの疑いを話してください。」法然に促されて、兼実は仏への信心を正直に告白した。

「あなたやお弟子さんたちは、仏法を勉強し戒律を守る清らかな生活を送っておられます、しかし私は世間に住む在家信者で、たえず、まず、快楽を求めております。私はごちそうが好きで女も子供も愛します。私は愛するものに執着します。たとえ、念仏を唱えていても、心は別のことを考えます。僧が唱える念仏と在家信者の念仏とは違いがあるのではないかと思えるのです……」

法然は断言した。

「念仏の功徳については、僧と信者に違いはありません、両者とも同等です。」

「それが信じられません、僧は身を清らかに保ち、功徳を積み上げます。しかしながら、朝も夜も女の体におぼれ、肉を食べ、酒を飲み、罪障が限りなく深い在家の念仏者は……」

「あなたのおっしゃることは、いわゆる聖道門の仏教です。聖道門の行者は自力で悟りに至ります。浄土門では阿弥陀仏が十方の世界の全ての衆生を救うため、誓願をすでに建てられました。それで、我々の浄土門では僧と信者の区別はありません。阿弥陀仏は真摯に念仏を唱える人を、戒律を守ろうが守らなくても、全ての人を救います。中国の僧、善導は観無量寿経の注釈書にはっきり言っています。善人であろうと悪人であろうと、全ての人は阿弥陀仏によって救われます。それは増上縁のためです。長い輪廻の間に積み上げた全ての罪障が、念仏を唱える衆生には取りのぞかれます。彼らが死ぬ時、阿弥陀仏は聖衆と一緒に、念仏の行者の死の床に迎えにきます。彼らのもつ悪業は来迎の妨げになりません。それゆえに、増上縁と言うのです。死を迎えるとき、阿弥陀仏は念仏の行者の前に現れ、行者が死の恐怖を乗り越えられ、穏やかな気持ちでいられるように手を差し出して助けます。」

しかしながら、兼実はまだ疑いにとらわれていた。

「もし僧と信者の間に違いがないのなら、どうして戒をまもり続けるのですか？」

「無理に女性を遠ざけたり、肉を食べなかったり、酒を飲まなくしているのではありません。私はより単純な生活を選んだだけです。私にとって、規律を守って生活する方が、より簡単だからです。」

「しかし、あなたの弟子たちは、望んでいなくても戒律を守り続けています。」

「みんな、それぞれ、自分にとって楽な人生を選べます。しかし、阿弥陀仏を信じて念仏を唱えることが最も重要なことです。阿弥陀仏を信じて念仏を唱えていれば、女性との肉体関係も肉食も酒を飲むことも重要なことではありません。僧の生活のほうが、簡単な人なら、戒律を守る生活に戻るほうが良いでしょう。」

「おっしゃったこととみんな言葉だけだと思います。私に証拠を出してください、そうしたら疑いません。」と、兼実は当惑したような声で頼んだ。

「どうやって、あなたに証拠を出すのですか？」

「あなたの弟子の一人を娘と結婚させるのです！　それがあなたの言葉を否認できない証拠になるでしょう。僧が結婚しても救われるなら、末法に生きる在家信者も救われるでしょう。」

　法然は少しも驚く様子なく、答えた。

「いいですよ。あなたの婿になる弟子を私が選びましょう。私が決めようとしている人物はあなたの意中の人だと思います。」

「綽空という者が玉日姫の理想の夫になるでしょう。」と兼実がすばやく言った。法然は待ってましたというように、友の肩に手を置き、微笑みながら言った。「彼があなたの婿になるでしょう。」

綽空は経典を読んでいた、その時、弟子が彼を見つけて、法然がすぐに、全ての僧が居る前で、綽空に会いたいと言っていると伝えた。数分後、全ての僧が祈りの部屋に集められた。そこに、法然が厳かに座っていた。法然は特別なことを伝えようとしていた。綽空は法然に向かいあった席に座るように言われた。法然の傍らに兼実が座っているのを見て、綽空は驚きいった。すべての僧たちがこのような集まりにびっくりし、注視した。緊張した雰囲気の中で、法然はまず、綽空に向かって言った。

「綽空、兼実殿下が私に特別な計らいを頼みに来られました。殿下はあなたが玉日姫の夫になることを望んでおられます。」集まった僧たちは僧の規則に反する思いがけないこの言葉にびっくりして、ぶつぶつとつぶやいた。仰天し、ふるえがきた綽空はどう返事していいかわからなくなったが、頭を下げた。法然は平然として、話を続けた。

「他の人はどう思いますか？　綽空、この結婚を受け入れてくれますか？」

参列者は今や完全に沈黙した、そして綽空の返事を待った。絶望にかられた綽空は立ち上がり、寺の庭に顔を向けて、しぼりだすように言った。

「私は貴族の家に生まれ、比叡山に入り、慈円の弟子になりました。こうして、私は釈迦佛の弟子になりました。浄土宗に入るため天台宗を出ました。今私の師である法然上人は私の生い立ちをご存知です。なぜ、数百人の弟子たちの中で、あなたは私を選んだのですか？　仏は私を見捨てたのでしょうか？　法然上人は戒律をまもっておられます、そのあなたが私を捨てたのですか？　なんて恥ずかしいこと！　あなたやみんなの前で私は体面を失いました。」

絶望のあまりすすり泣きになった。今度は法然が立ち上がり、この弟子を凝視した。

「一年前あなたは救世観音からお告げを受けましたね、そのお告げに従いました。これは、あなたの運命です。さからっても無駄です。私が選んだのでなく、救世観音があなたを選んだのです。」と法然は言った。そして、綽空の返事を待たないうちに、法然は弟子に墨と筆を持って来させた。背中を丸めて巧みな筆さばきで何かを和紙に書き、何も言わずにその紙を丸めた。それから頭を上げて言った。

「私は正確に救世観音があなたに夢の中で言った言葉を知っています。あなたも私と同じように、選ばれた理由を知っているはずです。何であなたが浄土門に導かれたかを、私たちに話してごらんなさい。」

綽空は自分の生い立ちを語ることを承諾した。まるで荒波に乗り出すような気持ちになった。聴衆は綽空は立ち、法然の後ろにある穏やかな笑みを浮かべている阿弥陀仏の方に頭を向けた。

静まりかえった。彼を見つめているずっしりした仏が揺らぐほどの感情をこめて、静かに自分の過去を語り始めた。全てを話した。あたかも、ばらばらの欠片が最後は組立てられるがごとく、子供の頃から、京都のこと、慈円との出会い、比叡山のこと、今、自分の精神の導師である法然との出会い、その強い印象を語って締めくくった。法然は優しい微笑みを浮かべて綽空をじっと見つめてから、つぶやくように言い放った。

「よろしい、しかし、まだ語ってない話がありますね、救世観音のお告げです。」

綽空はその言葉に衝撃を覚えた。

「それは話したくありません。私の大切な秘密ですから。」

愛弟子の考えをさぐるように法然は目を細めた。

「ならよろしいです。あなたが話さないのなら、私が書いた字は無駄になりますよ。」と、楽しげな声であるが、動物的なするどい直感で彼を見つめた。数秒が経った。綽空はため息をつくようにおずおずした調子で言った。

「救世観音は六角堂に現れて、私にある詩を授けてくださいました。それは、

「行者が、宿業にひかれ、女を犯すのなら、私は玉のように美しい女となって犯されましょう。一生の間、その人生を荘厳して、臨終の時、私が極楽に導きましょう。これが私の誓願です。」

法然は、いつもより満ち足りた表情で巻物を開いた。一同、数分前に法然が毛筆で書いた文字を読んだ。

「私が書いたものはあたっていましたね。」綽空の受けた救世観音のお告げを一語も間違えずに、法然は書いたのだ！　みんな驚愕し、夢ではないかと目をこすっている者もいた。

「奇跡だ！　法然は本当に仏の化身だ！」

「綽空は菩薩か？」

綽空は仲間のほめ言葉が気に入らなかった。しかし、今はこの良い評判を引き受けなければならなかった。沈黙していた兼実は、頭を高座に座っている法然に向けて、「法然上人、綽空と個人的に話してもいいですか？」と、それだけ言った。

二人はいくつか並んだ部屋を通り過ぎて、しなやかで雄雄しい筆致の南無阿弥陀仏の名号の書の掛け軸のかかった明るい茶色の壁、開いた障子から苔と石の庭が見られる、畳の臭いがするいかにも瞑想にふさわしい静かな部屋に入った。兼実は少し震えながら、綽空に言った。

「あなたはこの結婚を喜んでいないように見えるのですが。」

綽空は気持ちを集中させるように下を向いた。それから兼実を見つめて言った。

「私は仏の弟子です。仏は私たちに厳しい寺院の規則に従うように言いました。それを私は守っているのです。さらに私の師、法然上人も慈円僧正も大変真面目に戒を守っています。」

「それがどうしたのですか？　結婚生活に悪いことがあるのですか？　寺院生活だけが阿弥陀仏の道にかなうと、凡夫が考えるのは分別心ではないのですか？　弥陀の名号を唱える全ての人が救われるのではないのですか？」

「たしかにそのとおりです。阿弥陀仏はみ名をひたすら唱える全ての人を救います。」

「でも、あなたは古い規則に執着して、それが何になるのですか？」

綽空は沈黙した。雨が降り出し、切妻式の屋根を打っていた。草の強い香りが部屋に入り芳しい空気をもたらした。

「阿弥陀仏に救われるか自分は疑っているのです。全ての凡人が救われるのでしょうか？　法然上人は、みんな救われると私に断言してくださいました。そこで、私は上人に、その証拠を求めたのです。」

「証拠？」

綽空は驚きつつ聞いた。

「もしもあなたがこの結婚に同意してくれなければ、法然上人のおっしゃることは、ただの無駄な言葉でしかありません。」

「あなたの推理は論理的です、私は反対する理由がありません。しかし、それが何故、私なのですか？」

「私の娘、玉日があなたに最初に会った時からずっと、あなたを愛しているのです。あなたがもう会わないと決めてから、娘は悲しみのあまり重病になったことを、ご存知ですか？」

「知りませんでした。」

「一年以上前から床につき、あなたのことしか考えていないようです。」

兼実はいったん話を中断した。それから恐ろしい質問をした。

「あなたは私の娘を愛していますか？」

綽空は息を止めた。今や、この質問と自分の感情に追い詰められた。数秒が経ったが永遠に思えた、それから、思い切って一気に言った。

「はい、私は娘さんを愛しています。」

兼実は目を輝かした。

「では、娘と結婚することを受け入れてください。これは、あなたの宿業なのです。」

すると、その時、誰かがふすまの背後で声をかけた。綽空はその声は親友の聖覚の声だとわかった。聖覚はふすまを静かにあけて、二人におじぎをした。綽空は部屋の中に入るように勧めた。

「お邪魔して申し訳ございません。法然上人が綽空と話し合いなさいとおっしゃるので、きっと私の体験があなたのお役に立つだろうとおっしゃるのです。」

兼実は立ち上がり、部屋を出る前に言った。

「どうぞ、二人で話し合ってください。私は法然の部屋にいます。話し合いが終わったら、私たちの所にいらっしゃい。」

「一体、どんなことを話したいの？」と綽空は聖覚に言った。

「結婚について君が心配していることを法然上人はご存知です。それで、上人だけが知っている私の秘密を、綽空に話すように私に仰せになりました。しかし、君にその秘密を話す前に、この結婚への君自身の気持ちをはっきり聞いておきたい。」

沈黙の時が流れた。寺の屋根にたたきつける雨だれの音だけが強く響いてくる。

「聖覚、僕は恐ろしい葛藤を抱えている。二十年以上前から、誇りを持って、寺の規則を真面目に守ろうと努力してきたのだ。この結婚のため、仏自身が守ってこられた戒律にそむくことが恐ろしいのだ。しかし、僕は法然の勧めも尊重しなければならないのだ。」

「君は浄土門に入ったのに、心はまだ天台宗の教理のままだ。君の阿弥陀仏への信心はまだ完全じゃないのだ。君は誓願の力を疑っている、自分が救いの主だとまだ信じているのだ。」

この言葉を聞いて、綽空は降り続いた雨が、今度は自分に降り注ぐような気がした。その時、聖覚が心の叫び声をあげるように言い放った。

「僕は一人の女性と結婚している。」

今発した言葉が綽空の頭に響き渡り、長い間頭の中がごちゃごちゃになった。

「これは法然上人だけが知る僕の秘密だ。しかし、上人は君の疑いを知っていて、君に打ち明けることをお望みになったのだ。」

「君の打ち明け話、心から感動したよ」と、まだ驚きがさめない表情で返事した。

「法然上人の教えのおかげで、僕はこの結婚になんの後悔もないよ。上人に会う前は、昼も夜も今の君のように同じ悩みで苦しんだのだ。でも、法然の遊女への説教を聴いて、僕の目が開いたのだ。それはこういう説教だ。

『あなたがたが今行っている悪い行為は、あなたがたの将来、恐ろしい苦しみの元になることは確かです。もしも売春以外の生計の道があるのなら、すぐにこの仕事を止めて悪い輪廻をはなれなさい。もしも売春以外に生計の道がないが、売春を止めようと決意したのなら、すぐに止めなさい。さらに、もしも他に生計の手段がなく、しかも売春を止める決意が無い場合は、念仏を唱えながら売春をしなさい。』と。」

「この説教は遊女にあてたもので、僧に向けた言葉でないよ。」

「たしかにそのとおり。しかし、将来妻になる女性と肉体関係を結び、仏の教える悟りを妨げる行為をしている以上、この説教は自分に向けたものだと僕は解釈した。」

「つまり、阿弥陀仏の誓願を信じるご信心と念仏の功徳以上に重要なことはないということだね、悪をおそれるべきでない、弥陀の本願を妨げる悪はないということだね。」綽空は思いをこらしてから、大きな声で言った。

「明快でないか？　そこで、僕は法然上人に女性との肉体関係を打ち明けたのだ。しかし、肉体関係や結婚は比叡山の非難を呼び込む恐れがある。それで、法然上人と自分だけの秘密にしておいたのだ。それだから、法然上人が君に兼実卿の娘と公式に結婚することを頼んだときは、本当にびっくりしたよ。」

「すごい責任があるのだ。法然上人は僕に結婚を勧めて、妻をめとった最初の僧にしようとするのだ。しかしながら、僕はまさにその挑戦に応じようとするのを感じる。」

「綽空、それは挑戦というより使命なのだ。」

「使命？」

「君の夢を明らかにし、その夢に意味を与えるための使命なのだよ。救世観音は君に夢告を通して、肉欲の経験や結婚を希望する凡人に対しても救いを告げようとしたのではないか？」

はっとして、綽空は深々と聖覚に頭を下げた、その時、風が部屋に吹き込み、遠くの鐘をつく調子に合わせて、香の芳しい香りが部屋に満ちた。雲の間からもれた太陽の淡い光が庭の奥の苔のはえた仏像を明るく照らした。

綽空が師の部屋にはいると、「お座りなさい」と法然が静かに言って、鋳物のやかんがかかってある火鉢の前に座っていた兼実の隣の場所を指差した。やかんの沸騰した音が、夏の終わりを悲しむかのように泣き続けるせみのように思えた。

「まずお茶をどうぞ。ところで、この結婚はどう決断しましたか？」

綽空は香りの良いお茶を静かに味わい飲み終わった。そして、生涯の決断の重い瞬間を意識して、言った。

「良く考えました。はい、私はこの結婚を承諾いたします。」

この言葉で、兼実の細長い瞼の下の黒い目がいきいきと輝いた。

「賢い選択をした。さあ、今夜のうちに、西の洞院に一緒に行って、私の娘にこの結婚を伝えよう。あなたはこの邸宅で、必要な援助を受けながら、娘と共に平和な夫婦生活が出来ます。」

「兼実殿下、あなたの申し出に強く感動しましたが、私はそのような贅沢な生活を望んでいません。今の岡崎の庵室での生活を玉日と共に続けたいのです。しかし、玉日姫は豪勢で快適な今の生活を捨てて、むさくるしい粗末な小屋に住む気持ちがあるのでしょうか？」

「玉日は、しょっちゅう私に、地獄でさえもあなたに付いて行きたいと言っていました、だから、あなたの質素な小屋は彼女には甘い天国と映るでしょう。」

それまで沈黙していた法然上人は、熱くそして重々しく言った。

「私の弟子よ、よく聞きなさい。聖なる阿弥陀仏はあなたにこの結婚を通して使命を与えました。あなたは仏の限りない慈悲の心を衆生に表す証人ですよ。善人であろうが悪人であろうが、金持ちでも貧乏人でも、弥陀の本願を信じ、南無阿弥陀仏の名号を唱える人はみな、例外なく西方浄土に生まれることを示す証人です。あなたの道は困難で障害の多い人生になるでしょう、しかし、非難や脅しにしり込みしないで、念仏のご信心を心に抱きなさい。あなたは独りでない、私はいつもあなたの側にいることを忘れないでいなさい。」

法然はこの最後の言葉を綽空の目を見つめて言った。それに対して、綽空は暗く脅された未来を予見するように答えた。

「私はただの普通の人間で弱い者です。しかし、期待を裏切るようなことはしないと約束します。」

建仁二年一月十四日、結婚式が京都、西の洞院の屋敷で行われた。屋敷は油屋、菓子職人、米屋、少し離れた所に大工の家など、商人や職人の小さな家がひしめく五条街にあった。長い昼下がり、商人や客が親しく投げ交わす声、職人が勢い良くたたく金槌の音、鶏の鳴き声、犬のキャンキャンとほえる声がいつも聞こえてきた。馬車が小さな町を通るたびに、ほこりを舞い散らした。道には馬や牛の足跡と糞が残っていた。西の洞院の御殿の裏の通りは下人、貧乏貴族、高利貸したちの住むあばら家がいっぱいに占めていた。金持ち、貴族、高利貸しなどの富裕な家に祝い事があると、もちをふるまうので、それを目当てに、浮浪者の群れがあつまった。これは当時の良い習慣だ。

親鸞は結婚式の前日に行われたことをまだ覚えている。兼実は職人に庭の木を剪定させ玄関の前に松飾を置かせた。御殿の使用人たちは、結婚式の祝い膳の準備に忙しく働いていた。特別な祝い事が行われる華やいだ雰囲気で、台所が盛り上がっていた。

綽空と玉日の結婚式

結婚の日の夕方、牛のひいた輿が一台、西の洞院の館を出た。行き先は綽空が住んでいた岡崎の草庵である。性善坊がとりあえず新夫婦が住めるように手を加えておいた住居である。綽空は袈裟を着て性善坊をつれて、迎えに来た輿にのった。輿は夕方の六時ごろ西の洞院に着いた。太陽が地平線に沈み始め、あたりは暗くなってきた。西の洞院の屋敷の門の前に置かれた松かざりがこの家に祝い事がおこなわれることを示している。

よく手入れされた美しい庭に面した一番奥の座敷に綽空は案内され、そこで、白い着物に着替えた。別の座敷では召使たちが玉日に、同じように白い着物を着せていた。着付けの後、玉日はいろいろな色の刺繍の絹の座布団の上に座った。それから、綽空がゆっくりと歩んで、玉日の隣の座布団の上に座った。結婚式の習慣どおり、朝が杯に酒をつぎ、それを二人が飲んだ。次に、魚と野菜ともちの入った雑煮を女中が運んできて、二人はそれを味わい頂いた。最後に、やわらかい気持ちの良いふとんが敷かれた婚礼の間に、朝が二人を導いた。朝はふすまを閉めてうやうやしくお辞儀をして去った。慣例に従い、両親と近親の者は結婚式の当日、婚礼の間には入れない。彼らは大広間で二人を待つのだ。

当時、僧の結婚は禁止されていた、このため兼実の親類はこの禁をやぶって秘密に行われる式に参列しなかった。兼実は弟の慈円と、以前彼の側女の一人であった玉日の母と玉日の兄の幸実を式に呼んだ。玉日の母と兄の幸実は、結婚式の時は西の洞院からかなり離れた所に住んでいて兼実との交流は無かった。玉日からぜひ式に来て欲しいと頼まれたので出席した。綽空は結婚式の招待状を二人の叔父、兵庫の頭、範綱と儒者として有名な宗業に、それから、比叡山の僧で弟の尋有に送った。

二日目に祝宴が行われた。兼実は召使に屋敷の裏門の辺りでたむろしている貧民に、もちを配るように命じた。ふたたび、綽空は袈裟を着け、玉日は彩色豊かな絹の一番きれいな着物を着た。親や兄弟が杯をかわしながら、首を長くして待っていた宴会場に、二人は行った。二人が現れると、みんないっせいに拍手で迎えた。兼実は立ち上がり、咳払いをしたあと、おごそかにみんなに述べた。

「先祖伝来の偏見と戦った後、ようやく玉日と綽空の結婚式に至ることが出来ました。」それから、杯をあげて、新婚夫婦に向いて、いたずらっぽい目つきで言った。

「さあ、みんなで夫婦の幸福を祝って杯を交わそう！」

みんなが応えた。

「綽空とその妻、玉日に幸いあれ！」

それから、みんなお腹いっぱい食べたり飲んだりしながら、社会についてや政治について議論したり、さらに、この独創的な結婚式に思いがけなく参列した感想などで、座はもりあがった。僧と市民との結婚は、たとえそれが姫君であれ、異例の出来事で、ましてや、伝統主義者たちにとっては衝撃的なことであった。

祝宴の後、新婚夫婦と両家の人たちは、豪華に飾られた輿に乗って吉水まで行進をした。吉水の法然上人に結婚式の様子や無事に済んだことなどを報告するためである。綽空は新妻に言った。

「吉水までの道は遠くはないが、警戒したほうが良い。私たちの結婚を良く思わない人がいるから。しかし、恐れなくても良い、私はいつもあなたの傍にいるから。」その言葉に玉日の頬は赤くなり、幸福感で胸がいっぱいになった。

全く信頼して断固たる口調で彼女は答えた。

「私の最愛の夫よ、私はあなたに地獄でもついて行きます。阿弥陀仏が証人になってくださいますように！」

「阿弥陀仏とすべての仏が私たちを永遠に守ってくださるでしょう。」このように二人が愛情に満ちた言葉を交わせているうちに、京都の中心に近づいた。すると急に、輿の周りに多くの人が集まってきた。あちこちで、言葉が上がった。

「この美しい輿にのっている人たちは、一体誰だろう？」

「西の洞院の新婚夫婦の乗っている輿だよ！」

「男は袈裟を着ている、坊主ではないか？」と、だれかが尋ねた。

「そうだ、坊主だ！　綽空と言う名前の坊主だ！」

「何だと！　坊主！　坊主は結婚が禁止されているのではないか？　なにが起ったのだ？」

「これは醜聞だ！」

「この僧は戒律を破ったのだ！」

「奴は気が狂ったのか！」

「それに新妻も！　きれいな顔をしているけど、鬼が化けたのだ！」

兼実の武装した家来が群集をやりで脅してどけようとするが、群集はこりずに輿につきまとう。比叡山の僧たちが群集に混じる。数人の僧が叫んだ。

「信じられないことだ！　二人は地獄往きだ！　仏に罰せられるだろう！」

「仏が何もしないのなら、我々が罰してやろう」と、一人の男が叫んだ。

「この坊主はすべての僧の名誉を傷つけたから！」

「そうだ、そうだ！」群集が威嚇するように答えた。僧たちが輿に向けて石を投げ始めた、民衆もまねをして石を投げた。牛糞や馬糞を投げる者もいた。それらがいたるところに落ち、玉日や綽空のひざにまで落ちてきた。おびえきったかわいそうな新妻を、綽空は一生懸命かばった。突然、一人の男が両手を広げて、輿と数珠繋ぎに並んだ群集の間に入った。

「やめろ！　離れろ！」と、その男は鞭をビーンビーンならして、唖然としている僧たちの鼻のあたりを威嚇しながら叫んだ。それは、別の輿につき従っていた性善坊だった。僧たちは後ずさりした。性善坊は有無を言わさずにどなった。

「みなさん、よく聞きなさい！　あなたたちは吉水の法然上人の名前を知っているでしょう。この僧の結婚は、あの念仏の聖人に認められた結婚です。この輿は法然上人の祝福を受けるために、吉水に向かうところです。襲撃すれば、あなたがたが仏に罰せられますよ！」

法然上人の名前を聞くと、群衆はすぐに態度を変え、石を投げるのを止め、おとなしくなった。

「何だって！　法然上人の弟子だとさ。しまった、そんな坊さんだと知らずに手荒なことをしてしまった！」

「不幸な我々の味方になってくれる法然上人に栄光あれ！」

「法然上人とその弟子に栄光あれ！」と群集が繰り返し言った。

「法然上人に認められた結婚なら、この坊さんも我々の味方だ！」

「なむあみだぶつ、なむあみだぶつ」と、全く気まぐれな民衆が叫び立てた。

「我々も吉水まで付いて行って、法然上人に会おう！」

「そうだ、我々も吉水で一緒にお祝いをしよう。」

輿は又動き出した。それから、群集が念仏を唱えながら、まだ敵意を抱いている僧たちを押しやりながら、輿について行った。人間の鎖が出来て、比叡山の僧たちの襲撃を妨害した。がっかりした僧たちは威嚇するのを止めた。

「一生忘れられない道中だね」と、綽空は自分の肩にちぢこまっていた玉日に言った、玉日は美しい手を夫の手に重ねた。それから綽空は情熱的に玉日を抱いた。たゆまず念仏を唱えていた群集に伴われて、輿はやっと吉水に到着した。お付きの僧たちを従えた法然は、この若い新婚夫婦を愛想よく迎えた。

そこへ群集が力いっぱい叫んだ。

「法然上人！　法然上人！　長生きしてください！　あなたが我々と共におられるように、阿弥陀様がいつもあなたと共にいるように！」

群集が静まった後、法然は静かな威厳ある調子で説教を始めた。

「みなさん、よく聞きなさい。今日は記念すべき日です。僧侶はあなたがたと同じように結婚が出来るし、肉を食べたりお酒を飲むことが出来ます。俗であれ僧であれ、阿弥陀仏を本気で信じ念仏を唱える人びとに、阿弥陀様は大いなる慈悲を与えます。この綽空という名前の僧は、阿弥陀仏が、俗生活を送る全ての衆生を救うことを示す証人です。」

聴衆は静まり返った、ハエが飛ぶのがきこえる。法然はさらにやさしい口調で今度は若い新婚夫婦に言った。

「ありがたい阿弥陀様は、この結婚を通して、あなたに使命を与えました。善人であれ悪人であれ、金持ちであれ貧乏人であれ、僧侶であれ俗人であれ、ただ、弥陀の本願を信じ南無阿弥陀仏の名号を唱えさえすれば、一人も残らず全ての人を、西方浄土に生まれさせるという、阿弥陀様の限りないお慈悲を示す証人があなたがたなのです。あなたのこれから進む道は、険しく障害が多いでしょうが、非難や脅しにしり込みせずに、念仏を信じてこの結婚の道理を心に抱きなさい。」

綽空と玉日は法然の前に深々とおじぎをした。群集は割れんばかりの拍手を送り大声で叫んだ。

「阿弥陀様のご命令を受けた、法然上人の決定を祝福しよう！　法然上人は阿弥陀仏の前でこの結婚を公式に認めたのだ！」

「この結婚で我々凡人は、阿弥陀仏への信心で救われることがわかった！」

「この結婚を祝福しよう！　法然上人は綽空に使命を与えたのだ！」

この祝福の後、新婚夫婦は岡崎に着いた、陽気にさわぐ群集が岡崎の家まで付いてきた。

結婚式の後、綽空は朝日が昇る時に起床し、玉日が作ってくれた朝食を袋につめて、吉水の草庵に通った。玉日と過ごす落ち着いた新婚生活は綽空を幸せにした、そして、この安定のおかげで、吉水で勉学に没頭することが出来た。熱心に法然の教えを聞き、全ての説教を書き留めることにした。同時に、師がよく語る中国の僧、善導の作品を熱心に勉強した。

ある天気の良い朝、親鸞は法然と弟子たちの討論会に出席した。さまざまな宗派の僧たちも出席していた。親鸞はいつも討論をていねいに記録していた。浄土宗以外の僧が法然に質問した。

「華厳、天台、真言、禅、三論、法相などの各宗の創始者たちは浄土についての注釈書を書いています。しかし、法然様はどうして彼らの注釈書を選ばずに善導の注釈書を選んだのですか?」

法然が躊躇せずにすぐに答えた。

「たしかに、すべての宗派の祖師たちは浄土の注釈書を書いていますが、浄土門を根拠にしていなく、聖道門を根拠にしています。そういうわけで、私は善導の注釈だけを選びました。」

「浄土教の中国の祖師たちは三蔵などたくさんいます。どうしてあなたは善導だけを選んだのですか?」

「理由は善導だけが三昧を体験しているが、ほかの祖師たちは三昧を体験していないからです。」

「懐感《かいかん》は三昧を体験しましたか?」

「善導は懐感の師です。私は弟子より師の意見に従おうと思います。」と、法然は皮肉な調子で答えた。

「それなら、道綽は善導の師であり、中国浄土教の祖師です。どうして、道綽を選ばなかったのですか?」

「道綽は三昧に達していません、ですから、浄土の悟りを知らなかったのです。善導は行によって三昧に達した稀有な僧であることをご存知ですか？　善導は佛教の知識、ならびに瞑想の行の特異な才能の持ち主です。善導について、仏法は西からきた、いままでにこれほど徳の高い僧は見たことがないと言います。これは、善導に対する賛辞ではないでしょうか? さらに、観無量寿経の注釈を善導が書いているとき、しばしば超自然な力が体に入り清められることを体験しました。諸仏の神秘的な力の助けを得て、この注釈書を書くことが出来たのです。それで、全ての人が善導の注釈書を尊び、悟りの教えとしたのです。」

沈黙が広がる前に、若い僧が質問した。

「どうして観無量寿経では、あらゆる行の中で、念仏だけを悟りの行としたのですか? どういう意図があるのですか?」法然は少しの間目を閉じて考えていたが、やがて目を開けてその人を凝視しながら答えた。

「たぶん観無量寿経には悟りに関して、隠された意味があるのだと思います。この経典では瞑想の行と瞑想でない念仏の行を説いています。しかし、念仏だけを泥の池に咲く蓮の花に例えています。さらに、念仏をたえず唱える人は妙好人と呼ばれます。」

「念仏は行の中で最上のものと思われているのに、どうして仏は九品の中で最も高い位に居る人びとに念仏を説かずに、最も低い位の人びとだけに念仏を説くのですか？」

「もし、経典が念仏の行を最も低い段階にいる人びとに説くとしたら、それはこの段階には五逆罪を犯した衆生を含むからです。彼らは自ら犯した罪障から解放されることは非常に難しいのです。すべての行の中で、念仏だけが彼らを救えるのです。それゆえに、行の中の最高の行、念仏を経典は悪人に説くのです。それは重病人に最も効き目の良い薬を選ぶのと同じです。五逆罪は重病と同じで、念仏の行は奇跡的によく効く薬です。一番良い薬を使わないで、重病人はどうやって治すことが出来るのでしょうか？」

別の僧が質問した。

「なぜ、阿弥陀仏の広大な光は念仏する人しか射さないのですか？　なぜ、ほかの行をする人を照らさないのですか？　慈悲にあふれる阿弥陀仏の光は、どの宗派であれ、すべての行者を照らすべきではないですか？」

「私は長い間この光の本当の意味を考えました。阿弥陀仏の慈悲心は衆生に公平に注がれます。もし、その光が知恵のある人や難しい佛行を成し遂げられる人だけに注がれるなら、この末法の時代では仏の光はほとんどの人に届かないでしょう。もしも、阿弥陀仏の慈悲が優れた人びとだけに注がれるのなら、他の人々には光は届かないでしょう。こういうわけで、阿弥陀仏はこの大きな光を特に念仏を唱える人に注ぐのです。」

「なぜ、法然様は念仏以外の佛行を捨てるのですか？」

「私は他の行の効果を否定していません。ただ、念仏を唱えれば大きな利益が得られることを知らせたいだけです。善導は『もしも、阿弥陀仏を想い、礼拝し、その名号を唱え、浄土に生まれたいと切実に願うなら、阿弥陀仏が我々を守るために多くの化佛や大整至菩薩や観音菩薩たちを我々のもとに送る』と言います。又、どこに居ても、どんな時でも、二十五菩薩が百重、千重に我々を取り囲み、永遠に付き添い去ることがありません。阿弥陀仏の救済は大きな利益をもたらします。それゆえ、信者は阿弥陀仏に頼むべきです。信者は他の行を捨てて、念仏を頼みにするように！」

「私はあなたが言う化佛のことがわかりません」と、法然の弟子が尋ねた。

「化佛は阿弥陀仏の発する大いなる光の中に現れます。化佛は阿弥陀仏の意志によって仮に現れたものです。もともと、浄土には化佛はおりません。しかし、阿弥陀仏は神秘的な力で、突然、化佛生じさせます、それゆえ、仮の仏と言うのです。経典で阿弥陀仏の体から発する光の中に、無数の化佛が存在すると説明しています。念仏の行者が阿弥陀仏をほめたたえられるように、化佛が永遠に行者を守り、臨終の時に迎えに来るのです。絵師が描く大部分の佛画は化佛です。」

比叡山の僧から別の質問があった。

「私は九品の中の最高の位、上品上生に入りたいです。そこに入るには法然上人は何を勧めますか？」

「観無量寿経に、浄土を願う信者を三つの位にわけ、各階層は三つの区分があり、合計衆生は九つの位に分けられると、説いています。経典は各世界に生まれるための条件を記しています。あなたは一番上の世界、上品上生に誕生するための条件を知っておられるでしょう？」

「はい、最上の世界に生まれるためには、三心を養わなければなりません。」

「三心とは何ですか？」

「至誠心、深心、回向発願心です。」

「そうです、ほかの条件は何ですか？」

「経典によれば、慈悲を行う人、生物を殺さない人、戒律を守る人、大乗経典を読誦する人、仏法僧、戒、布施、神について等を誠実に瞑想する人、それらの功徳を浄土往生に捧げる人などが、この最上の位に属します。」

「どのぐらいの期間、行をするのですか？」

「これらの行を七日間行じなければなりません。」

「これらの行をした人は、死んだ後どうなりますか？」

「死後、彼らは浄土に生まれます、そして、阿弥陀如来、観世音菩薩、大勢至菩薩、無数の化佛、多くの比丘や天人と共に七宝で造られた宮殿にいます。」

「行者が死ぬ時はどのように迎えられますか？」

「観世音菩薩が金剛台をとり、大勢至菩薩と共に行者の前に現れます。阿弥陀仏が大光明を放ちて、行者の身を照らし、諸々の菩薩と共に行者の前に現れます。観世音菩薩と大勢至菩薩と無数の菩薩は、行者を賛嘆しその心を高めます。」

「そのとおりです。仏たちを観た後、行者はどのように感じますか？」

「仏たちを観た後、行者は飛び上がらんばかりの歓喜にあふれ、自分の身を見れば金剛台に乗っています。仏たちの後に従いあっと言う間に、かの国に往生します。佛国土で、仏と菩薩の肉身を見ることが出来、仏の説く悟りの教えを聞くことが出来ます。」

「全くそのとおりです。仏の説法を聞き終わったら、行者はどのような境地に至り、どうしますか？」

「行者は最高の悟りに至ります、それから、すぐに諸仏に仕える為、十方世界にいて、今度は行者が仏になる約束を諸仏から受けます。その後、浄土に帰り、あらゆる法門の知恵を得ます。」

「満点です。あなたは上品上生に至る方法を知っています。そのようにこれから励みなさい。」

集まった全ての僧が法然のこの返事を聞いて微笑んだ。その時、若い僧から別の質問があった。

「私は凡人です、下品上生に属すると思います。私は祖先を敬い供養や親孝行を大事に思っています。又、大乗経典をそしったりしませんが、軽い罪をよく考えずに犯します。こんな私でも救われるでしょうか？」

法然は慈愛に満ちた声で答えた。

「浄土に生まれるには、念仏を唱えることが、親孝行などの雑行をするよりも効果があります。臨終の時、往生をねがって、どうやって親孝行をするのでしょうか？　劣った行を捨て、優れた念仏の行をしなさい。」

「わかりました。法然上人のご忠告を守ります。善導の言った言葉を思い出しました。「凡人が死ぬ時、友人たちが慰めに枕元に来る。臨終の人は友人の唱える大乗経典の名前を耳にする。臨終の時、聞いた大乗仏典の名前は数千劫の輪廻の間に犯した罪障を除く。賢い友人たちは手を合掌させて、死にいく人に念仏を唱えることを勧める。そこで、五十億劫の長い生死の輪廻の間に、犯した罪障がのぞかれる。」と、あります。法然上人、経典の名前を聞いて、数千劫の罪が除かれるのに、なぜ、五十億劫の罪障が称名念仏によって除かれるのですか？」

「自分の人生にした行為に、なにも後悔しなかった人にも、臨終は反省をさせます。死の恐怖、人生に対する後悔、心配ごとなどが、次から次に、その人の頭の中をめぐります。その時、善友が慰めるために訪れて言います。

「これらの経典はあなたに安心を与えるでしょう。」と。そして、いよいよ死が近づいたとき、又この友人が来て経典をすすめるが、死を迎えた人の心は、いろいろの思いで散乱しています。経典を聞くことは幾劫の間に積もり積もった罪障を消すのに十分な力がありません。このため、最後がやってきた時、善友が念仏を唱えるように勧める、死にゆく人はそれを実行する。すると、称名念仏は多劫の間積もった罪障を消し、臨死者の心は平安になります。」

吉水の弟子が法然に質問した。

「法然様、私は最下等の九番目の種類に属する人だと思っています。私は親孝行などの善行をしていません、悪いことをいっぱいしてきました。私は武士で、たくさんの人を殺しました。私は彼らの最後の瞬間の時の視線を忘れることが出来ません。こういう悪行は死んだらすぐに、地獄に落ちて、永遠に責め苦を受けなければならないのですか？」

「最下位の九番目の位に属する人に死が訪れた時、善い人に出会い阿弥陀仏の大誓願と大いなる慈悲を想うように勧められます。しかし、死がまじかに迫った人は苦しみが多くて、阿弥陀仏のことを考えられません。その時、善い人が勧めます。阿弥陀仏に集中出来ないのなら、誠実にただ、阿弥陀仏の名前、南無阿弥陀仏だけを十回唱えなさい、一回唱えるたびに、罪やこれまで無数に繰り返してきた輪廻の業が消えるでしょう。そして、命がなくなった時、光輝く蓮の前にあなたはいるでしょう。浄土の池に漂う蓮の上にすぐ生まれることが出来るでしょう。数劫後、蓮は開き、観音菩薩と整至菩薩が慈悲に満ちた声で仏法を説くでしょう、あなたの罪は完全に消えるでしょう。この説法はあなたに大きな喜びを与えるでしょう。そうして、あなたは、悟りを求めることだけを願うでしょう。」

質問した僧は歓喜の涙を流し、搾り出すような声で言った。

「あなたは私を照らしてくださる賢者です。ありがたい法然様、今、私はどのようにして浄土に生まれるのかがわかりました。ありがとうございました。」

法然は最後に付け加えた。

「この七番目から九番目の最下位の位が一番重要です。なぜなら、私たち全員がこの最下位の位に属するからです。私たちは今、末法の時代に生きているのです。この時代の人は、信者も俗人も正しく、仏法の中に生きることが出来ません。経典は、一夜で八万四千の煩悩が人の心に浮かぶと、書いてあります。この煩悩が人間を地獄に落とすのです」。

少し、間をおいて、法然は再び語り始めた。

「みなさん方は、さまざまな佛行が浄土に生まれるのに有効だと思いますか？　ありえません。浄土に生まれるのに、阿弥陀仏の名号の不可思議な力以外のものは役に立ちません。今日、徳を本当に積める人はほとんどいません。堕落がはびこる今日で、戒律は廃れてしまい、だれも戒律を守れません。しかし、私たちの中に、実際に戒律を受ける人がいます。しかし、上品上生にいられるほどきれいな心の持ち主でなければ、どうして、戒律を守れることが出来るでしょうか？　無駄になります。ゆえに、生死の輪廻からまぬがれるためには、衆生は聖なる名号の大いなる力に頼るしか方法がないのです。」

玉日の懐疑

玉日と綽空が結婚して、もう一年以上が過ぎた。綽空は自分の住んでいた草庵に、阿弥陀仏を置く仏間と侍女の朝や下男の性善坊の部屋を増築した。玉日はいつも朝と一緒に、衣類の洗濯や食器を洗いに近くに流れる川に出かけるのが日課になった。性善坊は山に木を切りに行った。綽空は朝早く吉水の法然の寺に出かけた。玉日は子供を宿していて体が重くなり動作がだんだんゆっくりとなった。彼女が想像していた幸福な綽空との生活は、夫がそばにいてくれることがほとんどないため、期待したものとは違っていた。実際は、彼女のそばに何時もいるのは夫でなく、朝と性善坊であった。

結婚後数日たって、綽空はこの草庵で三日間法事を行った。最初の日は、法然を迎え、次の日は慈円、最後の日は聖覚を迎えた。玉日はすぐに夫との甘い静かな生活の夢を断念しなければならないことに気づいた。夫は来客の準備や式の用意に専念した。無事に法事が終わるように、朝から晩まで一生懸命働いた。彼は玉日に何も頼まず、それより、ゆっくり休ませて疲れないように彼女の体を気遣った。玉日はそれでも簡単な仕事を手伝おうとした。しかし、玉日はお姫様として育てられたので、侍女たちがする仕事をどうすればいいのかわからなかった。彼女は手伝うよりも邪魔になっているとすぐに感じた。役に立たないという感情のまじった深い悲しみが玉日を襲った。綽空が侍女の朝に尋ねる時、嫉妬心が彼女の心の中に生まれた。彼女はすぐに夫と朝との間に精神的な絆があることに気づいた。朝は浄土宗の熱心な信者になり吉水の法然の説教をいつも熱心に聴きに行った。朝は法然の説教を一生懸命に聴いたおかげで、高い霊性の持ち主になり、一種の悟りの知恵のようなものを獲得していた。綽空はすぐに朝の深い信心に気づいた。彼は朝が一日中念仏を唱えているのを知った。綽空は朝を、阿弥陀仏に完全に帰依する高い精神の人として尊敬した。やがて、綽空は朝に信心について意見を求めるようになった。朝は特に経典についての新しい見解を綽空に伝えた。玉日にはこのような信心がなかった。若い時、比叡山の寺の尼になりたかったが、女性が比叡山に入ることは許されないことを知った時、自分の信念を失い、ただ、比叡山の僧の妻になりたいと思った。しかし、夫の綽空は比叡山の僧の生活を放棄して、阿弥陀仏の雲水になった。玉日は夫のように、念仏を唱えようとしたが、その深い意味がわからないので、すぐにこの念仏の行に飽き、念仏が無意味に思えた。綽空は日々の仕事や仏教の勉学に忙しすぎて、阿弥陀仏の重要な教義やその基礎を、妻に教えられなかった。やがて玉日は夫から朝を引き離すため、朝を九条家に返し、玉日の心の底から湧きおこる嫉妬心を和らげようと願った。しかし、父親の九条兼実は朝が娘の玉日の仕事、つまり、坊守の仕事を助けるため、玉日の元に残るように言って、玉日の願いを聞き入れなかった。客を迎え入れ、弟子たちの世話、家庭だけでなく弟子たちの寝室の片付け、掃除、もちろん夫の世話などの僧の妻としての一般的な役割を、兼実は知っていたからだ。これらのことを玉日一人では無理だということも兼実は知っていた。

玉日のお腹が重くなったある朝、玉日は自分が夫を愛する千分の一も、夫は自分を想っていないと思った。

「夫の心の中心を占めているのは、法然、阿弥陀仏、念仏なのだわ。自分の存在は夫にとって無駄な重荷にでしかなかったのではないかしら、たぶん、朝が綽空の妻に有益だったのではないかしら？」

こんな考えが電光のごとくよぎり、玉日の心に居すわり、そのため以前にまして、激しい嫉妬心が沸き起こってくるのであった。小さな草庵で愛する夫との日々、彼女が夢にまで描いた生活はすぐに地獄に変わり、玉日はそこから抜け出すことが出来なかった。親類全てを敵にまわしても綽空と結婚すると、自分で言い張った結果のこの悲しい現実を思い、毎日苦い涙に暮れるのであった。自分が作った小さな天国は想像でしかなかったのだ。今、玉日は現実をつきつけられた。しかしながら、ひとつだけ、小さな希望が、彼女の地獄のような心の中で生まれるのを感じた。それはまさに、彼女のお腹のなかにある子供だ。子供は夫とのつながり、愛の象徴だ。赤ん坊だけが今や夫を玉日のもとに連れもどせるものだと思った。

一方、綽空は、妻の心の悩みには全く気づいていなかった。彼は幸福だった。もうすぐ父親になることがうれしかった。妻も自分と同じように幸福だと思っていた、妻のそばにいつも性善坊や朝がいてくれて、綽空は安心し、なんの心配事もなく勉学に没頭できた。

法然の弟子たち

法然の評判は日ごとに広まり、今や弟子の数は十万人以上になった。高弟子たちはしばしば宮廷の貴族たちから、説教や法事に呼ばれるようになった。そんな時、幸西が三十六歳で浄土宗の門をたたいた。幸西も法然と同様、比叡山出身で浄土教学にくわしかった。それで法然は主要著書、「選択本願念仏集」を手書きすることを幸西に許した。急速に幸西はその豊かな学識と深さ、わかりやすい説法で評判になった。一方、平家の武士で一日に五万回念仏を唱える法然の信者、基親は法然の説法を一度も欠かさず聞いていた。

幸西は基親に「全ての人に仏性があるから、沢山念仏を唱えてもなんの意味もない。」と言った。さらに「阿弥陀仏とその誓願に純粋で深い信心を持っていれば、名号を一回唱えるだけで救われる。」とまで言った。基親は幸西に初めて反論した。

「今あなたがおっしゃったことは法然の教えとはちがっていませんか? 人間は自力では往生できない、と法然上人はおっしゃいましたよ。」

「阿弥陀仏の力を深く信じることだけが、あなたを浄土に往生させます。深い信心のない念仏をたくさんしても、なんにもなりません。」と、幸西は答えた。

それでも、基親は納得できなかった。思い悩んだ末、法然の意見を聞きたくて、法然に手紙で直接聞いた。

「善導の観経疏に、『もしも、念仏の行者が真摯に念仏を最高百年間、最低七日間唱えたら、その行者は浄土に往生できる。』と、書いてあります。幸西の『念仏は真心のこもった一回で良い』という説教に私は疑いが湧きます。善導の文章で百年間唱える念仏と七日間の念仏のどちらが、善導の真意なのでしょうか？　法然上人ご自身も、一日に七百万回以上の念仏を唱えているのではないでしょうか？　私はあなたの信者であり熱心な弟子でもあります、あなたの例に従って、阿弥陀仏に救われたいと願っています。」この重要な質問に対して、すぐに法然は返事を書いた。

『一回唱える念仏で救われる、何回も念仏を唱えるのは意味がない』という考えを広めている念仏の行者がいると言うことを私も聞いていました。私、法然は、彼らが浄土の教義を理解しているのか疑います。彼らの主張する教義は私たちの信心を支える浄土三部経典とは違います。浄土教の間違った解釈でしかありません。このような混乱した考えを広めることを止めさせなければなりません。」

もっと後で、綽空が親鸞と名乗るようになった頃、西方指南書という著書で法然の説法を取り入れて、親鸞はこの問題を次のように解釈している。

「弥陀の誓願を完全に信じた念仏者の唱える、一回の念仏で往生できる。しかし、この者は阿弥陀仏への感謝の念仏を唱え続けるに違いない。念仏を多数回唱えることは、信者にとって自然なのである。」

「阿弥陀仏は五逆罪を犯した人でも、本気で阿弥陀仏を信じて一回だけでも念仏を唱えれば救われます」と言う法然の説教を、法然の弟子の一人であった行空は次のように拡大解釈した。「一回念仏を唱えるだけで、姦淫や暴力などの重罪を消すことが出来る。」そして彼らは好き勝手な行動をした。法然は行空とその弟子たちの不道徳な言動を知ると、直ちに彼らを京都から追放した。彼らは北陸に行き、北陸の村人たちに一回念仏を唱えるだけで救われるという説、別名、一念義を説いた。こうして、浄土教団に「浄土往生には一声の念仏で十分である」という説と「たえず念仏する必要がある」という二つの思想が生まれた。この論争は吉水の僧たちを分裂させた。法然は再びこの論争に介入して説教をした。

「最近、浄土教学を学びに来た僧の中で、一念義を唱え、名誉と金しか求めない愚かな者がいる。一念義は彼らの精神に無秩序と混乱しか生まない。彼らは、自分たちの悪行の言い訳になる間違った教えをばらまき、悪いことをしても許されると、自ら信じ他人にも信じさせている。地獄で待っている苦しみを恐れずに、現世の快楽の満足しか求めない。

「阿弥陀仏を信じる者は悪いことをしてもよい。ただ僧衣を脱いで、安心して性的関係をむすびなさい。好きなものを食べたり飲んだりしなさい！　謝罪を求めることはもはや必要ないし、怠惰も悪くない。俗人になりなさい。真剣な修行はもう何の助けにもならない。」とこんなひどい説教をしていた。しかし、あなたがたは、昔の徳高い僧、空海の次の言葉を思い出しなさい。

「性欲と食欲のことしか考えない人々は動物と同じである。彼らは快楽にふけるだけなので、地獄、畜生、動物のこの三つの世界に属するのである。なんてみじめな人々だろう！　彼らは仏教の教えだけでなく、念仏の行の妨げになる。」

安楽坊遵西は法然の弟子で、佛への讃歌を歌った善導を真似て、阿弥陀仏を称える讃歌を友人の住蓮と一緒に、京都の鹿ケ谷の寺で日夜念仏の信者の前で歌っていた。二人の美しい朗詠は信者たちに、浄土の荘厳を想像させる助けになった。時が経つうちに、この朗詠は吉水の僧侶の間で人気を博し、さらに京都中の評判になった。この評判はやがて宮廷の貴族の耳にも入り、いかがわしいものとみなされ、さらに、国家をつぶす朗詠だとさえ思われた。この讃歌を作った二人の僧はその美声と美貌で村娘たちの心を魅了した。美しい声明を聞いて感動して涙ぐむ信者の姿がしょっちゅう見られた。やがて、尼たちや後鳥羽上皇の女官たちが、大勢で朗詠を聞きに鹿ケ谷にやってきた。後鳥羽上皇の妻の一人、坊門の局もこの声明に魅せられた。後鳥羽上皇が留守の時、しばしば仁和寺に浄土宗の僧たちを密かに呼んだ。坊門の局は侍女たちにもこの声明を聞かせた。美しい声明と若く美しい僧たちに夢中になった女性たちは、局に頼んで僧たちを仁和寺に泊まらせた。こうして、起こるべきことが起った。数人の僧たちが侍女たちと寝て肉体関係を持ったのだ。この悪いうわさがすぐに京都中に広まった。

　京都の人びとはひそひそとうわさをした。

「なんという醜聞だ！　後鳥羽上皇の留守中に、側女、坊門の局は法然の弟子たちを密かに呼び入れている！」

「吉水の坊主たちは後鳥羽上皇の女官らと肉体関係を結んでいる！　知らないのは後鳥羽上皇だ

けだ！」

　その時、突然、町中に響くような掛け声が遠くから聞こえた。

「なんだ、この掛け声は？」

「この声は西の洞院からだ！」

「行ってみよう、西の洞院へ！　九条兼実家で何が行われているか見に行こう！」

「わー！　おめでただ！　もちにありつけるぞ！」

　町の住民たちがかけって西の洞院へ行った、通行人と乞食たちがそれに続いた。みんな邸宅の門の前に集まった。好奇心に駆られた者共が、垣根越しに庭を覗いた。その時、正門が開き、一人の家臣が現れ、みんなに告げた。

「九条家の玉日姫がこの御殿で男の子を出産しました。玉のような赤ん坊です。我々のお殿様、九条兼実はこの喜びをあなた方にもおすそ分けしたいと仰せになられました。さあ！　みなさん、お祝いのおもちをどうぞ召し上がれ！」

　召使たちが大皿に盛ったもちを運んできて、一人一人に配った。このおいしい食べ物を受け取って、人びとは飛び上がって喜んだ。

「おお！　このもちは天下絶品だ！」と、いっせいに叫んだ。

　前夜、御殿に到着した綽空は、胸に赤ん坊を抱いている玉日の隣に座り、妻の手を握り優しい声で言った。

「妻よ、よくがんばったね、男の子を産んでくれた。ありがとう、君と子供をますます愛するよ。私たちの地上の生活が、いつもこのようであってくれたらいいのだが！」

玉日は疲れたが、このやさしい夫のねぎらいの声に幸福感に包まれ、うっとりした。夫の手を握り締めながら安心して、やがて深い眠りに入った。綽空は長い時間、妻と子供の枕元にいて二人を見守った。玉日は産後の休養のため、子供と一緒に二カ月間この御殿に残った。そこで、綽空だけが岡崎の草庵に戻った。赤ん坊の祖父である兼実は毎日この別宅に通ってきた。兼実は普段は、正妻のいる同じ京都の町の東の洞院に住んでいた。玉日が出産のため西の洞院に戻ってきたので、兼実は毎日、玉日と赤ん坊の顔を見に来た。祖父が子供の名前をつけねばならなかったので、兼実はその子に範意という名前をつけた。さらに、兼実は沢山の祝い客を西の洞院で迎えた。

兼実の疑惑

玉日の出産から二カ月経ったある雨の日、慈円が兼実を訪ねてきた。慈円は不快感をむき出しにして、法然の弟子たちの間に広まっているうわさを兼実に語った。

「兄さんはもう知っていると思うけど、法然の弟子たちの悪い評判が町中にひろがっているよ。私は風紀を乱す人びとを無視できない。」

「私も知っている。しかし、それは、ほんの一部の法然の弟子たちの行為だ。大部分の弟子は法然上人の生活を見習って、戒律を忠実にまもっているよ。私は彼らの厳しい禁欲的な生き方を知っている。」

「法然上人は、この風紀の乱れの責任を取るべきだと私は思うよ。」

「断じてそれは法然上人の責任ではない。法然上人は風紀を乱す輩を、怒って寺から追放した。」

「しかし、彼らは故郷に帰り、そこで悪い考えを日本中いたるところでばら撒いているよ。私は国家の未来が本当に心配なのだよ。私が今日ここに来たのは、あらかじめ兄さんに知らせておこうと思ったからだ。風紀の乱れを『愚管抄』という私の本で告発するつもりだよ。」

「すでにその本のことは、あなたから良く聞いているよ。最初の神皇、神武天皇からの日本の天皇の歴史だろう。」

「そうだ、私は神道、天台宗、佛教の末法の思想に基づいて、文章を何度も推敲し、国家の歴史を描いている。この本は後世に残る作品だと思う。」

「あなたが読むように勧めた今までの文章には、宗派の祖師のことは書いていないではないか。」

「そうだけど、今は書こうと思っている。浄土宗に対する告発を書くのは私の使命であると思う。兄さんが法然上人の弟子の一人だから、本にする前に見せようと思った。」慈円は兼実に執筆した文面を見せた、そこには次のように書かれてあった。

「法然は最近、念仏宗を創った。彼は念仏以外の仏行は無益であり、念仏だけ唱えれば良いと説教している。この専修念仏は仏教を知らない尼や僧たちを引き付けた。この教えは瞬く間に広まり、みんなが吉水の寺に押しかけるようになった。法然の弟子の安楽坊は仲間の僧、住連と一緒に念仏の和讃に節をつけ、甘い声で歌い、その美貌で信者や尼入道の心を虜にしている。今や、信者や尼入道たちは、『阿弥陀仏は、たとえ、人妻と情交をしたり魚や肉を食べても念仏する人を咎めない。念仏門に入りただ念仏を信じれば、阿弥陀仏は死ぬ時に迎えにきてくれる。』と言って、間違った仏教の思想を垂れ流している。」

二人の会話をじっと聞いていた玉日は、慈円が帰った後、兼実に吉水に行って法然上人と話し合うよう助言した。法然の弟子たちの風紀の乱れを非常に心配した兼実は、これは良い考えだと思い、すぐに老師に謁見を求めに出かけた。

「法然上人、今日ここに来た理由は、私が気になっていたことをあなたに質問するためです。」

「おお！　九条兼実殿下、ようこそおいでになりました。玉日姫が男の子を出産したと綽空から聞きました、おめでとうございます。姫の健康状態はいかがですか？　もう回復されましたか？」

「玉日と子供はとても元気です、ありがとうございます。まだ私の家で休んでいます。」

「それは良いですね、坊守（僧の妻）は普段は休めないですから。ところで、私にどんな質問があるのですか？」

「法然上人、私はあなたの意見が聞きたくてやってきました。阿弥陀仏を信じその名号を唱える人が、数回の念仏しか唱えないでも浄土に生まれるでしょうか？」

「阿弥陀仏を信じきっている人が浄土に生まれることを、信じなければなりません。」

「では、念仏を一回だけ唱えて、あとは阿弥陀仏のことを考えない人が、罪を犯しても浄土に生まれますか？」

法然ははっきり答えた。

「阿弥陀仏の名号を初めて知って、阿弥陀仏への信心を表明しても、その後、念仏を唱えなくなります。その人が、たとえ小さな罪であっても、罪を犯したとします。もし、その人が罪を告白せず、後悔をしなければ、浄土に往生できません。又、深く阿弥陀仏を信じ、念仏を唱える人が、罪を犯し、それを悔い改めなければ、往生できません。深い信心に似たその心は、実は幻想や無知から生まれた悪い心なのです。最近、多くの信者が道を間違え悪い方向に行くのが、非常に心配です。」

「では、阿弥陀仏を信じた人が重罪を犯した場合、その罪は浄土往生の妨げになりませんか？」

「犯した罪を告白して悔い改めなければ、その人は浄土に生まれません。それどころか、必ず地獄にいきます。最近、ある宗派の僧たちや京都の人びとが、この問題の争論を止めません。困ったことです。」

「それでは、不退転の位に達した念仏の行者が、思いがけず罪を犯してしまいました。その人は悔い改めの念仏を唱えませんでした。その人が死の床についたとき、長年築き上げた念仏の功徳はその人を浄土に往生させますか？　それとも、思いがけずに犯した罪はその人の往生を妨げますか?」

「この場合、この人は往生できません。行者が犯した罪を悔い改めないので、罪の結果が力を増し、念仏の善行を妨げるからです。」

「残念ですが、あなたの弟子の中に浄土宗の評判を傷つけている人びとがいます。吉水の僧たちの中に、人妻や女官に接近し、阿弥陀仏は姦淫さえも許してくれるとささやき、でたらめな口実をつけて誘惑しているのがいます。」

「知っています、恥ずかしいことです。彼らは念仏の本当の意味がわからないのです。」

「行空の行為は特にひどいものです。彼は羞恥心もなく不道徳な行いをし、間違ったことを言っています。浄土教にとって彼は危険分子です。」

「そのことを知った時、すぐに私は行空を追放しました。」と、法然は恥かしさのあまり、頭を下げて答えた。

「幸西は北陸地方に行き、法然上人が直接語った教えだと言って、一念義を説いています。」

「それも知っています。私は一念義は私の考えでなく、まちがっていて危険だと、巻物に書いているところです。」

「それでは、あなたに提案してもよろしいでしょうか?」

「はい、もちろんです。どうぞ、おっしゃってください。」

「貴族や宮廷の人たちのために、阿弥陀仏の救済の本当の意味を文書にしたためて説明してください。天皇はあなたの宗派についてあまりにも多くの悪いことを聞いていますから、私は浄土宗と特にあなたのことを今、非常に心配しています。」

「わかりました、貴重なご忠告をありがとうございました。出来るだけ早くしてみましょう」と、法然は最後に言った。この会見で安心し元気づけられた兼実は、法然の一部の弟子たちを師の教えと違ったことを説いていると公然と批判した。

綽空は善信に改名した

元久二年（一二〇五）三月、三十三歳になった綽空はその日の朝も、毎朝するように、法然の部屋に挨拶に行った。法然上人は一人で書き物をしていた。

「綽空おはよう。浄土の道の修行にいつも熱心にまじめに取り組んでいるね。」

綽空は深々とおじぎをした。法然は書き物を静かに置いて、壁のくぼんだところに置いてある一冊の本を取りに行った。それから、「他の僧たちには秘密にしておきなさい」と言って、表紙に、美しい毛筆の文字で『選択本願念仏集』と書いてある本を綽空に渡した。

「この本は貴重で秘密の本です。この本をすばやく筆写してから返しなさい。綽空、このことは秘密ですよ。」と法然は低い声で言った。

綽空はこの抜擢に非常に驚いた。この原稿を筆写することを許された弟子は四人しかいなかったからだ。筆舌に尽くしがたい喜びを感じた綽空は、その本を腕にしっかりかかえ、敬意のしるしに深々とおじぎをしてから言った。

「私は五年前からあなたの弟子になることを許された、単なる貧しい一介の弟子にしか過ぎませんが、もう、こんな貴重な本を写すことをあなたは許可してくださいました。この抜擢を非常にありがたく思います。」

彼はこの本をすばやく風呂敷に包み、袖の中に隠し部屋を出た。人目につかないように駆け足でなく、速歩で自分の草庵にすぐに帰った。家に着くと、妻は二歳になった息子の世話を、朝と性善坊は同じ部屋で家事をしていた。みんな、綽空の帰りが早いので驚いた。

「こんなに早く帰るなんて、何かあったのですか?」と、玉日が尋ねた。

「素晴らしい知らせがあるんだ! 法然上人が私を三百八十人の弟子の中から選んでくださったのだ!」と、綽空は心から喜んで答えた。

「選ばれたのですか? 何を選ばれたのですか?」と、今度は性善坊が聞いた。

「法然上人は私に非常に大切な本を預け、それを写すことを許してくださいました。」朝と性善坊は妻が言う前に「おめでとうございます」と祝った。ちょっとイラついた玉日が言った。

「あなたをこんなに喜ばせる特権って何ですか?」

「見てごらん、玉日。僕は吉水に来た時からこの本が読みたかったのだ。しかし、この本は秘蔵されて、ご信心が進んだ一握りの弟子にしか読むのを許されないのだよ。君のお父さんが法然上人に、その教えを書くように頼んだ本なのだよ。ほれ、これがその本だ。」

綽空は袖から風呂敷包みを取り出し本を見せた。

「そうなの、私の父が法然上人に頼んだとは知らなかったわ。」

「ほとんどの人はこの本があることさえ知らないよ。上人の部屋の壁に隠されていたものだよ。」

「なんでこの本はそんなにあぶないの？」と、玉日が無邪気に聞いた。

「この本を読むと、多くの人が上人の教えを悪く解釈をする危険があるからだよ。そのため、この本を読むことが出来る人をよく選ぶことが、極めて重要なのだよ。」

「では、法然上人はその作品を深く理解できると、あなたを評価したわけなの？」と、誇らしい気持ちで目を輝かせて言った。

「そういうことだと思うよ。僕が法然上人のお世話をし、その説法を聞いてからというもの、師の教えを完全に理解しようと一生懸命努力したのだ。今日、その努力が認められたのだ。この本を読めば、浄土の教えの精髄がもっとよくわかるようになると思う。」

朝は綽空の前で深くおじぎをして言った。

「私はあなたのおそばでお仕え出来ることを光栄に存じます。」

「朝、私の方こそいつもありがとう、私がこの家にいない時、この本を見張っててくれ。」と、綽空は真面目な顔で朝に頼んだ。

「お任せください。」と、慎み深く朝が答えた。玉日は朝に嫉妬した。

「範意がこの本に触れないように注意してくれ、これは貴重な本だから」と、綽空は厳しい表情できっぱりと妻に言い放った。

「子供はこの本に近づきませんよ。それに、あなたが筆写しているときは、お仕事に集中できるように、私は子供をつれて外出します。」

「性善坊、この本が家にある間、訪問者を家に入れないように注意してくれ。」

三月十五日以来、綽空はまず、香をたき本に一礼をしてから、草庵の一室にこもって写筆した。法然は二枚目から写筆するように言った。全部写すのに一カ月かかった。この時が彼の人生の中で一番幸せな時期であった。四月十四日、仕事が全部終わったので、本を返しに法然の元に行き、出来た写本を見せた。法然は綽空の作った大きな巻物を注意深く見て、満足げに言った。

「私はこの本をあなたの義父の兼実殿下の頼みに答えるために、九年前に書いたのですよ。兼実殿下は私の説法をしょっちゅう聞いているが、記憶にとどめることが出来なくて、数日後には忘れてしまう。それで、私に『あなたの説法を本に書いてください。そうすれば説法はいつも私のそばにあり、あなたと別れた後も本を読めば、あなたの説法がわかります。さらに、その本をあなたが亡くなられた後も形見として持っていられます。』と私に言いました。」

綽空は師がこのように自分に打ち明けてくれたことに感動した。法然は実の息子に語るように話を続けた。

「それで、この巻物を書くために安楽坊と私の部屋に篭って仕事をすることにした。安楽は、私が語ることを書く、この仕事に昼も夜も一緒に続けたのです。」と、懐かしげに法然は言った。

「私は安楽坊遵西を知っています。その美貌と美声で彼は念仏の女性信者によくもてます。彼は善導の六時礼讃にふしをつけて、鹿ケ谷の寺で歌っています。」

「私も彼の人気は知っています。しかし、彼は高慢になり、みんなの中で自分だけが法然に選ばれたと自慢したので、私はこの巻物を書く人物を変えたのでした。真観房が変わって巻物を書くようになりました。」と、法然は突然いつもより顔つきが険しくなって言った。それから、本を読んだ印象を真面目な表情で綽空に聞いた。

「私はこの本を十回読みました。素晴らしい本です。浄土教の教理の本質を深く掘り下げた本です。信者全員の宝です。」と、綽空は喜んで答えた。

「うれしい言葉ですね、しかし、悪く解釈される危険があります。そのため、兼実殿下は、人びとの目に触れないように隠すように私に言いました。よくわからない人がこの本を読んで、仏法を犯して地獄に行くようになることを避けるためです。」

「私の義理の父の忠告に従ったことは、もっともなことだと思います。」と、綽空が断言した。

法然はちょっとためらってから、綽空に言った。

「それでは、どれぐらいこの本を理解したか知るために、あなたにこれから質問しましょう。よろしいですね？」

「はい、光栄に思います。」と、綽空は深々とおじぎをして、師への敬意を表した。法然はしばらく沈黙をした後、最初の質問をした。

「善導が往生に必要な五正行を説明していますが、五正行とは何ですか？」

「浄土経典を読むこと、阿弥陀仏を観想すること、浄土往生を願うこと、阿弥陀仏の名を唱えること、阿弥陀仏の功徳を賛嘆することです。」

「よろしい。これらの五正行の中で、称名念仏が一番重要で、決定往生《けつじょうおうじょう》の行と言いますが、それは何故ですか？」

「名号を唱えることは阿弥陀仏の本願に基づくからです。」

「そのとおりです。称名念仏以外のすべての行を雑行と言います。雑行は沢山ありますが、私の本に挙げた雑行は何ですか？　又、それを説明しなさい。」

「この本で、法然上人は日本のほかの宗派が行じている五正行について語っておられます。」

「そうです、私はこれらの五正行をどのように説明しましたか？」

「まず、浄土経典以外の経典を読誦すること、太陽崇拝などの阿弥陀仏以外の観想をすること、阿弥陀仏以外の仏や菩薩や神を崇拝すること、阿弥陀仏の名号以外の仏や菩薩や神の名を唱えること、それから阿弥陀仏以外の仏の功徳をたたえること、これらの五つの行を雑行と法然上人は説明されています。」

「それでは、阿弥陀仏の光は念仏の行者以外は照らさない、そのわけを言いなさい。」

「善導は三つの理由を挙げておられます。まず第一は、阿弥陀仏と念仏の行者の間に結ばれた親しい縁です。阿弥陀仏は行者が唱える念仏をすぐ聞きます。行者がたえず、阿弥陀仏を崇め礼拝すると、阿弥陀仏はすぐにその人を見ます。行者がたえず、心の中で阿弥陀仏のことを思えば、阿弥陀仏はすぐにそれを知ります。このように、身口意の三業が阿弥陀仏と行者を結び付けます。それを親縁とよびます。反対に人が阿弥陀仏のことを思わない場合、阿弥陀仏との絆は出来ません。二番目は阿弥陀仏と行者との近縁です。阿弥陀仏を想う行者には阿弥陀仏は現れる。反対に阿弥陀仏のことを思わない人とは、関係は生まれない。」

「よろしい。では、私が本で述べた二つの時を説明しなさい。」

「臨終の時と日常の時です。行者が念仏を唱える日常は、阿弥陀仏並びに無数の化佛や観音、勢至菩薩の二体の化菩薩が、念仏の行者に寄り添い、行者がいる狭い部屋は釈迦佛が説法した庭に変わります。仏の国は行者から遠い所にあるのでなく、行者の住む狭い部屋が佛のおられる空間になります。もし人が念仏を唱えないのなら、化佛も寄り添うことなく、又、阿弥陀仏の光明はその人を照らすことなく、その人は仏から遠くにいます。阿弥陀仏の無量の光明は念仏を唱える全ての人に届き、浄土に迎えに来ます。これが念仏の近縁です。」

「とても良く理解できています。それで、三番目は？」

「三番目は強縁です。称名念仏は生死の輪廻の原因になる、私たち人間の罪を消します。そして、最後の時がくると、仏と聖衆が私たちを迎えに来ます。他の行では残ってしまう浄土往生を妨げるものが、念仏を行じるとなくなります。ゆえに、念仏の行は強縁と呼ばれます。他の行も良いのですが、念仏の行にはかなわなく、比較になりません。」

「あなたの理解は深く完全です。あなたの筆写したものに私が少し書いてあげましょう。」

法然は立ち上がり筆と墨汁を取りに行った。それから、綽空の筆写した本の一枚目に書き始めた。

「南無阿弥陀仏、念仏は往生の行の基本です。綽空」

綽空は天に上るような喜びを感じた。そして、あることを思いついた。

「法然上人、どうか後世にも残るあなたの肖像画を書かせてください。」

法然は微笑み、うなずいて同意した。

「では、出来る限り早く、画師を来させましょう。」と、綽空は言い、師がこの要求に答えてくれたことがうれしかった。

七月二十九日、法然の肖像画が出来上がった。法然はその絵を気に入り、絵の下に善導の往生礼賛の詩を書き加えた。

「南無阿弥陀仏、私が仏になったら、十方に住む全ての人びとが、私の浄土に生まれたいと願い、私の名を十回唱えたなら、そこにうまれるでしょう、そうでなければ、私は仏になりたくない。この本願を誓った阿弥陀仏が、今浄土におられる。この本願は確かで、絶えず念仏を唱える人はみんな浄土に生まれるでしょう。」

それから法然は綽空の方に向き、厳かに言った。

「綽空、これからは、あなたは善信と名のりなさい。この名前は六角堂で、あなたが夢の中で見た救世観音から授けられた名です。貴重な名前ですから、誇りにしなさい。」

綽空は感謝の涙にくれ、無言で深々とおじぎをした。後年、親鸞はその著書、教行信証の中に、以下の文を挿入した。

「私、愚禿親鸞は建仁一年（一二〇一）、自力の雑行を捨て、阿弥陀仏の本願の門に入りました。元久二年（一二〇五）、三十三歳で法然上人から選択本願念仏集の筆写をゆるされました。兼実卿がこの本を書くように法然上人に頼んだのでした。浄土真宗の全ての重要な点と他力念仏の奥義がこの本に書かれてあります。ゆえに、わかりやすく説かれているこの本を読めば、信者は浄土の教えを会得するでしょう。素晴らしく深い知恵の詰まった聖なる本です。年と共に、信者の数は増え十万に達しますが、師からこの本の筆者を許された弟子はほんのわずかです。しかし、阿弥陀仏の慈悲のおかげで、私は筆写を許され、肖像画も書かせていただきました。これは、往生決定の功徳のおかげです。そして、阿弥陀様が私に、浄土往生のご信心をくださった証拠です。私は歓喜の涙を流しながら、この文を書いています。」

比叡山と玉日の心の中の雷雨

白い頭巾で顔を隠した僧兵たちが比叡山を歩きまわり、叫びながら、「比叡山の全ての僧に告げる！　夕方の鐘が鳴ったら全員総門の前に集まれ！」と、伝えた。

夕方になった。叡山中鳴り響く鐘の音を合図に、数千の僧たちが総門に向かった。谷間や聖なる山の隅々で、「一体何事がおこったのだろう？」とがやがやと騒ぎ立てる音が聞こえ、数分後に数千人の僧が総門前に集まった。当時、叡山の僧たちは宮廷にまでも彼らの命令を下し、源氏や平氏の二大武士団の決定事項にも介入する勢力があった。

「静かにしろ！」と、ピシっと鞭を鳴らすような号令がかかり、そのこだまが長い間谷間に響き渡った。一人の僧が森の奥に通づる階段の上に立った。みんなに良く聞こえる所に進み、猛々しい声で言った。

「みなさんもご存知のように、法然の唱える称名念仏が、今や京都中に広まった。この怪しげな思想が我々天台宗を破滅に導かないうちに、この異端者を黙らせる時が来たのだ！　法然とのろわれた吉水の寺を消さなければならない！」

「おお！」「おお！」と数千の声が一斉に起った。怒りの声がその他の声を圧した。

「法然は経典の読誦や研究、並びに佛行や儀式は、何の役にも立たないという考えを広めた、これは死罪に値する！　さらに、我々のことを異端だと告発した！」別の僧が声を荒げて言った。

「私は最近法然の説教を聞きに行った。その時の説法で阿弥陀仏の光は念仏の信者しか照らさないと言っていた！　さらに、称名念仏以外の全ての行を捨てよと勧めていた！」怒号が起った。

「私も邪説を聞いた！　法然の説法を出来るだけ早く、我々の天台宗に危険が及ぶ前に、止めさせないといけない！」

「我々の祖師、最澄は比叡山に戒壇を設けられた。我々は最澄から大乗の聖なる教えを受けた。今、このけしからん法然が最澄の教えを否認している、これは次第に我々の権威を損ねる危険がある。人間は草のようで、風の動きになびきやすい。もうすでに何人もの僧が我々を捨てて、このはやりの異端の僧についている！」と、他の僧よりも知識がありそうな僧が言い放った。それから、多くの声が同時に起り、みんなが違うことを言った。

「法然は我々の同僚だった綽空に、兼実卿の娘と結婚するようにとさえ勧めたのだ！　お釈迦様自身禁欲をしていたのに、法然は勝手な口実をつけて奢侈と放蕩を許したのだ！　害が及ばないうちに、法然の説法を止めさせ、その寺に火をつけて焼いてしまおう！」同意の怒りの声が僧たち全体から起った、その時、最も年老いた何人かの僧が暴力の高まりを抑えた。

「みなさん！　静かに！　よく聞いてください！　暴力と憎悪は何も生み出さず、反対に我々天台宗の精神に反します！　暴力は宮廷の怒りを招く危険があります！　むしろ、この問題を宮廷に強訴して、その判断に委ねたほうが良いと思います。」

突然、重い沈黙がその場を覆った。比叡山への道につながる石階段の上にずっといた高僧が、この提案を受け入れ、

「朝廷に法然の説く専修念仏が危険であると糾弾し、法然とその弟子たちを厳しく罰するように強訴してから、その判断を仰ぐのが一番賢明の方法であろう。」と言った。

この比叡山の決定の知らせは、この場にいた聖覚によって、すぐ、吉水の法然に伝えられた。法然はこのごろ健康がすぐれず、部屋から出なくなっていた。注意深くこの知らせを聞いた後、法然は綽空を呼び、文書を書かせた。

「これから私が言うことを書いてください。」

綽空は和紙を取り毛筆に墨汁をつけた。法然はしばらく考えて、それから語り始めた。

「聞くところによると、私の昔の弟子の中に、私の説法や浄土の教義について間違った解釈をし、それを広めている者がいる。私は日に七万回念仏を唱えているのに、その者は一日一回だけ念仏を唱えるだけで浄土に往生出来ると触れ回っている。」綽空は驚いて頭を上げた。法然は続けて書くようにうなずいた。この時、綽空は師の苦悩を察知した。長いため息をついてから、法然は続けた。

「彼は吉水の他の弟子たちと、私、法然の真意について話し合い、そのうちの五人が彼の意見に同意した。その真意とは私が秘義を持ち、これを受け入れられると私が判断した人しか授けないと、言うのだ……」

綽空は震えながら筆を置き、怒りをこめて、その人物は誰だと聞いた、しかし法然は名前を明かさなかった、ただ、数カ月前に放逐した幸西の弟子だとだけ言った。幸西の弟子は追放された後、数人の弟子と共に地方に行きこのうそをばら撒いた、今では沢山の信者が出来ている。この話は弟子の光明坊から聞いたと言って、「このうわさが本当だとしても、幸西の弟子の説法はまやかしだ！　私はこのような愚劣な教えを放置できない、そうしないと、念仏の行は堕落し空しくなる。一体、何の行もしないで悟りに達することが出来るか？　答えは明白だ、否。私はこのような信心を止めさせ、地獄に落ちたくなければ、正しい道理に戻らなければならないと言いたい。

彼らはこの異端を作り出した主は私、法然だと言い、弘願門と名づけ、念仏の業という題名で文を書き、秘密経と称する偽の経典を作ってその文に、「阿弥陀仏の名を一声だけすれば救われるから、善業しなくても良い。」と、引用した。この文が日本中、いたるところに広まっている。これは実に危険なことだ。私は弟子たちにこの危険な教えに惑わされないように、そして、私の弟子たちに異端者たちが行った先々で、弘願門は誤りだと知らせるように懇願する。私は五十年間仏教を勉強してきた、全経典や仏教書を読み、ここに来る前は比叡山で厳しい行もした。しかし、今はもう歳をとり、体も弱くなった。今は念仏のみに帰依している。私は単純な道、阿弥陀仏が我々に伝えた、全ての人に受け入れやすい浄土門を示したい。しかし、私は決して他の門の教え、いわゆる、難行の道を疑っていない。私は真言の瞑想の行を大いに尊重する。私の教えをゆがめて理解しそれを教えたものは、念仏の意味の重大な間違いを犯し、地獄で焼かれる惨めな最後になるだろう。」

その日、法然上人は弟子の一人、法蓮坊信空にも文書を筆記するように命じた。これがいわゆる七か条起請文である。翌日、草葉にまだ朝露が残っている早朝、法然は全ての弟子に本堂に来るように命じた。数時間後、数百人の僧たちが本堂の内と外を埋め尽くした。法然に付き添った信空は壇上に上り語りだした。

「法然上人は、昨日私に七カ条起請文を筆写するように申し付けました。これは法然上人の教えに従うみなさんに向けて書いたものです。上人は、みなさんがこの文書を理解したら署名して、この規則を誠実に守るように求めておられます。署名がなされたら、この文書は天台宗座主、真性宛に送られます。」

それから、信空は右腕に持っていた巻物をすばやく開き、読み始めた。

「念仏の行に励む全ての弟子に警告する……」その後、法然は七カ条の起請文の説明を始めた。最初から、厳しい口調で、「師の教えを勝手に解釈するのは止めなさい、伝統佛教を中傷することはやめなさい、又、浄土教以外の僧を批判するのは止めなさい」と言った。法然は他の宗派を意識しているためか、今まで聞いたことがないようなきっぱりとした声で、

「最近、吉水に来た弟子たちのため、そして、故郷に帰って私の教えをまちがって広めた者のために、浄土宗はひどい損害を被り教団の秩序がくずれてきました。彼らはゆがめた教えを広めて清廉潔白な浄土の教えを傷つけました。私は生涯をかけて他の宗派を尊重してきました。彼らは仏法と仏団を汚したのです。このようなことが起ったので、私はこの七カ条の起請文を作りました。この起請文に従わない者は吉水から追放します。」

信空は巻物を広げ、一人一人、この起請文に署名をするように言った。弟子の中にはこの起請

文は天台宗の威嚇に屈した形をとっていると言って、疑問視をする者もいた。

「上人は天台宗の命令に卑屈に思えるほど従っている。私は法然上人の口から別の教えを聞いた。上人は二重人物か？　今や、上人の真意が理解できない！」と、一人の僧が目に涙を浮かべて苦々しく言った。多くの僧が敗北や裏切りに思えるこの起請文に署名をするのをためらった。しかし、師の厳命であった。ある者は署名をし、ある者は教団を去った。信空が最初に署名をし、その後、三日間で百八十八名が署名した。

元久一年（一二〇四）、十一月七日、法然はこの起請文と法然自ら書いた手紙と、兼実の法然の真意を説明した手紙を延暦寺の真性に渡した。兼実の手紙には「法然上人は称名念仏を通して人びとを解放しようとされただけで、僧侶間の争いや伝統佛教との闘争を引き起こそうという意図は全くありません。」と、書かれてあった。数日後、法然は忠実な弟子であり、天台宗の僧でもある聖覚に、比叡山の僧たちに自分の教えを明確に説明するように頼んだ。このことは、天台の高僧たちと大僧正、真性の怒りを和らげ、彼らは朝廷に対する訴えをとりあえず取り下げた。

綽空は他宗からの攻撃が、関係者たちの努力によって和らいだことに安堵した、が、家族の不満には気がつかなかった。結婚から三年があっという間に過ぎ去った。玉日の嫉妬心はいつも心の中にくすぶっていたが、なんとか自制出来ていた。一方、綽空は相変わらず朝早く出かけ、吉水で勉学に励み、夜遅く家に帰る生活を送っていたため、妻の心の葛藤に気づかなかった。それよりも、師の健康がすぐれないことと、浄土教団の問題が気がかりであった。玉日は家で侍女の朝と共に過ごすのが嫌で、岡崎の家から遠くない父や叔父の家によく出かけた。玉日が法然とその弟子たちの町でのうわさを知ったのは、父や叔父から耳にしたのだ。ある晩、息子を抱いた玉日が綽空にそれとなく言った。

「専修念仏は奇妙だと思うのだけど、あなたもそう思わない？」

仏教についての意見を言ったことが無く、自分の殻にかたくなに閉じこもっていた玉日の突然の言葉で、綽空は思いがけなく冷水を浴びせられた気がしてうろたえた。

「何が言いたいの？」

「今朝、清水寺にこの子の健やかな成長を祈りに行ったのです。性善坊が付き添ってくれました。その時、五十人ぐらい黒い僧衣をきた人たちの行列が、清水寺に行くのに会いました。念仏を唱えるより歌うように唱和していました。群集がその行列に加わり、この光景を見て大勢の人が涙を流していました。最終的には百人ほどの人がこの行列に歌いながらついていきました。」

「それは安楽坊と遵西の考え出した六時礼賛だろう。鹿ケ谷で一日六回行われるが、最近は、町にも出ているらしい。」

「たぶんそうだと思います。その中に恍惚状態で歩いている後鳥羽上皇の妾たちを見つけました。なにかとても奇妙ないやな印象を受けました。」

「吉水の僧の数は毎日増えているけど、法然の教えを自分流に解釈しているのがいる。法然上人は弟子たちにそのことを忠告をするけど、もはや、どう取り締まっていいのかわからない状態なのだよ。」

「宮廷がこの人たちの行過ぎた行動を弾圧しないか心配です。浄土教の間違った教えを説いて、村人たちから金品を騙し取る僧たちもいると、私の叔父の慈円は言っています。結婚した若い女房と姦淫をする者もいる、叔父は気分を害してこのような悪行をする者たちをこのまま放置しておけないと言います。」

「残念なことだけど、吉水にはそういう人たちがいる。しかし、みんながそうなのではない。ほとんどの人が法然上人の教えと教義を尊重している。昔から、念仏聖と言って夜、山で念仏を唱え、昼、村に下りてきて村人に念仏を教える人たちがいる。そういう聖の中にも伝統佛教の基盤を揺るがす人びとがいる。だから、悪い僧は吉水だけでなく、ほかにもいるのだけど、みんな吉水の坊主だと決め付けているんだよ。」

「私も、念仏聖は浄土宗の人ではないと叔父から聞きました、彼らは孤独で、どの宗派にも属していないと言います。でも、法然の弟子たちと山の聖たちと一般の人には見分けられないのです。」

「そうなのだ、我々浄土宗への八宗の批判は増え続けている。全ての批判は客観的なものでない、しかし、彼らは我々を消そうとしているのだ。」

「念仏を唱えること自体、何も悪いことではありません。人間は貪欲ですが、自分の悪い考えを抑えて幸福を見出そうとしています。」

「あなたの人間の心への洞察力は深いよ、玉日」

「しかし、法然の説教のために、悪いことをしたという意識をせずに、悪い行為を平気でするようになったのです。以前は、死後地獄に落ちると恐れてしなかったのが、法然上人の教えによって、もう恐れることがなく、自分を制御しなくなったのです。」

「あなたは自称、法然の弟子だと言いながら馬鹿なことをする奴らと同じように、浄土の教えを間違えて解釈しているよ。法然上人の教えを良く聞き、そのとおりの行をしていれば、そんな風には言わないよ。しかし易行道は誤解されやすいことは確かだ。」

この言葉に、夫との間に深い溝があるのを感じた玉日は、悲しくなり涙を流した。その涙が子供の顔に落ちた、突然、けたたましく子供が泣いた。綽空は片手を妻の肩に置き、もう一方の手で息子の頭をなでた。

「玉日、泣かないで、子供も泣いてしまうよ」と、綽空は言って、子供を抱き、寝付くまで静かにあやした。

「私たちの未来を心配しているだけよ」と、玉日は泣いた。

「宮廷の浄土宗に対する印象は悪いのよ。みんな、法然上人を悪く言っているのよ。いつか、あなたが島流しや死刑になるのじゃないかと思うと怖いのよ。あなたがいなくなったらどうやって生きていくの？　私は確かに、法然上人の教えを何にもわかっていないわ。でも、私の幸せはあなた次第なのよ。ねえ、お願い、前のように比叡山の天台宗に戻ってください。私たちの幸福は天台宗にあるのよ。宮廷では、浄土宗の評判は悪くなり、貴族の支持者もほとんどいなくなったけど、天台宗は尊重されているわ。」

「そんなこと無理だ！　法然上人は深い絶望、地獄から私を救ってくれたのだ。今でも私の心はきれいでないと知っているのだ。私は念仏の行をして人目には賢そうに見えるけど、そして自分の心をきれいにしようと努力をしているけど、自分の心は蛇やさそりのように貪欲、怒り、無知の危険な毒がいっぱいあるのだ。比叡山の修行も私には浄土往生の助けにならなかったのだ。懺悔の気持ちもさらさらないのだけれど、十方に広がる弥陀の名号のおかげで、かつて襲った深い絶望の状態を、今は助かっているのだ。苦しむ衆生に対して、わずかな慈悲心も同情心もない私にとって、阿弥陀仏の誓願の舟がなければ、どうやってこの苦しみの海を渡れようか？　私は昔、比叡山で自力で悟りが得られることを願って、やってみたのだ。でも、だめだったのだ。私の心が蛇やさそりのような悪いもので一杯だからだと今ではわかっている。もしも自力の行を止めないで、阿弥陀仏に完全に帰依しなかったなら、自分の人生は罪と幻想の人生で終わってしまっただろう。私に全てを教えてくださったのが、法然上人なのだ、だから上人のおかげで、私は救われたのだ。あなたは少なくとも、こういうことがわかって言ったのですか？　私は地獄にさえ、上人に付いて行くつもりです。」

玉日はこの感動的な告白に言葉を失った。彼女は自分の気持ちがわかっていた。浄土宗を離れることを夫に頼んだのは、吉水に居たら危険だからというよりも、深く自分の心に住み着く嫉妬心のためであると。法然の熱心な信者である侍女の朝を、夫が自分より重要視するのが玉日には耐えられなかったのである。自分の恋敵の朝を、どんな手段をとっても、夫から遠ざけたかったのだ。「もちろん、あなたの命の危険を恐れていたわ、でも、自分の心の奥底には恐ろしいものがあるの。それが私を苦しめるの、だからなのよ。」と、心の中で言った。ゆっくりと夫に近づいた玉日は、ほおに抱き寄せて、愛情をこめてささやいた。

「ごめんなさいね。いつも言っているように、あなたが私のそばにいないと、私は生きていかれないの。」

元久二年（一二〇五）二月、興福寺は後鳥羽上皇と宮廷の実力者たちに、法然とその弟子に罰を与えるように嘆願書を奏上した。法相宗の管長、貞慶が執筆した「興福寺奏上」である。専修念仏の欠点や問題点を挙げ、専修念仏の禁止を訴えたものである。

彼の言い分は「法然の浄土宗は朝廷の許可を受けていないし、正当な浄土教とちがう。法然の弟子は阿弥陀仏が専修念仏者しか照らさない光明の曼荼羅を作った。法然と弟子たちは浄土経典を説いた釈迦佛を軽視し、阿弥陀仏をもっぱら説いている。我々のする様々な行を否定する。日本の古来の神々への礼拝を否定する。法然が唱える称名念仏より、我々がする観想念仏の方が上級である、等等。」である。

興福寺はこの奏上に手紙を添えた、それには「旧仏教八宗は法然の活動を禁止させるつもりであったが、法然はそれに対して、弟子たちの署名の入った七箇条起請文を比叡山に送ったため、我々はどのように改善されるか様子を見ていた。何人かの法然の弟子たちは法然には二重の顔があり、一念義という秘密の教えを持ち、七箇条起請文は比叡山の批判を招かないように、表面をつくろったものだと、言っている。さらに、幾人かの弟子たちの行動は全く改善されていない。それゆえ、法然の責任は重大である。今や法然や弟子たちを逮捕して罰するときが来た。」

この信書を受け取ったのは、法然の熱心な擁護者であった上皇の書記官、三条長時であった。彼はそれを後鳥羽上皇に見せた。上皇は何の関心も示さなかった。ただ、家臣にこの問題に取り組むように命じた。家臣は貴族たちを集めて、意見を聞いた。

「法然は戒律を犯したことがなく、知恵第一の学僧である。高潔さと学徳の高さで崇拝されている人物だ！　念仏で彼を有罪にするのか？　そんなことをしたら、我々が天から罰せられるだろう！」

「それに、法然の熱心な信奉者、九条兼実が上皇に法然を支持するように訴えている。」

「我々は法然の出された嘆願書を無視できない。」

「聖覚も法然は他の宗派に反対するつもりは全く無いと書いてきている。訴え出た比叡山の僧たちの動機は、浄土宗に対する嫉妬心と自分たちの権力が失われるのではないかという恐怖心ではないか？」と、宮廷で勢力を持つ貴族が付け加えた。

「しかし、八宗の出した奏上を無視できない。」びしっと、別の上級貴族が言った。

「それでは、過激な弟子だけを罰すれば良い、法然や彼らの誓願を守っている弟子たちは咎めないことにしよう。」と、上皇の信頼厚い別の貴族が結論づけた。

「浄土宗の行空は、美濃で法然が異端としている一念義を説法しているという。阿弥陀仏の名を一度だけ唱えれば、悪いことをしても、仏は救うと言っている。このような説教は社会のモラルや秩序に悪い影響を与えることは確かだ。今や、こういう危険な思想を停止させ罰する時が来たのだ。行空は島流しにさせないといけない。」

「鹿ケ谷で六時礼賛をしている民衆に人気がある安楽坊はどうかな？　社会の善のために、まず、この二人を罰せれば、比叡山の怒りがおさまるだろう。」

貴族の集会はこの二人の僧を尋問することに決定した。書記官が和紙にこの決定を書き興福寺の貞慶に送った。

その夜、書記官、三条長時は日記に、「行空と安楽坊の行為が社会に有害だとしても、彼らは念仏によって浄土往生の方法を民衆に説いただけである。そんなことで罰せられたならば、この罰こそ悪である。」と書いた。

伝統佛教八宗の圧力にもかかわらず、朝廷は法然の浄土教を禁止しなかった。ただ、安楽坊と行空を厳しく訓告処分するのに留めた。が、この二人はこの忠告を軽く考えた。安楽坊と住蓮は鹿ケ谷で念仏の行を続け、法然から追放処分を受けた行空は美濃で人びとに一念義を相変わらず説いた。

吉水の生活はいつものように続けられた。法然は念仏を説き、他宗から三百八十人も浄土宗に入門し、法然の弟子の数は急速に増えた。しかし、浄土教の大部分の弟子たちにとって、自力の信仰を完全に捨て、法然の勧める阿弥陀仏へ完全に帰依することは難しかった。浄土教学に関して様々な見解が最近、起った。法然に師事して急速に信心が深まった善信は、浄土教理論を明らかにするため、三大争論をしかけた。

ある日、善信と証空とが討論をした。善信が言った。

「阿弥陀仏の誓願は、我々が阿弥陀仏に完全に帰依したときに実現される。死んだ後ではなく、現世で帰依した時である。」

証空はこの意見に反対した。

「私はそう思いません。救いが現世のうちに行われることは不可能です。救いは死ぬ時になされます。帰依したときではありません。」

善信は答えた。

「本願は信者に現世から救いの約束をしています。阿弥陀仏に至心に完全に委ねた時から救いはなされるのです。」

「そうではありません。阿弥陀仏に念仏を生涯唱えることによって、信者の死の床に阿弥陀仏が菩薩と共に現れ、浄土に導くのです。死の前に救いが行われることはありません。」

二人の討論を聞いていた弟子たちは、この救いの重要問題の明確な答えを出しかねていた。そこで、彼らは法然の元に行き、師の意見を求めた。

「法然上人、二人とも正しいと思うのですが、どう思われますか？」

「証空の言う死後の救いは、自力で救いを得ようとする難行の理論です。善信の語る帰依の時に救いが決まる説は、阿弥陀仏の誓願に真摯に完全に委ねる、念仏の行者のためのものです。仏の悟りは一つしかないけど、それを受け入れる衆生の能力はさまざまです。過去の行為の結果によって、受け止める力は決められるので、その人らしく仏法を受け止めます。聖なる阿弥陀仏の名前を繰り返し唱えるだけで、すぐに救われるという保証は本願に証明されています。さまざまな行をして、死後救われるのは阿弥陀仏の誓願と関係ありません。浄土宗の信者にとって、心身を律する雑行は浄土往生の条件になりません。浄土教の師のおかげで信心をいただいた時、不退転の位は決まるのです、すなわち、回心の時に起るのです。ひとたび信心が決定したら、念仏者は不退転の位に入り救いが保証されます。このことは、阿弥陀仏の十八願に書かれています。」

法然は軽く目を閉じ、阿弥陀仏の十八願を静かに唱え始めた。

「私が仏になるとき、世界のすべての人々が、誠実な心で私を信じて私の国に生まれたいと願い、十回だけでも私の名号を唱えて生まれないなら、私は悟りを開きません。」それから目を開き、説法を続けた。

「十九願は自力を頼み、さまざまな仏行をする人のもので、あらゆる徳を積むことを要求している。」それから、今度は十九願を唱え始めた。

「私が仏になるとき、世界中の人々が、悟りを願いあらゆる徳を積み、心から私の国に生まれたいと誓願を立てる、その人が死ぬとき聖衆に囲まれた私が、その人の前に現れないのなら、私は悟りを開きません。」最後に法然はきっぱりと結んだ。

「阿弥陀仏の十八願の誓願は、世界中のすべての人々のために広まっています。十八願は信者にこの世での救いを保証しています。そのために、信心が仏行より優先されます。それは、自力の行は阿弥陀仏の本願、すなわち十八願に含まれていないからです。彼らの救いは自力の行に依るので限界があります。阿弥陀仏の十八願の力を信じると、今生で救いの保証を受け、最後の息の時、浄土に生まれて輪廻転生から解放されます。」

ある朝、いつものお勤めが終わった後、善信は法然の部屋を訪れた。法然は低い机の前の座布団に座って経典を読んでいた。

「上人、少しお邪魔してもよろしいでしょうか？　ちょっとお話したいことがあるのです。」

「いいですよ。善信」と、ほほえみを浮かべて法然は答えた。

「あなたのお勧めで浄土門に入った私は、輪廻転生から解放される道を知りました。それはあなたの教え、あなたの仏法への完全な理解、そしてあなたの深い信心のおかげです。私は喜びを抑えられません。さらに、この吉水で他の弟子に出会い親しい友達が出来ました。」

「それは大切なことですよ。」

「しかし、次第に彼らと私は違うことに気づきました。」

「どんなことが違っているのですか?」

弟子のこの告白に、法然はちょっとびっくりして聞いた。

「その違いを話す前に、あることを確かめたいのです。上人、あなたはすべての弟子が浄土に往生する不退転の位に着くことを望んでおられるのでしょう?」

「もちろんです。それが私の教えの究極の目的です。」

「私は自分と他の弟子たちと同じ信心を持っているかどうかわかりませんし、あなたと同じ阿弥陀仏へのご信心を抱いているのかも保証できません。それで、私は確かめたいのです。」ほほえみながら善信は言って、謎めいた口調で付け加えた。

「実は、いい考えがあるのです。」

「おお、そうですか。それで、どうやって確かめるのですか?」と、法然は好奇心に駆られて聞いた。

「明日、わかります。」と、善信は答えた。

翌朝、いつものお勤めが終わって、すべての弟子たちが集まっているとき、善信が口火をきった。

「今朝、私は二列の席を設けました。一方は信心が浄土往生に最も大事だと思う人のため、もう一方は念仏の行が最も大切だと思う人のためです。みなさん、法然上人の前で、どちらの座席に着くか決めてください。」

三百八十人の弟子たちは、どうしていいかわからず押し黙ってしまった。数分たって、聖覚と信空と蓮生が信の座に座った。蓮生は出家前は有名な武将、熊谷直実である。ほかの数十人は左右に視線をめぐらし、先輩が決めた座席に従おうと、待っていた。時間が経ち、やがてほとんどの弟子たちは行の座席についた。みんな善信がどちらに座るかじりじりと待っていた。壇の上にどっしりと座っていた法然は弟子たち、一人一人の選択を見ていた。とうとう善信を残して、全員が座った。善信は信心の決意を見せつけるように、ゆっくりと信の座席に進み座って言った。

「私は念仏を唱えることより、念仏への信心の方が、最も重要だと確信します。」

法然はこの問題提起に関心を寄せた。

「これはおもしろい。善信、よく思いつきましたね。」と言いながら、立ち上がった。座は静まり返った。ピーンとした緊張が走った。法然はゆっくりと壇を降り、確信にみちた様子で善信の隣に並び、信の座席に着いて言った。

「信心が最も大切ですから、私は信の席に座ります。」

そこで、善信が言った「私の信心と法然上人のご信心に違いがありませんでした。仏から賜った他力の信心であるので、共に変わることがありません。」と。この発言は一部の僧たちの嫉妬や怒りや無理解を引き起こした。一同顔を見合わせた。と、聖信坊が進み出て言った。

「善信は高慢だ、かれの発言は全く意味のないものだ！　どうして、知恵第一と言われる法然上人のご信心と学識が、善信と一緒だと信じられるだろうか？」

善信はそれに対して、謙遜して答えた。

「私が法然上人の学識や知恵と比べたなら、まちがっているでしょう、しかし、私は阿弥陀仏の力に完全にゆだねた信心だけを、比べているのです。私にこの深い真摯な信心を教えてくださったのは法然上人で、上人のおかげです。今、私は阿弥陀仏の他力とその誓願に完全に帰依します。私たちに共通なこのご信心は、阿弥陀仏から賜ったものです、ですからどうして違いがあるでしょうか？」

その日、朝の説教で法然上人はこのことに触れた。

「信心が自力から生まれたのなら、知恵のある人と愚者の信心には違いがあります。しかし、信心が他力、すなわち阿弥陀仏より賜ったものなら、智者と愚者の信心に、もはや違いはありません。弟子のみなさん、他力のご信心をいただくことが大切です。他力のご信心でないと、阿弥陀仏の浄土に行かれませんよ。」

聖信坊をはじめ、多くの弟子たちが、この説法に失望し、善信に敵意と嫉妬に満ちた視線をなげかけた。

朝廷で

比叡山や興福寺などの旧仏教側が、新仏教、浄土宗へ非難したにもかかわらず、当時の朝廷は中立を保っていた。朝廷には法然上人に味方する貴族が多かったからだ。後鳥羽上皇も旧仏教側の糾弾を無視していた。しかし、ある事件がついに後鳥羽上皇を激怒させた。後鳥羽上皇の二人の側室、鈴虫と松虫の起こした行動が上皇の激怒の原因であった。

ある夏の日、太陽がじりじりと焼き尽くす鹿ケ谷に通じる道を、鈴虫と松虫が駆け降りて行った。四季に合わせた美しい刺繍の絹の着物を着た二人は姉妹で、後鳥羽上皇の愛妾であった。妹は十七歳で姉は十九歳であった。その美しさ、優美さ、賢さのため上皇は彼女たちがいなければ一日も夜を過ごせないほど、愛欲におぼれていた。二人の若い娘への情熱のため、上皇は他の側室たちをほったらかしにした、そのため彼女たちは二人に激しく嫉妬した。宮廷生活は二人にとって退屈と噂話と悪巧み以外の何物でもなかった。その日、上皇は翌朝まで留守であった、そこで、鈴虫と松虫は宮廷の重ぐるしい空気から逃れて、鹿ケ谷へ六時礼賛を聞きに出かけるところだった。

「このむせ返る暑さで、せっかくのお化粧が台無しだわ。」と、白い布で額の汗をぬぐいながら、子供のように鈴虫が嘆いた。

「本当ね、でも、自由を満喫して気持ち良くない？　だから、愚痴をこぼすのはやめましょう。」

「そのとおりね、お姉さん。宮廷での悪意と厳格さがだんだん堪えがたく思うようになって、私はいらいらするの。今は少なくとも、私たちは他の妾たちの嫉妬やいじわる、そして、宮廷のめんどくさい作法から解放されているのだわ。」

「たそがれ時に、輿が清水寺の下で待っているのよ。遅れないように、夜になる前にお城に戻らないといけないわ。」

「美貌と美声のあの二人の御坊様に会うのが待ちきれないわ。」と、突然、鈴虫が青い澄み切った空を見上げながら、うっとりとした表情で言った。

「ほ、ほ、ほ、（笑い）あなた、どちらかに惚れているの？　実を言うと、私もあの人たちの歌声にまいってしまっているの。」と、愉快そうに笑いながら、松虫が答えた。

「あの御坊様たちは、浄土へ導く私たちの案内人なのよ。お浄土でもきっと、同じ旋律が聞こえるに違いないわ。絶対そうよ。」と、うっとりと夢をみるように言った。

「法然上人のお説教で言われた、阿弥陀仏の浄土にある十の喜びを、あなたは思い出せる？」

「覚えているわ。全部暗唱しているのよ。」

「では、道中、暗唱し合いましょう！　最初はあなたがして。」と、鈴虫が挑戦するかのように言った。

「いいわよ、では、一章ね、死ぬときに、念仏の行者を迎えにきた菩薩たちを見る喜び。」と、松虫が楽しそうに始めた。

「次は、浄土のハスの花が初めて開くのを見る喜び」と、もう一人が続けた。

「美しい体と超能力に恵まれる喜び。」

「五官に楽しみを感じる喜び。そして、その楽しみが消えない喜び。」

「近しい人たちを救う喜び。」

「浄土にいる菩薩たちに会える喜び。」

「仏を見る喜びと仏法を聞く喜び。」

「仏を好きなだけ、ほめたたえる喜び。」

「究極の悟りに進む喜び。」と、二人は合唱した。

「私たちのようなただの女が、こんな素晴らしい場所に生まれられると思う？」

「法然上人は、真摯な心で阿弥陀仏の誓願を信じ、そして、念仏をすれば、絶対に生まれるとおっしゃったわ。」

「もしそれが本当なら、私は、今生で尼になりたいわ。だって、尼の仕事は仏を信じることと念仏を唱えることでない？」

「私も、同じ気持ちよ、妾では救いを見出すことは不可能ですものね。」と姉が同意した。二人は疲れを感じゆううつな気分になった。頭を下げてしばらくだまりこくった。

――宮廷の規則はとても厳しい。贅沢な生活だけど、私は帝の手技のおもちゃにすぎないのだわ。しかも、そのため他の側室たちの嫉妬に耐えなければならない。ただの遊女の方がもっと楽に生きていると思う。こんな生活は大っ嫌い！　どうして私の両親は、私たちにこんな運命を望んだのかしら？　いつまでこんな罪深い毎日を送らねばならないの？――と、松虫は内心嘆いた。

隣にいた鈴虫も悲しく思っていた。

――毎晩、帝は私たちを部屋にお呼びになる。それで私たちは、ほったらかしにされた他の側室たちの、憎悪の的になっているんだわ。私たちはこの老人を嫌悪しているし、何にもおねだりをしていないのに。私たちは、ただ、老人のおもちゃになっているだけ。帝が私や妹の体に手をしのばせるのが我慢できないほどいやなのに、悦んでいるふりをしなければならない。それが我慢できないほど嫌なのに。私たちが里帰りすると、村人たちが歓声を上げて喜ぶのを思い出す。両親は私たちが帝の寵愛を受ける側室になったことをとても誇りに思っている！　事実はそんなに誇りに思うものでないのに、でも、どうやってその事実を知らせたらいいのかしら？　あそこでどんなふうに生きているか書くこと？　私たちには禁止されていることだわ。ああ！　この宮廷生活は虚栄とうそばっかり！――

二人は途中で一休みすることを決めた、と、その時、そこから、そう遠くない小さい寺の入り口に、大勢の女たちが集まっているのに気が付いた。なんだろうと、二人は見に行った。寺の前の小さな土手に、女性のみが集まっていて、二人がさらにびっくりしたのは、住蓮と安楽坊が彼女たちの中心にいたことだ。松虫は彼女たちの一人に聞いた。

「ここで何が行われるのですか？　どうして二人のお坊さんがあなた方のところにいらっしゃるのですか？」

「今日はあたしらにとって大切な日なんだ。法然上人がこの寺に来て、あたしら、遊女のために説法をしてくれるんだ。」

「では、ここにいるみなさんは遊女なのですか?」

「もちろんよ、あたしも、神崎の港から来たんだ。この説法のことはいたるところで、村や宿屋や公共の場の張り紙で知ったんだ。お前さんたちはそんなことも知らないで、どうしてここにやってきたんだ?」

「私たちは六時礼賛を聞きに参りました。」と、鈴虫が返事した。

「六時礼賛は夕方からだよ。おまえさんたちは、わしらと同じ仕事をしているように見えないが。豪華なきもので身分がわかるよ。どこから来たのさ? 御所から来たんじゃないの?」

鈴虫と松虫は答えなかった。

「答えたくなければ、答えなくてもいいよ。」と、遊女が言った。それから、ほかの遊女の方に向いて、指差して言った。

「あの女たちも神崎からきたんだ。あたしたちは一日休みをとって、法然上人の説法が聞きたくて、ここまで歩いて来たんだ。法然上人って知っている?」

「はい、清水寺でお説教を聞きました。」と、松虫が答えた。

「上人は一カ月前、神崎の港に来たんだ。私らはそこで説教を聞いたんだ。上人だけがあたしらを人間扱いしてくれる。あたしらに救いを教えてくれるんだ。ほかの坊主たちはあたしらを避けたり、あたしらと遊ばないときは、軽蔑した目であたしらを見るんだ。」

二人は、皮膚に梅毒のあばたがある痩せた遊女を見てこわくなった。その遊女が付け加えた。

「まったくよ。奴らはこっそりとあたしらの体を楽しんでおいて、あたしらを動物のようにじゃけんに扱うのよ。法然上人だけはちがうわ、あたしらをも尊敬してくれるんだ。だから、あたしは上人を敬い、ここまで聞きに来たよ。」

突然、十人ほどの僧たちが念仏を唱えながら寺から出てきた。遊女たちもそれに唱和した。谷中に念仏の声が響き渡った。数分後、一人の僧が静かにするように言った。一人の遊女が興奮して叫んだ。

「今日、法然様が、特別に私たちのために説法をする！」松虫は妹の耳元でささやいた。

「あのお坊さんは住蓮よ。」

長い沈黙が谷を覆い、みんな救いを示してくれる人の言葉を、今か今かと待った。突然どよめきが起こった、力強く神々しい老人が寺の敷居に現れた。法然上人だ。上人はじいっと、優しいまなざしで遊女たちをしばらく見つめた。それから、いつものように静かな口調で語りだした。

「遠くから大変な思いをして、今ここに集まったみなさんに、私は感動しています。女を武器にして働くあなたがたは、世間の目からみて、一番、罪深く映ります。あなたがたの魅力にとりこになった無知な男どもが、こっそり訪れることで、あなた方は生計を立てています。あなたがたは男どもを港まで誘い、夜になると、体をちらつかせて、彼らの欲情を煽り立て、その気にさせる言葉をささやき、彼らを燃え上がらせます。夜の闇の中で、孤独なあなたがたは、舟を罪の岸へ漕いで行きます。無知と欲望の雲に覆われた満月の下、各部屋で、あなたがたは男共と体を重ね、あなたがたの魅力を、力のある者や弱い者などに委ねます。朝露のように移ろいやすく、波に映る月のようにはかないこの世の人の命は、永遠ではありません。あなたがたを花をめでるように恋い焦がれる男共も、やがては、しぼんでしまいます。朝霧の中で抱く希望も、火葬場から立ち上る煙のごとく空しくなり、いたずらに恨みのみが残ります。絶世の美女の美貌も、やがてはしおれます。この世の命は、はかなく頼りないのです！

ですから、うつせみの世に執着してはいけません、それは、はかない夢でしかないのです。浄土の蓮の上に生まれるように誓いをたてなさい。」

遊女たちが見つめているのが空であれ、地であれ、あるいは法然であれ、みんな涙を流し、含蓄のある上人の言葉に心が重苦しくなった。そのとき、若い娘が上人に聞いた。

「つかの間のこの世を捨てることができない、罪ぶかい女の身にとって、浄土に生まれるには、どんな行をしたらいいですか？」

「生まれつき罪深い女性は、ほとんどの宗派の仏教の教義では生死の輪廻から出ることができません。が、阿弥陀仏の浄土教では可能です。ただ、浄土に導く仏の誓願を信じるだけでいいのです。女性は五障の身として生まれますが、インドの韋提希夫人は信仰によって、浄土に生まれました。それは易行といわれる道です。人間として生まれた絶好の機会を考えれば、女性でも生死の輪廻を抜け出ることが出来るのです。」

「上人様のお言葉は、私らにとって永遠の宝です、お返しに私らは何を差し上げたらいいでしょうか?」

若い娘が二人、法然上人に近づき小箱を渡して言った。

「あなたのお言葉以上に価値のあるものはありません、が、あなたに差し上げたいものがあります。」

びっくりした法然上人は感動し、漆塗りの素晴らしい箱のふたを持ち上げた、箱の中には小さな和紙の包みがいくつも入っていて、その包みのなかは髪の房、があった。

「あなたがたは一番大切にしているものを私にくれました。あなたがたの髪は最も美しい装飾品です。人生は無常ではかないものです。栄えるものは必ず衰え、出会った人とは別れなければなりません。」法然の顔に涙が流れた、遊女たちも感動して涙ぐんだ。上人は遊女たちに十回念仏を唱えるように促し、誓いを立てるように言った。

「あなたがたは仏の道に従うことに決意しました。阿弥陀仏の四十八願のうちの、三十五願があなた方を浄土に導きます。この誓願にすっかり身を任せて、南無阿弥陀仏と、念仏を唱えなさい。阿弥陀仏の約束を疑ってはいけません。たとえ炎に包まれて死んでも、波にさらわれても、阿弥陀仏が蓮台を持った観音菩薩を従えて、あなたを迎えに来て、浄土に導いてくれます!」

遊女全員がこの言葉を聞いて喜びの涙を流した。

松虫と鈴虫はこの説教を聞いて非常に強い衝撃をうけた、特に「遊女は死んだ後、地獄に行く」という言葉に震え上がった。

――帝のそばにいる自分たちの人生も、ここにいる遊女の人生と大差ないわ。上人は、こんなことをしていたら、地獄に行く、と、はっきりおっしゃった。私たちは、宮廷を去り尼になることしか、考えられなくなった。しかし、どうやって実行するの？――

そんなことを考えていたとき、突然、松虫が時間が経ったのに気が付いた。太陽が地平線を降り始めていた。松虫は妹に言った。

「もう、すでに申の刻になったわ。すぐ戻らないと、そうしないと、私たちが戻っていないことに気づいて、側室たちが上皇に告げ口するわ。」

「残念だわ、まだ六時礼賛の朗詠を聞いていないわ。」

「しかたがないわ、すぐに帰らなければならないから。」

気づかれないように、遊女たちが説法を聞いているところを二人はそっと抜け出し、寺の外に出た、その時、一人の僧が二人を呼び止めた。

「もう、お帰りですか？」と、安楽坊がいつもより優しい声で尋ねた。若い二人の娘たちは驚きの色を隠せなかった。一瞬沈黙になった。それから、ついに鈴虫が言った。

「あなたは安楽坊様ですね？」

「そうです。私のことを覚えてくださって、たいへん光栄です。私たちは宮廷でお会いしましたね。」

「あなたのことは良く覚えています。あなたの朗詠の美しさに感動しましたから。」

「では、どうして今日残って聞いていかないのですか？」

「私たちは御所の門が閉まる前に、帰らなければならないのです。」

「よくわかりました。これ以上御引止めいたしません。なにか困ったことがあったら、又ここにいらっしゃい、遠慮はいりません。」

「何で私たちが悩んでいるとわかるのですか？」と、松虫が言った。

「宮廷で、あなたが目を真っ赤にして泣いていたのを目撃したのです。」

この言葉に松虫は卒倒しそうになった。心臓の鼓動が鳴り、はずかしさでいっぱいになった。

「それでは、悲しみにくれていた私にびっくりされたのですね。ああ、なんて恥ずかしい！」

「恥ずかしいことではありません。お望みなら、私はあなたの積もる思いを聞いてあげますよ。さあ、お急ぎなさい！　またいつかお会いしましょう！」

彼女たちは安楽坊の最後の言葉に催眠術をかけられたようになり、何も言わずに背を向け、コオロギの声だけが響く静寂な御所に通ずる小道を駆け下りて行った。

二人は宮廷生活に戻った、いつもと同じ日々が過ぎていった。しかし、法然上人の説法を聞いた後、彼女たちの心に疑いや恐怖の感情が次第に強くなり、今や緊急を要する規模にふくらんだのだ。

——このような生活を送っていたら、確実に地獄におちる、地獄を逃れるには、ここを逃げるしかない。——

上皇が御所を離れ地方に出かけたある晩、松虫はずーっと温めていた計画を実行に移すことを決意した。松虫は誰もいない宮廷のみすの中で、妹にささやいた。

「よく聞くのよ、鈴虫、もう私たちはこんな生活、死後地獄の恐怖を味わう生活を続けることはできないわ。私たちは魂の救済のために、是非ともここを逃げなければならないのよ。十一月、後鳥羽上皇は二週間、家来みんなを引き連れて熊野参りに行く。そこで国の平和を祈るためよ。その時が逃げる絶好の機会だわ。」

「そんなことをこんな場所で話すなんて、ずいぶん危険なことだわ。壁は薄いし、あなたも知っているでしょ、壁に耳ありだわ。もし、ほかの側室があなたの話を聞いたら、私たちはどうなると思うの？」と、鈴虫が真剣な表情でつぶやいた。

「心配しないで、用心のため調べておいたわ、今は私たち二人しかいないのよ。では、私の計画を話すわね。」松虫は考え出した逃亡計画を妹に詳しく語りだした。

「上皇が出かける最初の日、私たちは清水寺に法然上人の説法を聞きに行って、それから、鹿ケ谷に行きます。鹿ケ谷で、私たちは住蓮と安楽坊の草庵の押し入れに入って隠れるのよ。信者がみんな帰った後、押し入れから出て、お坊さんたちにすぐに髪を切ってもらい尼になりたいとお願いするの。」

「安楽坊は絶対に引き受けてくれると確信するの。彼は私たちの話を聞き、助けてくれると約束してくれなかった？」妹もその気になった。

「私もそう思うわ。さあ、今から私たちは尼寺の規則を学んで、新しい生活の準備をしないと。尼寺の生活の功徳を語る『出家功徳経』の法然上人の説教がこれから始まるわ。私たちは可能な限り、その説教を聞きに行きましょう。」

「でも、もし、安楽坊に断られたらどうなるの？」鈴虫は姉が眠れない長い夜、温めてきた計画を聞いたばかりであった。松虫はきっぱりと答えた。

「琵琶湖に身投しましょう！」何も妨げることが出来ない覚悟で、姉は冷たく決然としてこの言葉を言った。妹は震えた。

「こわがらせないで！　そんな恐ろしい結末なんて想像できないわ。」

「こんな堕落した生活にしがみついていたら、私たちに何が待っているか、思い出して。地獄の罰が永遠に続くのよ。『忍苦書』に書いてあることを忘れないで。――他人の妻を楽しんだ者は地獄に落ち、恐ろしい責め苦を受けるであろう。地獄の番人は罪人を木の頂にさかさまに吊るす、その下には、燃え盛る火が罪人たちをあぶる。罪人たちは、炭になると再び生き返り、再び猛火に襲われる。罪人たちは苦しみのあまり喚きだす、炎は喚いている彼らの口に入り、内臓を焼き尽くす。――」

「ああ、どうか仏様！　私たちをお守りください、この地獄の罰から救ってください！　私たちも姦淫の罪を犯しました。」と、鈴虫は恐怖で震える声で言った。

「法然上人のおかげで、私たちが上皇としていることはいけないことで、これを続けていれば、まっすぐに、地獄の火にやかれてしまうことがわかりました。できるだけ早くこんな生活は終わらせないといけない」

「そうよ、できるだけ早く逃げないといけないわ。魂の救いのために、お姉様、私はあなたについていきます。阿弥陀様、どうか私たちを助けてください！」

「では、時期が来るまで慎重に秘密を守るのよ。」と、妹の口の軽いことをよく知っている松虫が厳しくしかった。

側女の逃亡

十一月のある晴れた日、後鳥羽上皇は家来を連れて熊野詣でに出かけた。御所には数人の女官と従僕だけが残った。大部分の側室たちは買物をしたり都踊りを見に行って上皇の留守を楽しんでいた。松虫と鈴虫は身の回りの物と数日分の食料を持って、輿に乗り清水寺に出かけた。二人は御者に待たなくていいから御所に帰りなさいと言いつけた。清水寺で法然の「出家功徳経」を聴聞した。申の刻に鹿ケ谷で六時礼賛が始まった。たくさんの人がこの音楽礼拝に参加するため集まった。二人は群衆に紛れて、安楽坊の草庵の戸口の中に忍び込んだ。大急ぎで心臓をどきどきさせながら、押し入れを開けてその中の広い空間に隠れた。猫のように耳をそばだてて、どんなに小さい音も空気の振動音さえも聞こうとした。時はゆったりと過ぎていったが、二人の娘たちは警戒を怠らなかった。六時礼賛が終わり、いつものように質疑応答とお礼のあいさつが行われた。それから、信者たちは帰った、人がいなくなり静寂になった。二人の僧は寺の掃除をして、草庵に戻った。二人は夕飯の準備を始めた、と、その時、突然、住蓮が押し入れで軽い着物がこすれるかすかな音を耳にした。

「押し入れで何か音がする、何だろう?」

「ねずみだろうよ」と、安楽坊がねずみを逃がすため押し入れの戸を開けようとした。

「わあー」びっくり仰天して後ろにのけぞった。

「誰だ?」と、彼は叫んだ。ろうそくを近づけた。橙色の美しい光がおびえた二人の若い美しい娘を映し出した。

「ごめんなさい、あなたのお許しを得ないで、この家に忍び込み、ここに隠れていて、でも、ほかに選択肢がなかったのです。」

震える声で松虫は懇願した、その後ろに妹がちぢみこんでじっとしていた。今度は住蓮が近づき、信じられないという目つきで二人に言った。

「しかし、あなたがたは上皇の寵姫ではないか! 何も伝えずに御所から逃げてきたのか?」

「後鳥羽上皇は家来をつれて熊野に御幸に行きました。私たちはその機会をねらって逃げ出しました。どうか話を聞いてください。」

「安楽坊様、あなたがいつぞやおっしゃってくださったように、あなたの助けを求めてやってきました。」おずおずと、鈴虫が言った。

「もし誰かがここで、こんな時間にあなた方を見かけたら、どんなに疑われるか考えないのですか？　うわさは京都中に広がり、御所の役人たちが私たちを逮捕しに来るでしょう。」と、住蓮がなじった。

「でも、安楽坊様が私たちにおっしゃったのです。」

「話しても無駄だ。これから私はあなた方を御所に連れ帰ってくれる人を探しに行く」と、住蓮が言葉をさえぎって言った。松虫は、もしも、御所に引き戻されたら、最悪の事態に直面すると思った。逃亡の厳罰、おそらく死罪が。姉妹の悲嘆の様子を見て、もうひとりの僧が言った。

「彼女たちの言い分を聞きましょう、どうしてこんなに危ない賭けに出たのかくわしく聞きましょう。」それから、当惑しきっている住蓮に言った。

「いずれにせよ、私たちは六時礼賛をして念仏を広めているから、宮廷の命令にもうすでに背いているのだ。私たちの目的は阿弥陀仏の浄土に生まれることだ。宮廷の権威に刃向うわけではないけれど、この世で私たちを恐れさすものは何もないはずだ。」

「それでも、私は、彼女たちがここに来たことで、どんな恐ろしい結果が我々に降りかかるか恐れているのだ。上皇は二人を誰よりも愛している、これは公然とした事実だ。もし二人がここに泊まったと上皇が知ったら、我々は間違いなく打ち首になる。」

「君の心配はよくわかる、私も同じように恐れている。しかし、彼女たちはここにいるんだ、二人を連れ戻しても、もう手遅れだ。夜はふけた、二人を道中で放りだしたら、もっと危ないことになる。」安楽坊は二人の方に向き尋ねた。

「どうして逃げ出したのですか?」

二人は頭をかかえ泣きじゃくりながら、宮廷での生活、ほかの側室たちのいじわる、大っ嫌いなのに上皇に身を任せなければならないことなどを打ち明けた。

熱心に話を聞いた二人の僧は、この痛ましい話に感動した。話が終わると住蓮が聞いた。

「どうすればあなた方を助けられるのですか? 本当の所、何を望んでいるのですか?」

「一番重要なことは、剃髪をしていただき、あなた方のご指導によって尼になって仏道に従うことです。」

「あなたは私たちに無理難題を言っています。実現は不可能です。私たちはすでに宮廷やほかの流派の寺からにらまれています。私らの所にあなた方がいると知られたら、なんて言われるでしょう! みんな私らを放蕩者と非難するでしょう!」と、住蓮が言った。

「君は体面を気にしているよ! 私たちは仏の弟子だ。真摯に救済を求める衆生を助けなければならないのだ。」と、安楽坊が言って続けた。

「あなたがたは今、何歳ですか?」

「私たちは十七歳と十九歳です。」と、おずおずと鈴虫が答えた。安楽坊は彼女たちの本心を確かめようとして言った。

「尼になるには若すぎますよ。上皇の死を待ちたまえ、そしたらあなた方は自分の運命を選べますよ。たとえば、両親のもとに帰り、良い人と結婚しなさい、そうすればあなた方は人生を楽しめますよ。」

「いいえ！　私たちの選択はすでに決まっています、たとえ命を失っても戻りません。宮廷と側室たちは私たちを許しません。もうすでにみんな私たちが居ないことに気づいているにちがいありません」と、松虫が言い返した。

ちょっと間をおいてから、決然と挑戦するように言い放った。

「弟子にしてくださらないのなら、琵琶湖に行って身投します。」

重い沈黙が草庵に立ち込めた。彼女は強い調子で言った。

「法然上人がみだらな行為や放蕩生活をしてはいけない、そういうことは生死輪廻の種になり地獄に落ちるとおっしゃいませんでしたか？」

すぐに安楽坊が答えた。

「あなたがたは六カ月前にここで行われた説法を聞いたのですね。法然上人は又、こういうことを言いましたよ。『もしあなたがた遊女がほかの生活の手段を見つけられなかったら、その仕事を念仏を唱えながら続けなさい。あなた方を浄土往生させるのは阿弥陀仏の力です。』と、しかし、もうあなたがたの決心はついてるから、この部屋で今晩だけあなた方を泊めましょう。明日の夜明けに発ってください。明日の朝、仏法によって生きるため剃髪してあげましょう。粗末な着物に着替えて紀州に行きなさい、そこにさびれた小さな無人の寺があります。そこで、あなたがたは尼の生活を始めなさい。この寺の近くに私らの信者住んでいます。私は彼に手紙を書いて、あなた方の世話と、あなた方を浄土に導く手助けをしてくれるように頼んであげます。」

住蓮がこの考えに感動して言った。

「私は紀州に行く道をよく知っている。案内してあげよう。」

「私はすぐにあなたがたの衣類や持ち物を焼きましょう、もうすぐ、宮廷の兵士たちがここにあなたがたを探しにやってくるから。この場所にあなた方がいた全ての証拠を消さなければなりません。それから、私は法然上人の所に報告にいきましょう。それから、住蓮と私は数カ月どこかに消えましょう。」

住蓮は頭を下げて、悲しそうな声で付け加えた。

「ああ！　私の命そのものだったこの草庵を、私たちは去らなければならないのだ！」

「私もこの家には思い出がつまっている。私の心の中にいつまでも焼き付いていることは確かだ。」

「本当にそうだ、僕も君と同じ気持ちだよ。しかしこの気の毒な人を救うためしかたがない。」

松虫と鈴虫は彼らが自分たちを救うために、放棄したものの大きさを知って、涙にくれた。彼女たちは頭を床につけて深々とお辞儀をして言った。

「あなたがたが私たちのためにしてくださった犠牲に、言葉にならないほど感動し感謝しております。永久に忘れません、私たちはあなたがたの救いを祈り続けます。」

「このようになったのは我々の意志でなく、仏の御心だ。明日からは私たちは浄土への救いの道を歩く同行人だ。仏の戒律を守って、仏の御心にかなうようにしよう。」

鹿ケ谷の渓谷の夜はどっぷりとふけていった。風が吹いてきた。雲がもくもくと草庵の上に立ち上り、禍を暗示するかのように黒い渦巻になった。

「もうすでに夜のとばりが降りたのに、二人はまだ帰ってこないわ。」と、若い側室が陰険な笑みを浮かべて言った。

「彼女たちは厳しい罰を受ける資格があるわ」

「戻ったら裸にして体を調べましょう、きっと愛人に会ったのよ。上皇がこのことを知ったら、すごくお怒りになるわ、きっと死刑になるわ。」

「おお、裸にするなんて、なんていい考えだこと！　相手の名前を吐き出させるまで辱めを与えましょう」と、天使のような顔をした若い娘がくすくす笑った。

時間がだいぶ過ぎた、月がすでに天頂に上っても、二人の姉妹は御所に戻らなかった。大奥の陽気な雰囲気が、下心のつまった重苦しい沈黙に包まれた。上皇のお気に入りに何かが起こったのだ。側室たちの陶器のように美しい顔に浮かんでいた辛辣な笑みが消えて、不安気な目つきになった。

まもなく、彼女たちの不在が宮廷中に知らされた。すべての側室と貴族たちが探し始めた。庭の小さな窪みに至るまで隈なく探した後、みんな吉水に行くことにきめた。法然の説法を聞きに時々二人が行くのをみんな知っていたからだ。数時間探して、みんな二人が逃亡したことに気がついた。宮廷の警備隊に捜索願を出した。京都中、近畿地方全域に張り紙が貼られた。しかし、見つからなかった。

上皇が戻った、この恐ろしい知らせを聞いた。後鳥羽上皇は気が狂うほど怒った。やがて、二人の名前と莫大な懸賞金の書かれた張り紙が、日本中に貼られた。ついに二人を御所から逃亡させたのは浄土宗の僧ではないかと、上皇は怪しむようになった。上皇の怒りが浄土宗にむかった、これを念仏の停止の好機ととらえたのは他の宗派であった。

一方、安楽坊と住蓮は二人に剃髪を施した後、乞食坊主と尼に変装して、歩いて山を越え紀州の古い廃寺にたどり着いた。

鈴虫と松虫がいなくなってから数カ月が過ぎた。帝の兵士たちがさんざん探しまわった挙句、ふたりの居場所がついにわかった。兵士たちは二人は尼になったこと、逃亡を手助けしたのは浄土宗の二人の僧であったと、上皇に知らせた。上皇の怒りは頂点に達した。後鳥羽上皇はすぐに二人の僧を捕まえ、法然の教える念仏を禁止するように命じた。数時間後、吉水の寺は帝の軍隊に囲まれ、僧たちは捉えられた。昔、関白だった九条兼実が必死になって、法然上人はこの事件にかかわりがないことを、帝に説得したけど無駄であった。上人の健康を案じた兼実は、自分の邸宅の一つで、京都郊外にある小松谷の草庵に住むように、法然上人を招いた。上人はしかたがなく小松谷に赴いた。部屋に閉じこもり来客を断り、ただ念仏だけを唱えていた。許された数人の弟子だけが、上人に会うことができた。

ある夜、日本中にお尋ね者になっている安楽坊が、変装して密かに小松谷に法然に会いに行った。兼実と善信と法然が今後の浄土宗について話し合っていたとき、古ぼけた僧衣を着て、哀願するような目つきの安楽坊が部屋に入ってきた。善信は急いで立ち上がり、安楽坊に座布団をすすめ、水を持ってきた。

「どこに隠れていたのですか？　あなたは日本中で一番の、お尋ね者になっている罪人だと知っているでしょう。後鳥羽上皇はあなたの首を狙っていますよ！」

「知っています。今夜、私がここに来た理由は、何が起こったのか本当のことを、法然上人に説明したかったからです。」

「よく来ましたね、何があったのか今、話しなさい。あなたと住蓮のことが私は非常に心配だったのですよ。」と、法然は優しく言った。安楽坊はいっさいがっさい全てを説明してから、

「この事件で、上人に大変ご迷惑をかけたことをお許しください。」と、言った。

「あなたは、悪いことは何もしていませんよ。それどころか、二人の女性を、地獄から救ったのです。私も遊女たちに、尼になって仏の道に進みなさいと、説教しました。あなたの行動と勇気に、私は満足しました。」

善信が即座に言った。

「上皇は嫉妬で頭がおかしくなったのだ。悪いのは上皇であなたではない。」

安楽坊は涙を流し、頭を下げた。

「打ち明けてよかった、ありがたいお言葉をいただいて感動しました。もう、首をはねられても良いです。心が軽くなりました。阿弥陀仏の浄土に生まれる確信が持てました。最後のお願いがあります。やがて、住蓮と私は逮捕されて首をはねられるでしょう。法然様、私たちの死骸を同じ墓に埋葬してください。」

「約束しますよ、今度は私がお願いしよう、お念仏を真摯に、最後の息を引き取るまで、唱えなさい。そうすれば、阿弥陀様がたくさんの菩薩を従えて来られ、あなたを浄土に導くでしょう。お浄土で又会いましょう。」

善信が安楽坊に言った。

「最後のあなたの願いは、善信が確かに引き受けました。必ず願いどおりにいたします。」

これまで黙って聞いていた、兼実が付け加えた。

「法然上人と善信の前で説明する機会があってよかったね。さあ、もう、出発の時間だよ、これ以上問題を引き起こさないためにも、早く、この場を去りなさい。」

天啓にふれたかのように、安楽坊の顔は神秘的な喜びの表情に変わった。突然現れた時のように、安楽坊は草庵を急いで去った。

夜中、鹿ケ谷の道を歩いていた安楽坊は、御所の前を通った。そこで、たいまつの火の明かりで、帝の勅令を読んだ。

「一一八五年に創られた法然の浄土宗並びに専修念仏は、今日より天皇の命令で禁止にする。」

このような禁止が滑稽に思われた安楽坊は大声で念仏を唱えた。

「なむあみだぶつ、南無阿弥陀仏、なむあみだぶつ」

近くにいた帝の兵士たちが、安楽坊に近寄り脅した。

「貴様！　読めないのか！　帝の命令により、念仏を唱えることは禁止だ。それなのに、貴様は大きな声で唱えた。命令に従わず我々を侮辱する者がどんな目にあうか、教えてやろう！」

御所の家来の一人が、安楽坊の顔を覆ていた帽子を取り上げた。とたんに天が頭上に落ちたように、兵士たちはびっくり仰天した。若い兵士が信じられない様子で叫んだ。

「お前は安楽坊だ！」まさに、あれほど探し回ったお尋ね者の僧だとわかった。兵士たちは安楽坊にとびかかり捕まえた。安楽坊は牢獄に連れて行かれ、尋問を受けた。返答する代わりに、安楽坊は「法事讃」を朗誦した。

「念仏の行者を見て怒る者は仏の教えから閉ざされ、浄土の教えを壊し、その結果、出口のない生死の輪廻に永遠にさまよい続ける。」

安楽坊の態度は宮廷に、そして上皇に知らされた、後鳥羽上皇は激怒した。

「奴は私の命令に反し、さらに私を脅した、直ちに打ち首にせよ！」

数日後、二人の側女を連れて紀州に行った住蓮は、故郷の近江に帰った。そこで逮捕され、真淵の村で打ち首になった。

数百人の野次馬が京都六条河原に集まり、安楽坊の死刑執行を見守った。善信も友人の最後を見届けるため河原に行った。死刑執行人は最後の念仏を安楽坊に許可した。

「私の最後の願いは念仏を百回唱えることです、そのあとの十回唱える念仏の時、首を切ってください。」と、言って、安楽坊は静かに念仏を唱え始めた。次第にうっとりとした表情になった、それから死刑執行人の鋭い刀が降り、念仏の声が途絶えた。はじめに首が地面に落ち、次にゆっくりと体が倒れた。重ぐるしい沈黙が流れ、やがて見物者全員が禁止されてる念仏を唱え始めた。

恐ろしい光景に打ちのめされた善信は、急いで小松谷に行き執行の様子を法然に報告した。法然は表情を変えずに、この報告を聞き入った。善信が語り終わると、上人は毛筆の美しい文字が書かれている和紙の巻物を、広げて言った。

「安楽坊が御所に行く前に、ここに来て遺言としてこれを私にわたしました。読んでごらんなさい。」

悲しみでのどが締め付けられる声で、善信は安楽坊の辞世の辞を読んだ。

「住蓮と私は仏法のために命を惜しまなかった。われら衆生の罪障は重い。

浄土往生を願うものは私のように阿弥陀仏の力に全身全霊で委ねなさい。極楽に参るうれしさに、身を仏に任せます。」

重い沈黙が長く続いた。善信がやっとの思いで言葉をかけた。

「どうして、安楽坊と住蓮は信心のために、命を失わなければならなかったのですか？　死に値することは何もしていないのに。」

「二人は嫉妬と無知の犠牲になったのです」と、老いた師は考え深く答えた。

「つまり、上皇の気持ちを傷つけたからです。」

「しかし、彼らは帝の寵姫の魂と命を救いました。」

「まことにそのとおり。この二人の娘は捕まりましたか？」

「いいえ、兼実の言うところによると刑を免れたようです。二人は尼になって今は出家しているので、奉行所の役人たちが、上皇に罰せないように頼んだのです。上皇はそれを受け入れました。」

一人の僧が小松谷の戸口に現れた、善恵坊である。

「勝手に入ってきてもうしわけございません」と、挨拶をしてから、住蓮と安楽坊の死を哀悼し、次に法然上人の健康をきづかった。

「浄土教団は、今、非常に微妙な事態になっています。いたるところから、我々は監視され、攻撃されています。法然様、公然と念仏を唱えることをやめてください、状況が落ち着くまで京都に住んでください。どうか比叡山の怒りを鎮めるため、比叡山の僧へ手紙を書いてください。日が経つと状態が良くなると思います。しかし、上人が公衆の前で念仏を唱えたり、和讃を朗詠されることを止めないでいると、上皇はあなたをお許しにならず、もっと重い刑を言い渡すのでないかと心配します。」

法然上人は、不安な様子は一瞬たりとも見せずに言った。

「そのような心配は無用です。たとえ、源空（法然）の舌が裂かれたとしても、又、異国に流罪になっても、念仏をやめません。私らは過ちはなにも犯していないし、非難されることはなにもしていません。これまで中国で、どれほど多くの師や僧正が、同じような目にあって忍ばなければならなかったか、しかし、彼らは屈服しませんでした。私らが広めた念仏の行は、釈迦仏の教えに依るものです。六万の仏がこの行をほめたたえています。善導自身、阿弥陀仏の誓願に基づく最良な行だと、みなしました。私の行は善導の教えを直接取り入れたものです。どうして、私に念仏を止めよと、忠告をするのですか？」

「おっしゃることは良くわかります、しかし、私はあなたのことや、この教団のこと、さらに善信のことが心配なのです。」

すると、法然は善信の方へ向いて「善信、あなたは最悪の事態を覚悟しなければなりませんぞ。あなたの結婚の目的は理解されなかったので、彼らは我々を攻撃しようとしています。」

承難の法難

承元一年（一二〇七）二月、土御門帝のとき、日本仏教八宗は宮廷の問注所に浄土教団を訴えた。後鳥羽上皇は法然の流刑と浄土教団の活動禁止の宣旨を、言い渡した。数日後、法然は僧名を剥奪され藤井元彦の俗名で、四国の土佐に流刑に処せられた。重要な弟子たちは流刑に処せられ、四人は死罪になった。善信も裁判にかけられた。善信は一番若い弟子であったが、その聡明さ、仏教の深い知識、さらに徳の高さが多くの関係者に知られていた。しかし、それが他の宗の僧たちの嫉妬心を刺激した。彼らは善信を生かしておいたら、将来、師の法然の専修念仏の教えを引き継いで彼らの敵になるだろうと考えた。そこで、死刑を求刑した。宮廷の八人の裁判官のうちの一人が善信の親類、日野家の者であった。その人が、他の裁判官や善信の死刑を望む僧たちや貴族たちを説得して、かろうじて、死刑を免れ越後に流刑になった。善信は僧名を剥奪され藤井善信（よしざね）という俗名をつけられた。

善信は兼実から自分の刑を伝えられた。すぐに、師の法然の所へ別れの挨拶をしに行った。

「比叡山を去って、あなたの浄土教団に入ってから七年が経ちます。たとえ遠くへ別れても、私は永久にあなたの忠実な弟子です。過去世で私たちはどんなに弱いきずなで結ばれていたのでしょうか？　いつ又お会いできるのでしょうか？」と、目に涙をうかべて言った。

「わしはもう歳で疲れる。いつ会えるかわからない。浄土で会えることは確かじゃ。」

「上人、聖道門はいまやすたれています、それに対して浄土門は栄えています。ほかの宗の僧侶たちは私たちが末法の時代に生きていることを理解しないのです。念仏の道だけがこの末法の困難の時代に効果があるのです。興福寺の僧たちは後鳥羽上皇や土御門天皇に念仏を禁止することを要求しました、彼らこそ仏法を破壊する責任者なのです。なのに彼らは、私たちを追い出し罪人に仕立て上げたのです。」

「善信、怒りや恨みを心にためてはいけませんぞ、会う者は必ずいつか別れるのじゃ。わしはずっと前から僻地に行って、念仏の行を教えたかったのじゃ。島流しになったので、その好機が訪れた。仏の無限の慈悲心のおかげで、わしの願いはかなえられるのじゃ。」

二人の使者が九条兼実邸に来て、数日のうちに法然の流刑がおこなわれることを伝えた。兼実は使者が帰るとすぐに、小松谷の草庵に行って法然に伝えた。

「法然上人、土佐への流刑は数日後にせまっています。もうお会いできないのでないかと恐れています。あなたのお導きなしに、私はどうやって極楽に往生すればいいか不安です」と、兼実が言った。

「わしはいつもあなたのそばにいて、阿弥陀仏の浄土に行く道を教えてきましたぞ。阿弥陀仏の誓願の広大な力のおかげで、真摯な信心で死ぬとき一度でも念仏を唱える信者は、浄土往生が保証されている。私がいなくても大丈夫ですぞ。わしはただ、あなたと別れなければならないことが悲しいのじゃよ。」と言って、頬を流れる涙をすばやく衣の袖で拭いた。それから又、言葉を続けた。

「たとえ、小さい罪でも犯さないようにしなさい。罪人さえ往生できる、ましてや善人はなおさらなことですよ。死ぬまでお念仏を唱え続けなさい。私の教えをあなたが忘れないように、書いておきましたよ。」

　上人は一枚の毛筆で書かれた紙を兼実に差し出した、兼実は読んだ。

「長い間、生死の輪廻を続けてきた罪障深い凡夫を阿弥陀仏は四十八願で救います。疑わずに理屈をこねずに信じなさい。そうすれば、阿弥陀仏の誓願の力であなたは浄土に往生します。最後の時がやってきたら、あなたは私を思いなさい。そして、この言葉を最後に読みなさい。そうすればあなたは最後の時を、心静かに迎えるでしょう。」と、法然が言った。兼実は深々と三度、師の前でおじぎをし、着物の袖にこの貴重な文書をしまった。

　草庵を出た兼実は御所に向かった。そして法然の流刑の役目を担っている役人に、権力を行使して聞いた。

「土佐は遠く老人に良いもてなしが出来ないであろう。私の領土の讃岐にしてもらえないか？」

「我々はどこへ法然を流すか、帝から特別な命令を受けておりません。ですから、あなたのお申し出を受け入れます。法然は讃岐に流刑になります。」と、できるだけ早く、この厄介な事件を忘れたい役人は答えた。

　この返事に喜んだ兼実は手紙に「法然上人を特別な客として迎えもてなせ。」と書いて、讃岐の自分の領地へ届けさせ、上人を迎える準備をさせた。

　承元一年、法然は讃岐に送られた。出発の当日、数百人の信者や弟子たちが集まり別れを惜しんだ。御所の役人たちが、輿に上人を乗せて町のはずれまで運んだ。それから、十数人の弟子と信者と宮廷の役人たち全部で、六十人ほどが讃岐まで付き添った。

一方、善信は越後の国府という知らない村で流刑生活をしなければならなかった。家族の夕食はいつもは静かであったが、最後の日は特別な緊張感があった。暖炉の火で部屋は明るかった。床に置いた小さな数本のろうそくの火の影が、家族の深刻な顔を映していた。食卓には慈円、兼実、朝、玉日と善信が座っていた。食事が終わるころ、兼実が低い声で言った。

「善信、いとこの親経が粘り強く交渉してくれたおかげで、あなたは死刑を免れた。多くの人があなたが消えてなくなることを望んだのですよ。流刑に処せられたが、私は命が助かったのがうれしい。」

一瞬、居心地が悪くなった慈円が言った。

「私も、比叡山の僧たちにあなたの死刑を思いとどまらせようと努力したよ。しかし、彼らは猛烈な勢いで私に反対して、諦めざるを得なかったのだよ。」

「でも、あなたは法然の弟子の善恵房を助けることが出来たじゃないですか。彼は流刑を免れ、あなたの寺、無動寺に置かれることになったといいます。どうして、善信を同じようにあなたのそばに置く処分に出来なかったのですか?」と、玉日が詰問するような声でとげのある言葉を慈円に投げかけた。

「比叡山の僧正たちは、あなたの夫の念仏の布教の影響力を知って、善恵房より危険人物だと知っていたのだよ」と、慈円が善信の方へ向いて困ったように言った。

「彼らはあなた、善信がいるため、天台宗がすたれてしまうと恐れたのだよ。浄土宗の飛躍的発展が天台宗にとっては、困ったことなのだ。彼らが善信に死刑を望んだ理由は、よく知っているね？」

「よくわかっています。」と、善信が答えた。

「しかし、私は絶対に法然から受けた教えを捨てません。だから、天台宗の無動寺に入ることは、私には問題外です。慈円は出来るだけのことをしてくれました。感謝します。」と、善信が言った。それから、玉日の方に顔を向けて言った。

「恩知らずなことを言うのではないぞ！」玉日は傷ついて、しゃくりあげて泣き出した。

「さあ、我々の問題に戻ろう。」と、兼実が促した。

「宮廷は弟子二人と給仕の女性一人を佐渡に連れて行くことを君に許したよ。あなたが決めることだけど、給仕には朝が一番良いと思うのだが。」

玉日の号泣はさらにひどくなった、それから顔に怒りと悲しみを出して叫んだ。

「それは私よ！　給仕の仕事は私だけのものよ！　私は妻なのよ！　父上はどうしてこんなに残酷で恐ろしいことを言うの？」

「かわいい玉日、恨まないでくれ。私はあなたの結婚のときは、親類中の反対を押し切ってまでして、あなたの幸福を守ったのだよ、でも、今度は状況が違う。」

慈円が大きくうなずいた。

「私もこの結婚に反対したよ、お父さんに貴族の男と結婚する方が良いと言ったよ。あの時、私の言ったとおりにしていたら、あなたは今こんなに苦しまなくてもよかったのだ、それに……」

「そんなこと言わないでください！　私は夫を愛していたし、今も死ぬほど愛しています。あなたには私の苦しみなんかわからないのだわ。」と、そっけなく玉日は言い放った。重ぐるしい沈黙が家族の上に落ちた、善信がその沈黙を破った。

「怒らないで、落ち着いて、玉日。お父さんは正しいよ。お父さんは孫の範意とあなたの幸福のことしか考えていないよ。私もあなたはお父さんの傍にいて子供を育ててもらいたいよ。」

「そんなこと言わないで！　私たちは家族なのよ！　だからいつも一緒よ！　私はあなたの流刑地まで息子をつれて行くわ。」と、きっぱりと彼女が言った。

「君は流刑者の生活がどんなものかわからないのだよ。もしも、君が私に付いて行ったら、範意は恐ろしい辺境の地で、飢えと寒さで死んでしまうよ。それに、私は弟子と国府まで歩いて行くつもりだ。そして、道中、阿弥陀仏の誓願を村人に教えるつもりだよ。だから、お願いだからお父さんと子供と一緒にここに残っていてほしい。」

兼実が付け加えた。

「善信の言うとおりだ。流刑生活はとてもきつい。善信をあずかる国府の長の年影の手紙によると、二年目からは自分で耕作して、食料を見つけなければならないそうだ。さらに、越後の冬は非常に厳しい。飢饉や病気で数千人が死んでいる。お前の知るとおり、朝はその土地の娘だ、かの地で生まれ、お父さんの三好為則はそこの豪族の長だ。お父さんらが善信の土地を確保したり耕作をしたりするのを手伝うだろう。」

朝はうなずき、自分は耕作が出来るし、善信の生活を助けられると付け加えた。この言葉が玉日の怒りに火をつけた。

「朝でなく、その土地で別の女を見つけて！」と叫んだ。この叫び声で別室で眠っていた範意が目を覚ました。泣きながらおじいさんの所に行った。兼実は孫を腕に抱きながらあやした。

「お母さんが大声を出したから起きてしまったね、私たちは越後に出発するお父さんのことを話していたのだよ。お前はお母さんと爺と一緒に、ここにいなさいね。さあ、お父さんのおひざに座りなさい、お父さんとの大切な思い出をよく刻み付けるのだよ。」

子供は父親の所に行った、善信はその子を抱いて言った。

「よく聞きなさい、息子よ、君はいい子にしてお母さんをよく助けるのだよ。君が一家の長になるのだよ。約束しよう！」

範意は父親と約束して母の方に向いて言った。

「泣かないで、お母さん。僕が父上の代わりにお母さんを守るから。」

慈円は範意を見て善信に言った。

「息子さんの将来は安心しなさい。私が自分の子のように面倒をみるから。」

善信は恭しく頭を下げて、礼を言った。兼実が会話を続けた。

「善信の役に立つ人は朝しかいない。玉日、この選択を受け入れて、老人になった私と一緒に残ってほしい。私の師の法然が発ち、お前も発ったなら、私はもう生きる力がなくなるよ。私にはもう、この状況を変えることはできないのだよ。この流刑は帝の命令だ。善信が生きながらえただけでも幸せだと思わないといけないよ。」

これが家族全員が集まった最後の夜であった。空はすでに墨を流したように真っ暗闇になり、雪が降り出した。一晩中降り続いた雪で、翌朝全地方が白い帳に包まれた。

越後

承元一年（一二〇七）三月中旬の寒い朝、善信と朝は「俗名、善信、流刑地、越後」と書かれた板切れが掛けられた輿に乗せられた。二人の役人がそれを引いて出発した。二人の弟子、性信坊と蓮位坊、さらに九条兼実から越後まで付き添うように命令を受けた伊賀の守、貞尚が付き添った。役人は今津の浦で二人を降ろして引き返した。翌朝、親鸞を含む五人は徒歩で雪に覆われた山や峠を歩いた。善信は俗人が使う円錐形の粗末なぼうしをかぶり、綿の着物を着ていた。毎日降り積もった雪のため、足は凍え足取りはおぼつかなかった。一歩一歩、苦労しながらいくつもの道を通った。松林の上に降り積もった雪が、自然の白い屋根を作っていた。一行は横手の小道を通り、さらに小船に乗り、ついに、三月二十八日、日本海の岸辺、居多が浜に到着した。

十三日間の苦しい旅は彼らを疲れ果てさせた。そこは全てが灰色と乳白色で覆われ地平線は見えない。寒い大気が盆地全体を覆い厚い霧がたちこめていたが、かすかに斜面に沿って数軒のあばら家が見えた。

五人は村に向かって歩んだ。ひどく貧しく悲しげな村だった。世の中のあらゆる悲惨な苦しみを背負ったような貧しい小屋の群れの前を五人はとぼとぼとよぎった。寒さ、飢え、疲れがおしよせた。この地方は十年間飢饉、病気、暴政が続いた。降り続く雨のために田んぼは腐り、病原菌が発生し、あたりの空気は死のおぞましい臭いで充満していた。彼等は村人たちとすれちがった。浮浪者、ペテン師、らい病患者、不具者、旅芸人、逃亡者、狂人、いんちきなどの輩で、さらに、売れない商人、ぼろぎれをまといお腹をすかした子供たち、つばを吐き臭いにおいを発散させている老人たち、その視線は何か食べ物がないか探し、見つけると貧しい村人たちに物乞いをした。一行はこのような村を通って、やっと国分の郡代の館を運よく見つけた。郡代、萩原年景は陰気な表情で彼等を待っていた。ぶよぶよ太ったこの男は品がなく、いつも怒っている様子であった。常識がなく薄情で、仏はもちろん何も信じない人であった。年景は善信に攻撃的な言葉を投げかけた。

「お前は流人の藤井善信《よしざね》だな！」

「はい、そうです。」

「お前は念仏とやらの悪い種を撒き散らし、言いふらしたために島流しになったのだな！」

「私は、悪い種をまきちらしたとは思っていません。」

「修験道者たちが、念仏は京都で起こったとわしに言った。念仏を唱えると地獄に落ちるとな。」

「念仏が浄土に生まれる種なのか地獄に落ちる業なのか、私はまったく知りません。たとえ、法然上人にだまされて、念仏して地獄におちたとしても、私は決して後悔しません。」

「だまれ！　議論している場合じゃない！　わしは念仏は大嫌いだ！　ここは、修験道が支配している。だから、念仏を広めて、修験者と争いを起こすことは決してするな！　お前は罪人なんだ、流刑者であることを忘れるな！　いいか？」と年影はずばり言い放った。善信は黙ってうなづいた。

「一年分の米を後で支給する。その後の分はおまえらが自分で作れ！　今から耕作しとかないと、来年は飢え死にするぞ！　ここでは　だれもおまえらを助ける者はいないからな！」ぴりぴりと神経質そうに言った年景は、そばにいた部下に小屋に連れて行くように命じた。

僧名を持つことはもはや許されなかった善信はもう僧でも俗でもない愚禿《ぐとく》親鸞と名乗った。

小屋の中はぬかるみの上に松の枝が、その上に竹のすのこが置かれ、さらにその上にわらの束が敷いてあった。雨や風が小屋の中には吹き込み、たえず、かび臭いいやな臭いがただよっていた。ねずみやへびが雑然とした小屋の中に住み着いていた。ハエのように大きい蚊の襲撃で、親鸞は休めなかった。わずかな雨でもぬかるみを作り、そのため大きな溝を掘ってせき止めなければならなかった。彼らはすぐに体調を崩した。それでも親鸞は朝晩、阿弥陀仏に礼拝し、二人の弟子と朝にいつも説教した。親鸞はこんな罪人生活でも疲れを知らず精力的に見えたが、それでも時にはゆううつで悲しい気持ちになった。そういう時は、浜に行き、時には朝も連れ、海原に向かって「尊敬する法然様！　お元気ですか？　私はあなたのお体が心配です！」

「玉日！　範意！　京の空が恋しいよ！　あなたたちと一緒に住んだ日々がなつかしいよ！　あなたたちがいないので寂しいよー！」と叫んだ。

そして、ひどくやつれたほほに涙を浮かべた、朝も、もらい泣きし、やさしく親鸞の涙をぬぐった。

こうして、長くきつい二年間を過ごした。承元三年（一二〇九）、叔父、宗業がこの地方の副知事になった。そのおかげで、四人はこのいまわしい小屋を去り、約半里離れた国分寺の東南にある、平岡の木造の古い家に住むようになった。朝の父がこの過酷な気候でも、栽培できる方法を知っている数人の召使を遣わしてくれた。あばら家には小さな土地が付いていて、召使たちはその土地を養生に役立つ薬草や野菜の育つ菜園に変えた。菜園に沿って数十尺の所に小さな石の井戸があり、彼等はそこで、茶碗や野菜や体を洗った。愚禿親鸞、朝、二人の弟子はすぐにこの新しい環境に慣れた。二年間のつらい生活の後なので、この新しい環境が天の恵みのように思えた。

ある寒い霧のかかった夕方、日は庭の背後に沈み、東側はすでに夜のとばりが落ちようとしていた。親鸞と二人の弟子たちは耕作を終えて菜園を出た。その時、一人の老人が菜園に現れた。

彼等はすぐにその老人が誰だかわかった。

「性善坊！」親鸞はびっくりして叫んだ。親鸞は近寄り「性善坊！　なつかしいよ！」と、涙にくれて長い間、性善坊を抱きしめた。

「ずいぶん長い間お会いできませんでしたが、わしには昨日のように思えます。それにしても、いろいろと大変でしたね。」

性善坊も泣き出して親鸞を抱き返した。親鸞は性善坊に二人の弟子を紹介して、家の中で休むように勧めた。性善坊は朝を知っていた。さっそく朝はこの機会にごちそうを用意した。味噌汁、おろしたしょうがを添えたたんぽぽの根、麦ごはんと納豆、新鮮な海草汁、いろいろな薬味を添えた胡麻豆腐などのさまざまの野菜で出来た精進料理であった。みんな朝の作ったおいしい料理を堪能した。親鸞は性善坊にどうしてここに来たのか尋ねた。すると、性善坊は暗い表情になり視線を落とし、着物の中から一通の手紙を取り出し広げて、親鸞に渡した。親鸞は大きな声で読んだ。手紙は親鸞の息子、範意が書いたものであった。

「父上、お元気でしょうか？　私は今八歳です。母上は父上が出かけた後、悲しみのあまり重い病気になりました。九条おじい様も重い病気になって、この四月とうとうお亡くなりになりました。続いて、母上もあまりにもつらくて耐えられずに、後を追う様に亡くなりました。母上は生きていらした時、『父上は罪人ではないのですよ、政治的な理由で流罪になったのですよ』といつも私に繰り返し言っていました。亡くなるときは慈円様を枕元に呼び逝きました。今、私は慈円様の無動寺に引き取られ、慈円様のお世話になっています。お寺で私は天台宗の仏教を学んでいます。私は父上に会いたくてしかたがありません。あなたの息子、範意より」手紙が音もなく親鸞の手から落ちた。恐ろしい沈黙、数秒が永遠に続くかと思われ、居合わせた人たちを凍らせた。

「こんなに若いのに、必死でこらえている、範意様はこの試練すべてを勇気を出して耐えております。慈円様は私にこの子はあなた様によう似ているとおっしゃいます。とても賢い子だと」と、性善坊は親鸞を慰めるように優しく言った。

「わが子のお世話をよろしくお願いします。私が子供の頃してくれたように、あなたがこの子のそばにいてやってくれ。」この知らせにひどい衝撃を受けた親鸞が、意気消沈して言った。

「もう、手前どもはだいぶの歳ですが、実の息子のようにお世話させていただきます。」

「今はもう、阿弥陀経を読んでご冥福を祈りましょう」

その晩、ろうそくのかすかなともし火のもとで、親鸞、性善坊、性信坊、蓮位坊と朝が、厳かに声をそろえて阿弥陀仏の名号を唱えた。

一二〇九年の冬のある昼下がり、朝の父親、三善為教が心配気な様子で親鸞に挨拶に来た。部屋に入り、型どおりの挨拶の後、為教は困った様子で弁解するように親鸞に言った。

「最近、娘の様子が変なのです。しょっちゅう吐き、お腹がひどく痛むと嘆き、冬なのに顔色が青白すぎるのです。」

為教は一呼吸を置き、すばやく言い放った。

「私たちは話し合いました。突然、娘は泣き出し、あなたの子を身ごもっていると告白しました。」

親鸞は静かにうつむいたままだった。為教は話を続けた。

「娘は岡崎にいる時から、あなたを愛していたと告白しました。しかし、この感情を罪深いことだと思っているようです。娘はあなたの奥様が亡くなったのは自分のせいだと言っています。実際、いつも娘は玉日様の嫉妬を感じていたようです。あなたと朝は同じ深い信心で結ばれていたが、玉日様は浄土宗の信心を持っていなく疎外されていると思ったようです。そのために、玉日様はあなたに天台宗に戻ってくれと頼んだのだと言っています。」

びっくりしたと同時に後悔でうちひしがれた親鸞は、涙にくれて告白した。

「朝が悪いのでなく私がいけないのです。私は最も悪い男だ！　私は無知だった！　ばかだった！　私の妻を死ぬほど苦しめたのだ。私はあなたの娘と愛欲の広海に沈み抜け出せなかった。なんて、弱い男なんだろう！　情欲に負けて祖師たちのように戒律が守れなかった！」

為教は親鸞の告白を真剣に受け止め、寛容な心で言った。

「親鸞様、私はあなたを非難するためにここに来たのではありません。ただ聞きたかったのです。率直に答えてください。あなたは私の娘を愛していますか？」

「私を導いてくれた法然がいなくなった今、朝が私の傍に居てくれたおかげで、私は多くの試練を耐えることが出来たのです。彼女は私にとって観音菩薩です。阿弥陀仏への深い誠実な信心が、彼女に知恵とやさしさをもたらしました。彼女の強い性格が私の流人生活を支えてくれました。私は朝を尊敬し、かつ愛しています。」

「もう奥様はお亡くなりになっているし、娘はあなたの子供を身ごもっている、この際、娘をあなたの正式な妻にしてやってくれませんか？」

深い後悔の気持ちはまだあるけど、親鸞はこの申し出に、喜びで胸がいっぱいになり涙にくれた。

「僧でなく俗としてあなたの娘さんを妻にめとります、しかし、私は世間では罪人です、ですからこの結婚を公式には出来ません、秘密とさせてください。」

「わかりました、そういたしましょう。」

数日経って、親鸞と朝は三善為教と二人の弟子の前で秘密内に結婚した。

朝は恵信と名乗り、すぐに娘、小倉女房と息子、善鸞が生まれた。

比叡山の猿や春日山の鹿の怪現象

兼実の息子である中納言、光親卿は、新しい天皇、順徳天皇の寵愛を受けていた。兼実は死の床で法然と親鸞のことをしきりに心配していたが、病のためどうすることもできなかった。臨終の時、光親に法然と親鸞が流刑を許され、元の僧籍に復帰できるように、朝廷に全力を尽くして働きかけるようにと言い残して、数日後、承元一年四月、兼実は亡くなった。光親卿は順徳天皇に「二人に恩赦を賜ってください」と直訴した。しかし、天皇は断固としてその願いを退けた。

承元四年（一二一〇）七月二日、比叡山より猿三十匹ばかりが東塔に侵入し灯明を消し、大太鼓をさんざんに掻き破り仏殿や坊舎を壊した。翌日、数百匹の猿がいっせいに総持院になだれ込み扉、家具それに障子等を打ち破り、さらに狂ったように仏や菩薩の銅像を壊し、経論を破り、祭壇に供えられた供え物をがつがつ食べた。

比叡山の座主は此の事はただ事でないと判断し、大鐘を鳴らし三千人の坊主を延暦寺の大広間に集めた。静まりかえった一同を前にして座主は言った。

「比叡山は皇法と仏法を守ることを使命とする聖なる山である。しかし、ここ数日のような、寺の秩序と静寂を破る奇異ある事は前代未聞の珍事である。神仏が我々に何かを伝えようとしているのではないか。」

座主は僧たちの意見を聞いた。僧たちに座主が聞くのはめったにないことなので、逆にそれが僧たちをさらに不安にさせた。と、その時、一人の老僧が発言した。

「十六代の座主以来、このような珍事はなかった。私は山の神がなにか我々を非難していると思う。今や占い師をたててお伺いする時がきた！」

みんなの同意を得て、座主は急いで使いを占い師に差し向けた。

比叡山で三月七日、神々が何で猿を送ったかを読み解く儀式を行うことになった。当日、比叡山の高僧たちが十禅師の神前に集まった。辰王という名の十三歳の寺の召使の子供を、この儀式のために作った小さな戒壇の上に登らせた。数分後、占い師が部屋の西の戸口から現れて、少年の前に座った。鈴と太鼓を鳴らして、占い師は長い呪文を唱え始めた。低い鐘の音と呪文で地蔵菩薩を呼び出し辰王の口から神意が発せられるように祈った。数十分が経ったが何も起こらなかった。さまざまな呪文を数時間唱えたが何も起こらなかったので、儀式は翌日に持ちこされた。他の数人の占い師が呼び出され、各々十禅師の仏像の前で、数時間忘我状態になるまで呪文を唱え続けたが、辰王の体に何の変化も見られなかった。

この儀式は比叡山に住む稚児たちの間でも持ちきりだった。好奇心にかられた稚児たちはみんなでこの奇妙な儀式を見に行った。この稚児たちの中に、菊寿という名の性持坊院の九歳の弟子がいた。祈祷している部屋の前に稚児たちが着くと、突然、菊寿の顔が真っ青になり、目はひきつり白眼になり、紫色になった唇からよだれが流れ出た。あたかも生まれたての雛が初めて飛び立とうとするがごとく、腕をばたつかせ、障子戸を突き抜け、戒壇に突進し、そこで、うとうとしていた辰王を押しのけた。儀式に参列していた僧たちはそれを見て仰天した。もっとも年老いた占い師の僧は何が起こったかすぐわかり、高らかに呪文を唱え始めた。やがて居合わせた全ての僧たちも同じ呪文を唱えだした。突如、菊寿の体が銅像のように動かなくなり、そして泣きながら歌いだした。

「私は、比叡山の仏法を守っている者だ。どうして阿弥陀仏の名を唱える人びとを流したのか?

私は阿弥陀仏の法が聞きたい。私は我が山の仏法を守護するゆえに法宿権現と呼ばれる。釈迦佛の知恵の光が比叡山を照らし、天台の教えを守っている。念仏の聖を嫌うのなら、法のため御影を写す山もとに住みたくない。」

歌い終わると少年は倒れた。突然、沈黙があたりを覆った。出席していた若い僧たちはこの光景を目の当たりにして、身の毛がよだつ恐怖を感じた。年配の占い師が参列者の前でこの奇妙な現象の原因を説明した。

「この不思議な現象は法然と善信（親鸞）の流刑が原因です。神々が我々に恨みや怒りを表明しているのです。」

「我々は順徳天皇に出来るだけ早く、二人の恩赦をお願いしよう！」と若い占い師が叫んだ。

「順徳天皇がこの訴えを聞き入れてくださったなら、神々の怒りは静まるだろう」

その晩、夜の鐘を鳴らし、比叡山の全ての僧を集めて、座主が告げた。

「我々は順徳天皇に法然と親鸞の流刑の取り消しをお願いして、法宿権現の神をお慰めしよう。」

すぐに、使者が宮廷に向かった、ところが、奈良でも、数百匹の鹿が春日山から降りて来て、興福寺を破壊したという知らせがあった。興福寺の僧たちは、この奇異ある前代未聞の珍事の神慮を聞くため、巫女に祈祷させた。神慮が発せられた。

「私はもともとは大悲如来であるが、我が山の仏法を守護するため仮に神になり、衆生に結縁する。

しかしながら、念仏の僧たちの流刑によって衆生に真理を伝えることができなくなった。元のごとくにせよ！」

興福寺の僧たちは驚愕した。

「この奇妙な現象の原因は浄土教の僧たちを流刑にさせたことに対する神仏の怒りである。今や、出来るだけ早く、都にのぼり、順徳天皇に流罪恩免の儀を願い出よう。」

光親は二つの寺から、順徳天皇に流罪赦免をとりなしてくれるように伝える密使を受け入れた。光親は父親の故兼実の遺志に答えられそうで、大喜びした。順徳天皇は寺からの要求を受け入れ、急いで宮廷で会議を開いた。二つの寺の奏聞と、法然と親鸞の流刑の恩免を熱心に確信を持って説得する光親の言葉に、天皇は今度は本気で耳を傾けた。

「これは元より朕が思慮して出した流刑でない、もっぱら、僧徒の強訴によって行われたものだ。それでは、流刑の恩免を決定する。」

順徳天皇は最勝四天王院の供養に乗じて、法然と親鸞の大赦を行った。承元四年八月二日勅使、安部近本を四国の法然のもとに遣わした。八月二十三日、勅使は薄幸の尊師の小屋に到着し、宣旨を読み上げた。

「流刑者、藤井元彦は承元一年一月二十八日、四国に流刑が決定された。日本の帝、朕、順徳は藤井元彦の流刑を許し四国から召し返す、ただし畿外に留まり洛中（京都）に住むことは許さない。」

承元一年九月二十五日、法然は四国を発ち、十月十日兵庫県の勝尾寺に入り、そこで四年過ごすことになる。百カ日寺にこもり念仏の行を行なった。建暦一年一月、国中の聖道門の僧たちの願望に答えて、法然は講義を行った。その後、帝は中納言、光親に命じて再び宣旨を下した。光親は法然の元に急ぎ行き、再び宣旨を読み上げた。

「承元一年三月より土佐に流刑になっていた藤井元彦は帝の意思にそむかず、勝尾寺で、おとなしく過ごしていた故に、建暦一年八月より京都に戻ることを許す。」

建暦一年十一月二十日、法然は花の都、京都に入った。御在所は吉水の禅坊であった。慈円が帝の命令を受けて、東山の禅坊を改修させた所である。大勢の人びとが法然上人を迎えに来て、その輿の後につき従い、ある者は喜びの声をあげ、ある者は泣き出し、法然をひと目見ようとする者、体に触れようとする者など雑然とした行列が、吉水の禅坊まで続いた。各々法然より十念の念仏を受け、法然の慈愛を感じた。

しかし、建暦二年（一二一二）一月上旬のころより法然は体調が悪くなった。一月二十五日、午前十時、弟子たちが三脚に乗せた阿弥陀仏像を部屋に置き、寝床の右側に仏像を置き、「阿弥陀仏の像が見えますか?」と、法然に尋ねた。天を指差して法然は、「その仏像のそばに別の仏がおられる。あなたがたはそれが見えないのか?」そして、「長年、念仏を唱え続けたおかげで、十年以上前から極楽の荘厳と化佛菩薩を私は見ていた。しかし、私はそれを秘密にしていた。今、私の最期が来たので、このことをあなた方に打ち明けたのです。」と、答えた。弟子たちは、仏像の手に五色の糸をつけこの糸を手に取るように勧めた、が、法然は断った。「私は年来の念仏の功徳により三昧になり、すでに、かの土の仏や菩薩それに極楽の荘厳をすでに見ているのに、どうしてこんな綱がいるのでしょうか」と言い「さあ、仏と菩薩たちが私を迎えに来ました。」と言った。

建暦二年一月二十五日、法然は静かに息を引き取った。享年八十歳。死ぬ一カ月前、法然は弟子たちに最後の説法、一枚起請文を残した。

一枚起請文

「私が教えた究極の救いの方法は、中国や日本の多くの僧たちによって行じられた佛を瞑想するのではなく、又、仏法の深い意味を学び理解した人々の唱える念仏の行でもない。阿弥陀仏の慈悲を疑わずに全てをお任せして、ただひたすらナムアミダブツと唱えるだけである。そうしたら、皆完全な至福の土、極楽に往生できる。揺ぎ無い信心でただ仏の名を繰り返し唱える中に、大切な全ての仏行が入っている。もし、これ以上の深い理論があるなら、尊い阿弥陀仏と釈迦仏の慈悲と誓願から私は外れることになるであろう。たとえ釈迦仏の生涯にわたる教えをよく知っている者も、信心を抱く者は、文字を全く知らない者や無知な尼や入道のように、単純な飾らない心の人にならないといけない。このように、学問を鼻にかけ知ったかぶりをせずに、熱心に阿弥陀仏の名を唱えなければならない、大切なことは、ただ、それだけである。」

建暦二年一月、雪も晴れた穏やかな日差しの日、親鸞は二人の弟子と共に越後の国府を発ち、法然に会いに京都に向かった。長旅でしかも雪が降り積もっていたため、足は凍え、一行の足取りは遅遅とした。二月の半ば頃、上野の国で、都からの使者に出会い、去る一月二十五日に法然上人が入滅したとの知らせを聞いた。親鸞はこの知らせを聞き、悶絶胸痛し気を失った。弟子たちが数日間休ませ介抱した。法然がいない京都にはもう行く理由がないと判断して、親鸞は一人越後に帰った。村人たちから北陸道は雪が深く歩行が困難だと教えられて、信州路を通って帰ることにした。途中、善光寺に参り、それから、赤木山の麓に住む智明坊を尋ねた。智明坊は法然の弟子で、親鸞とは吉水時代から親交があった。二人は長いことお互いこれまであったことや法然のことなどを語りあった。それから親鸞は越後に向かった。

家に着くと、妻と三人の子供が親鸞を迎えた。長女の小倉女房が叫んだ。

「父上がお帰りになりました！」

赤ん坊をあやしていた恵信は不安そうに尋ねた。

「殿、もうお帰りになったのですか？　法然様にお会い出来たのですか？　お帰りが早すぎると思いますが。」

親鸞は両手に顔を埋めて泣きだした。長男の善鸞が言った。

「父上、どうして泣くのですか？　父上はいつも私に泣いてはいけないと言うのに、泣いている！」

　恵信はいやな予感がした。

「法然様に何かあったのですか？」

「一月二十五日、八十歳でお亡くなりになった。旅の途中で偶然に使者に会って知ったのだ。もう京都に行く理由がなくなったので帰ってきたよ。」

「使者は何が原因でお亡くなりになったと言ったのですか？」

「いや、使者はただ法然が亡くなったことだけを私に伝えた。私は帰り道、智明坊に会ってきて、彼から聞いたんだよ、正月早々からお風邪にかかり、次第に重くなり。ついに正月二十五日に大往生を遂げられた。」と、親鸞はやっと恵信に答えた。

「あなたは法然様の教えを継がなければなりません。今や殿には大切な役目があります。」

「そうだね、さあ、仏壇の前で阿弥陀教を読経しよう。法然様がいつもしているように念仏を唱えよう！」

　家族全員で仏壇の前に座り礼拝し、法然のためにみんなで経を読み始めた。

　その夜、子供たちが寝てから、親鸞は妻に語った。

「昼中、自分の役割について考えていたのだけれど、法然様が流罪される時、私に語った言葉がよみがえってきたのだよ。その言葉は『善信、朝廷も誰も恨むのじゃないぞ。あなたが越後に、そして私が四国に流罪にならなければ、辺境に住む人々は阿弥陀仏の誓願を知る機会がないのじゃ。私らがこの辺地に行くように導いたのは、地獄に住む衆生を極楽に導こうとする阿弥陀様のかぎりない慈悲心なのだ。この流罪は如来の恵みなのじゃよ。』というものだ。これで私の心は決まった、私はこの地方の村人たちに法然上人の教えを伝えるよ。」

恵信の目は喜びに輝き、顔には優しい微笑を浮かべて言った。

「こうして、殿は法然上人の遺志を尊重し、あなたの志を成就するのですね。私と子供たちは殿の仕事を助けあなたに付いていきます。」

建暦二年八月七日、親鸞は越後を出発し、北陸道を歩いて八月十九日京都に着いた。当時、弟の朝丸が比叡山の東塔にある善法院で得度し、尋有僧都となっていた。兄の親鸞が帝より恩赦を受けたことを知って、都に着いた折には善法院にぜひ泊まるようにと手紙を親鸞に送っていた。到着するといつもの挨拶を交わした後、すぐに親鸞と尋有は法然上人の墓参りに行った。二人は長い間、墓前にいた。親鸞は法然上人と過ごした時間が短か過ぎると嘆き、浄土で再会出来るように懸命に祈った、それから二人は念仏を唱えた。

数日後、慣例に従い親鸞は範光朝臣と共に朝廷に行き勅免のお礼を言った。親鸞の最初の子供、範意は当時十一歳で、比叡山の慈円の寺の無動寺に居た。範意は慈円によって得度して印信と名乗っていた。親鸞の到着の数日前に、慈円は印信に岡崎の庵室の掃除をするように命じた。岡崎の庵室は親鸞の島流しの前、家族で生活していた所である。

息子の印信は岡崎の庵室で親鸞を出迎えた。二人で兼実の墓参りをした後、玉日の墓に行き、長い間、祈った。母が亡くなった後、深い空虚感を感じていた印信は、涙をながして、父、親鸞に言った。

「母上はいつも父上のことを案じていました。父上が遠く離れた恐ろしい所でどんなに苦労されているかと常に言っていました。父上は犯罪を犯したのでなく、浄土教の教養のため流罪になったと絶えず言っていました。そして、自分が死んだら、私に天台宗の門に入りなさい、そして、父上に自分の死を手紙で伝えなさいと言い残しました。それで、三年前、私は父上に手紙を送りました。」親鸞は確かに受け取ったよと、印信にうなずいてみせた。印信は会話を続けた。

「母上は死ぬ時、慈円に浄土への引導をお願いしました。」

「それで、安らかな気持ちで発ったの？」と、親鸞がたずねた。

「はい、睡眠中に安らかな顔で亡くなりました。」

それから真剣な顔で父にたずねた。

「母上は新しい宗教、浄土宗が好きでなかったようです。いつも、念仏のことを悪く言っていました。私はここ、比叡山で僧名をつけてくださった慈円僧正の指導の下で、天台宗の勉強をしています。比叡山の念仏、山の念仏しか知らなく、浄土宗について何も知りません。」

「ああ、お前は特別な時にする、不断念仏の行をしていたのですね？」

「そうです。でも、私は浄土宗の念仏と天台宗の念仏の違いが知りたいのです。父上、どうぞ教えてください。」

「さしあたり、不断念仏を一生懸命しなさい。お前の救いに問題が出てきて、耐えられなくなったら、私に手紙を書きなさい、その時、答えてあげよう。」

印信は父に深々とおじぎをした。親鸞も息子に返礼した。

九条家は兼実が玉日と暮らしていた西の洞院の旧蹟を補修して、親鸞にそこに住むようにしきりに勧めた。親鸞は京都滞在中は善法院と岡崎と西の洞院の三箇所に住んだ。

九月の下旬、親鸞の弟子だった源海が親鸞を訪問して、京都郊外の山科に寺を創る許可を求めた。その寺は現在、興正寺となっている。

建暦二年十月初旬の雨が降る朝、親鸞は東海道を通って越後に帰るため京都を出発した。伊勢神宮は国家の宗廟で先祖の霊神なので、その神恩が深いと思い、又、日本の神々と阿弥陀仏との結縁をおろそかに出来ない、と、考えた親鸞は伊勢神宮に参けいすることにした。その前に伊勢の質素な宿に向かうと、宿の主人は親鸞の姿を見て、驚嘆し、にこやかに応対して言った。

「あなたは、ただ者ではありませんね、徳のある素晴らしい相がお顔に出ています。昔より名僧高徳のおいでになる日は雨が降ります。」と、蓑笠を親鸞にわたした。親鸞は感謝の言葉を述べた後、風呂敷包みを下に置き、一息ついた。宿の主人は親鸞に神宮まで案内を買って出て、二人は伊勢神宮に近づいた。すると、神主たちがすでに親鸞を待っていた。敬意をこめて互いに礼をした後、年老いた神主が前夜の夢を親鸞に語った。

「昨夜、神が私に告げました。明日、私が拝む賓客の僧が蓑笠をつけてここに来るでしょう。そして、今、あなたが私の前にいらっしゃいます。なんて尊い神のお告げなのでしょう！」次に、神々に祈るため、神主は親鸞を神殿の中に案内した。関東で阿弥陀仏の布教をすることを神に許されたと感じて、親鸞は深い喜びを抱いた。

翌日出発し、一晩かけて伊勢の桑名を歩いている時、漁師たちが親鸞を見つけ質問した。

「いろいろと職業がある中で、我々は罪深い仕事をしています。漁師として数千匹の魚を殺さなければなりません、死んだら地獄に行く身として生まれてきたことが浅ましく思います。どうしてこんなに我々の人生は悲しいのでしょうか？　前世で積み上げた宿業が今の我々を作り、さらに来世は地獄に落ちる、この悪い業を恥じます。後の世、我々に助かる道がありますか？　あるなら教えてください。」

親鸞は彼等に尋ねた。

「経典を知っていますか？　仏を観想したことがありますか？」

「我々は朝から晩まで休みなく働いています。夜は、疲れているのに、翌日のために、船や網の準備や取れた魚をさばかなければいけません。どうして、経典など、教養のない我々に読めるでしょうか？　日中、観想を行じるなど、どうして出来るでしょうか？」親鸞はわかったと、慈愛に満ちた微笑をして答えた。

「浄土に往生する一番初めの人は、あなた方のような素直な無知な人びとです。反対に仏法を知ったかぶりをする、にせ知識人には浄土往生は難しくなります。十方にいる全ての衆生を救うと誓った阿弥陀仏の誓願は、全ての人に平等に注がれています。衆生が心から仏を信じて、浄土に往生することを願い、念仏を唱えるなら、あなたがたの願いは必ず叶えられるでしょう。なぜなら、もし、各自の根機が問題にされるならば、救われる人は誰もいないでしょう。仏法は広大無辺で、阿弥陀仏の限りない慈悲におすがりする人だけが救われるのです。中国の偉い僧、善導や法然上人は努力して培った学問も知性も全て捨てて、浄土往生だけを願う、無知で単純な人になりました。阿弥陀仏の慈悲は限りがないため、両親や聖人らを殺した人も、僧団を壊す人も、仏に危害を加えるものも、これらの罪を五逆罪と呼びますが、あるいは、殺人者、盗人、姦淫をする者、うそつき、愚かなことを言う者、中傷する人、偽善者、頓欲、怒り、無知の人びと、これらを十悪と言いますが、そういう人たちも阿弥陀仏の誓願力のおかげで浄土に往生するでしょう。西と東を区別出来ない愚者さえ往生出来ます。こんな広大な慈愛の教えを信じないことなど、だれができましょうか？」最後に親鸞は漁師たちに名号「ナムアミダブツ」を教えた。居合わせたすべての漁師たちは親鸞の単純明快な言葉に深く感動した。彼らはすぐに阿弥陀仏を信じる信者になった。

建暦二年十月二十二日、親鸞は旅を続け、常陸の小島という村に着いた。そこで、旧友、群司の武弘に再会した。武弘は吉水で法然の教えに従っていた仲間である。一カ月間、武弘の館に滞在し、その後親鸞は越後に向かった。

翌年、武弘は親鸞に常陸に住むように招いた。彼はすでに小島に親鸞一家のための家を建てていた。武弘の親類の一人、横曾根に住む性信坊が親鸞一家を新居で迎えた。その家は美しい木造の家で庭は丘の斜面に向かって囲いがあり、そこから丘の素晴らしい松の森が見えた。家の前にはどっしりしたイチョウの古木があった。恵信はしばしばこの百年の古木の下に座り、静寂で美しい周囲の景色を眺めるのが好きだった。この静かで楽しい環境で親鸞と恵信は三番目の子供をもうけた。

しかしながら、この満ち足りた環境にいながら、村の人びとは親鸞が熱っぽく説く浄土の教えに無関心であった。親鸞は村人が親鸞の家にほとんど訪れないことにうちのめされていた。しかたなく、一日の大半を法然の説教を手書きして過ごした。親鸞はこの手書きの文書を使って、確信をもって師の教えを広めるつもりであった。

性信坊だけが親鸞のところにしばしばやってきた。性信坊はわしのくちばしのような鼻と鋭い目のついた卵型の顔をした、二十八歳の独身でがっしりした体格の持ち主だった。彼は法然の作品を編集したりして、親鸞の仕事を手伝ったり、二人の子供に文字を教えたりした。時には、好んで親鸞の長男の慈信と庭で相撲をとったりもした。恵信はそんな二人を見るのが楽しかった。

武弘は親鸞を時々自分の邸宅に招いた。この賢そうな老人は六十歳代であるが、やさしく見つめる大きな黒い目の赤ん坊のような無邪気な顔で、はげ頭には細い数本の髪がはりついていた。数回目の訪問の時、親鸞は武弘に、なぜ村人が説法を聞きに来ないかをたずねた。武弘は説明した。

「ここ関東地方の人々はな、真言宗や修験道の坊主や神道の神主たちの施す秘術に頼っているのじゃ。住民たちは大変迷信深くてな、法然様の教えを語るのは、わしにも難かしかった。それでな、わしは、親鸞様ならやつらの迷信をほどける良い言葉を知っているだろうと思って、お前さんに来てもらったわけだ。これからは、わしに阿弥陀仏の誓願の教えを聞く人を集めることを任せてくれ。」

武弘は村中の家を一軒一軒回って、親鸞とその教えの書いてある説教の知らせを配り始めた。時がつれ、親鸞の説法を聞きに来る人の人数が増え、やがて、その地方のみんなが親鸞の説法をうわさするほど有名になった。親鸞は阿弥陀仏のこと、その四十八願のこと、念仏のこと、法然のことなどを村人たちに語った。説法の後は質問が飛び交った。

「阿弥陀仏とアマテラス大神とどっちが偉いのじゃ？」

「わしは山で修行している山伏じゃが、金剛蔵王菩薩や山の仏や弥勒菩薩を信仰している。今、阿弥陀仏も信仰するとなると、他の仏たちは好まないと思うのじゃが。」

「そうだ、そのとおりだ！」年老いた百姓がさらに輪をかけて言った。

「ずっと昔から、わしらは百八十の日本の神々を敬ってきたのじゃ、もし、我々がこの神々の代わりに阿弥陀仏を敬ったら、神々にうらまれてしまい、おそろしいことになると思うのじゃが。」

「そうだ」ともう一人が言った「もしも、我々がこの仏を信じたら、いままでの神々を捨てなければならなくなり、復讐をうけるだろう。」

落ち着き確信を持った親鸞は、彼等のこのような質問に、易しいわかりやすい言葉を使って答えた。

「みなさん、よく、聞いてください。念仏を唱える私でさえ、日本の神々や他の仏たちをみくびったことはありません。しかし、あなたがたは、過去世から非常な努力やたくさんの善行をしたにもかかわらず、まだ生死の輪廻から抜け出せなくて、大変苦しんでいるとお見掛けします。私は今日、他の仏たちや菩薩たちも、世の始まりから敬っている阿弥陀仏のことをお話します。あなた方は今、阿弥陀仏に出会ったのです。この唯一の機会はあなたがたの神々や仏たちや菩薩たちが、あなた方を阿弥陀仏に導いてくれたのです。いいえ、あなたがたの神々や仏たちや菩薩たちは、あなた方を恨みません、人間ではないし、そんな恨みの感情など持っていません、それどころか、天地にいる神々は、阿弥陀仏を信ずる人びとを守ってくれます。念仏する人は、他の神々を選ぶことも捨てることもしなくていいのです、ましてや、他の仏たちや菩薩はなおさらのことです。」

夏になった。親鸞は上野の国（現在、茨城県）の佐貫の百姓、善性坊から説法に来てくれという誘いを受けた。親鸞はすでにそこで説法をしたことがあって、村人に評判がよかったからだ。親鸞は誘いに応じた。

しかしながらその地方は、数カ月前から全国的に飢饉であった。田畑は荒れ果てた。生活が苦しくなった人々は、近親の餓死した死体を不毛の田畑のあちこちに捨てたので、あたりにその死臭が漂っていた。道端にはやせ細った浮浪者、病人など数十人がうずくまっていた。彼らは、まだ食料を蓄えている金持ち農民に、わずかな食料をめぐんでもらおうとする力さえなくなっていた。疲れと狂気で、隈が出ている深くくぼんだ目、病的な茶色の唇、骸骨のようにやせ細った貧民がわずかな食料を求める光景を目にして、親鸞と恵信は絶望の涙を流し、子供たちはこの恐ろしい様子に恐怖を感じた。

体も心も疲れ果て、やっとの思いで親鸞たちは目的地にたどり着いた。道端に生えた木の枝と泥で出来た粗末な小屋が雑然と並ぶ村を見て、親鸞たちは思わず身震いをした。

村の入り口で彼らを迎えたのは善性坊であった。四十歳近くのこの男は生活の厳しさのためか、どうみても実年齢より二十歳も年上にみえた。背が低く、やせているが、仕事や逆境には驚くほどの力を発揮する。細く無鉄砲な子供のようないきいきとした目と高潔な心がこの人の温和な性格を物語っていた。

「あなたは親鸞様ですね。佐貫によくぞ来られた！　私どもは首を長くしてお待ちしていましたよ。旅は大変だったでしょう。さあ、すぐに家に入ってください。まず、お風呂にお入りください、その間、家内が食事の用意をしますから。」

親鸞一家は、滑りやすくでこぼこした道を数分歩いて、みすぼらしいあばら家に着いた。小さな庭に面した敷居に、黒いすりきれた着物を着た、年頃もわからない女がおじぎをして一家を迎えた。善性坊の妻であった。家族とこの機会に集まった友人たちと、親鸞一家は型どおりの挨拶を交わした。それから、風呂に入り食事をした。食事はこの貧しい農民一家の数日分の労働で、やっとこしらえたものだった。その後、親鸞一家は用意してくれた八畳二部屋の離れに移った。子供たちはすぐに深い眠りにつき、部屋には沈黙が広がった。

しばらくして、親鸞が静かに、しかし深く引き裂かれるような悲痛な気持ちで集まった人たちに言った。

「ほんとうに、あわれでした。食事をし気持ちの良い寝床で眠れる自分が悪いような居心地の悪さを感じました。今日、あなたがたから打ち明けられた絶望的な恐ろしい話、来るときに出会ったやつれた顔に飢えと悲惨の表情をうかべた村人たちの姿、ぼろを着て飢えているが元気な子供たちの光景がわたしにつきまとい、心の底まで悲惨な光景がしみついた感じです。」

この言葉の後、長いこと沈黙になった。ついに勇気ある百姓、善性坊が沈黙をやぶって言った。

「たしかに、おっしゃるとおりです。しかし、極貧の人の数が多すぎて、ここでは惨めさは日常茶飯事なのです。私たちも阿弥陀仏のあなたの教え以外、彼らに差し出せるものがないのです。仏様だけが彼らを救えるのです。あなたがどんなに哀れんでも同情しても、何にも変わりません。」

親鸞はじっとこの年老いた人を、あたかも初めて見るように見つめ、それからやさしくほほえみをかけてこの老人に言った。

「おっしゃるとおりです。あなたは私の目を開いてくださいました。慈悲には聖道門と浄土門で違いがあります。聖道門の慈悲というのは、ものをあわれみ、かなしみ、はぐくむことです。しかしながら、思うように助けることはきわめて難しいのです。浄土門の慈悲というのは念仏を唱えていそぎ仏になって大きな慈悲心でもって、思うように衆生を助けることをいうのです。今生に、どんなにかわいそうだ、ふびんだと思っても、思うように助けられないのだから、この慈悲は目的をかなえることが出来ません。そういうわけで、念仏を申すことだけが目的をかなえる大慈悲心というものなのです。」

説教の後、一週間貧しい農民の生活にどっぷり浸かった後、親鸞一家は悲しい気持ちのまま小島の家に帰った。

天気の良い昼下がり、小島の家で親鸞は三部経を読んでいた。恵信は背中に赤ん坊をおんぶしながら庭に洗濯物を干していた。二人の子供たちは犬と庭で戯れていた、そのとき、当惑した表情の若い弟子が現れ、恵信に親鸞に相談したいことがあるのだがとたずねた。恵信はこの若い男が誰であるかすぐわかった。

「こんにちは、性信坊」と満面の笑みをうかべておじぎをした。

「ごきげんいかがですか?」と性信坊はうやうやしく少し頭をかがめて言った。「佐貫の御旅行はよかったですか?」

「はい、ありがとう。ところで、どうしてそんなに悲しそうな顔をしているのですか? 泣いていたのではありませんか?」

「残念なことに悪い知らせがあるのです。武弘がなくなりました。」

恵信はこの知らせを聞いたとたんに全身の力がぬけたようになり、ぬれた洗濯物を落とした。

「すぐに親鸞に伝えなければなりません。ついていらっしゃい。」

彼女はまだ目に涙をうかべ、うろたえながらも、暗くひんやりした内廊下を通って、親鸞のいる部屋に彼を案内した。親鸞は長い巻物の経典が置かれてある座卓の前に座っていた。ふすまが開く音に振り返った。妻とお辞儀をしている弟子がいた。

「おはいりなさい、性信坊、こんなにいい天気なのに、一体どうしたのですか？」

「親鸞様、武弘についておはなしたいことがあって来ました。ご存知のように、武弘は一カ月まえから心臓が悪くて床についていました。あなたの旅行中に病状が悪化して、三日前に亡くなりました。このようなお知らせをするのが辛いです。」と、すすり泣きながら、言い放った。この知らせを飲み込むのに数秒かかった。親鸞は目を閉じて黙ってしまった。庭で遊んでいる子供たちの快活な声だけが、部屋の悲しい沈黙を破っていた。

やがて、「亡くなる時の様子はどうでした？」と、静かに親鸞が尋ねた。

「家族と友達に囲まれ穏やかな最後でした。私はあなたの代理として、枕元に座りました。息を引き取るまで念仏を唱え続けていました。最後にあなたにこの村に住んでくれてありがたかった、と伝えてほしいと言われました。さらに、この世で一番うれしかったことは、あなたに出会えたことだとも言いました。」

「武弘はみんなに良くして、みんなから慕われた人でした。」

「そのとおりです。そのためにあなたの助言をいただきたいのです。御家族や全ての村人の悲しみはとても深く、慰めようがありません。こういう非常な悲しみの時、どんな言葉をかけたらいいのかわかりません。どうか、親鸞様、愛する者をなくした人たち、喪の恐ろしい苦しみにある人々にどう言えばいいのか教えてください。」

親鸞はしばらく考えていた、それから穏やかな静かな声で答えた。「親しい人を亡くしたばかりで、深い悲しみにくれている人に会ったら、苦しむ人を導き教える仏法の薬を勧めなさい。人生の八苦の中で一番辛い苦しみは、愛する者との別れです」親鸞はしばらく考えた後、続けた。「まず初めに、人間はこの生死界に永遠に生きることは出来ない、それに対して、極楽は憂いがなく永遠であるという真理を教えなさい。人が憂い嘆いてばかりして、憂いのない浄土往生を願わなければ、未来も又このような悲嘆にあうでしょう。葬式こそ、苦しみと悲しみの六道に別れ、弥陀の浄土に入る良い機会です。こういうふうに説教をすれば、聴衆は次第に悲しみが晴れてきて、弥陀の救いの光に帰依するでしょう。又、このような悲しみにくれている人々に、さらに悲しみを添えるような弔い方をしてはいけません。酒は別名『憂いを忘れる（忘憂）』といいます。酒を勧めて、人々が笑い出すほど慰めて去るのが良い弔い方です。」

性信坊と恵信は念仏を唱えはじめた、阿弥陀仏の小さな仏像のあたりに香の香りがただよっていた。

午後おそくなって、雨まじりのどんよりした天候の中を、親鸞とその家族は葬儀に列席するため武弘の屋敷に向かった。屋敷には、数十人の弔問客がすでに取り囲んでいた。灰まじりの囲炉裏の火と軽い音を立てて沸騰したいろりにかかったやかんの蒸気が、参列者の体をあたためていた。いろりの火や酒、教えられたとおりにした性信坊の説教で、参列者の悲しみはいくぶん和らぎ、顔に赤みがさし、表情に陽気さが戻っていた。

親鸞が大広間に入ると、喜びの声があがった。参列者みんなが武弘を浄土に送る言葉を親鸞が語るのを待っていた。型どおりの挨拶をし、涙をぬぐって、親鸞は阿弥陀仏の誓願への信心の大切さを語り始めた。

「弥陀の誓願の不思議に助けられて往生を遂げるのだと信じて、念仏を申そうと思い立つ心が起こる時、摂取して捨てないという阿弥陀仏の御利益をいただいているのです。阿弥陀の本願は老人も若い人も善人も悪人も選ばず、ただ信じる人を救いの対象にしていることを知りなさい。そのわけは、罪が深く煩悩が燃え盛る衆生を救おうとして、たてた願であるからです。そうであるから本願を信じるには他の善をする必要がありません。念仏にまさる善がないからです。悪も恐れる必要がありません。弥陀の本願を妨げるほどの悪はないからです。」

親鸞は少し間を置いた、それから念仏を唱えた、すぐに参列者一同が念仏を唱えた。念仏の声がとだえると、静まりかえった。そのとき、若く勢いの良い声があがった、武弘の息子が親鸞に尋ねた。

「親鸞様、あなたは父のことをよく御存知だと思います。父はやさしく温和な人でした。私は父が人々にかけたおもいやりの気持ちを、けして忘れません。私は、今、親孝行をしたいと思っています。しかし、念仏は親孝行になりますか？

「たしかに私は、あなたの父上のことをよく知っています。父上は苦しむ人々に献身的に良くしていました。あなたが今唱えた念仏は、父上のためのものだったのですか？」

「はい、そうです。父の魂が浄土に行くように念仏を唱えました。これからも、毎日父のため念仏を唱えるでしょう。子供のときから、お坊さんから親孝行が一番大切なことだと教えられたからです。」

「あなたの言うとおりです。親孝行は自力の善行の一つです。しかし、それは聖道門の教えです。」

「聖道門の教えとはなんですか？」

「慈悲について、聖道門と浄土門では違いがあります。聖道門の慈悲は衆生を哀れみ、悲しみ、はぐくむことです。しかし、思うように衆生を助けることは非常にむずかしいのです。浄土門の慈悲は念仏して、急いで仏になり、仏の大慈悲心で、思いどおり衆生に利益を与えるのです。」

「あなたが私たちに教えているのは浄土門の教えですか？」

「そうです。私、親鸞は父母の親孝行のための念仏は、一度もしたことがありません。」

「どうしてですか？」

「そのわけは、人間全てがみな世々生々にわたる父母兄弟だからです。次の世に仏となったならば全ての衆生を助けようと思うからです。自分の力によって励む善であれば、念仏の功徳で父母を助けられるでしょう、しかしそうではない。ただ、自力を捨てて、すみやかに悟りを開けば、六道四生のどこの業苦に沈んでいても、神通力によって、まず、縁のある人々を救いたいと思うのです。」

親鸞の語る言葉を注意深く聞いていた性信坊は付け加えた。

「お父さんのことは心配しなくていいよ。お父さんは必ず浄土に往生したよ。とても信心深かったからね。それよりも、自分の救いに励みなさい。」

「どうしたら、ご信心がいただけるか教えてください。」と若い人が聞いた。

「親鸞の説法を一生懸命聞きなさい、そしてお父さんのように、真心を込めて念仏を唱えなさい。」

親鸞は友人の死に、心に言い様のない深い傷を負い非常に苦しんだ、この個人的な苦しみを、さらに人間の別離の苦しみに思いを広げて瞑想した。

それからしばらくして、若い武士が厳かな装具をつけた馬に乗って親鸞を尋ねてきた。同じように高価な着物をきた数人の騎手を引き連れていた。身なりから高い身分の者だとわかる。

親鸞はこの若い貴公子が宇都宮から稲田にいたる笠間の地を支配している、北条時政の娘を妻とした宇都宮頼綱の息子、稲田九郎だとすぐわかった。親鸞は以前、阿弥陀仏の教えを聞かせるようによく招待されていたのだ。親鸞の説法は居合わせた人々の心に、深い感動をあたえた。みんな又説法が聞きたかった。稲田九郎は到着するとすぐに、親鸞に言った。

「親鸞様、お願いがあって参りました。笠間にはあなたの信者がたくさんおります。みんな熱心にあなたの念仏の説法を聞きたがっています。みんなあなたが我々の村に永住してくださることを望んでいます。私の父、宇都宮頼綱はそのため、あなたの新しい住居を稲田に建てようとしています。私は、父からあなたとあなたのご家族が稲田に引っ越してくるように取りなして欲しいと頼まれてやってきました。あなたの友人の武弘様がお亡くなりになった今は、もうあなたは小島にいる必要はないと存じますが……」

お供の者も一同同じ事を口をそろえて言った。

「親鸞様、どうぞ、我々の村におこしください、どうぞ、おねがいします。」

親鸞はこの申し出を無視できなくなり、ついに、家族と共に稲田に住むことにした。

当日、稲田の住民がたくさん来て親鸞一家の引っ越しを手伝った。稲田の家に着くと、すぐに、親鸞は京都に似ているこの場所が気に入った。遠くには、比叡山の山並みのような山々が見えた。とても満足した親鸞が恵信に言った。

「とても良い所だ。若いとき京都の六角堂にこもった時、お告げが示した場所はまさにここだ！　六角堂の夢想のとき見た景色と同じだ。この場所に導いたのは聖徳太子だ！」

恵信は夫が大喜びしたのがとてもうれしかった。一年前から親しい友を失って夫が沈んでいたから、こんなに喜ぶ夫の姿を見て心が和んだ。二人は家の前に桜や杉や銀杏の木を植えた。

第三章

稲田の親鸞

笠間の領主、宇都宮氏は稲田の草庵のわきに念仏堂を建てた。この堂は毎日、念仏をする住民に開いていた。親鸞はそこでよく説教をした。

「念仏は行ではないので、念仏したからと言ってご利益があるわけではありません。我々の計らいによる善行でもないので、非善、つまり、善でないと言えます。それは完全な他力で個人の力によって得るものではないので、念仏は非行、非善です。」

親鸞が留守の時は、親鸞に代わって他の弟子が、近所の住民にかかわるがわる説教をした。当時、親鸞は、性信坊、西念坊、蓮位坊、善性坊、順信坊、信行坊などの多くの弟子たちに囲まれていた。弟子たちの阿弥陀仏への強い信心や仏教の知識は、数年にわたる親鸞の教えのおかげである。親鸞は弟子たちにしばしば法然上人の書かれた巻物を写本させたり、仏像を彫らせたり、念仏を毛筆で書かせたり、僧になるための剃髪の行を教えた。大部分の弟子は自分の家の近くに念仏道場を持っていた。村人たちが親鸞の教えを弟子たちに質問する光景が各念仏道場でよく見られた。村人たちの質問を弟子が答えられないときは、村民は稲田の道場に来て、直接、親鸞から個人的に返事を聞いた。こうして、稲田の堂は、好奇心に満ちた群衆や弟子たちでいっぱいであった。

夏、草庵の近くの山は静寂に包まれ、セミの鳴き声だけが弟子たちの耳に聞こえていた。ある夜、弟子たちが親鸞を囲んで説教を聞いていたとき、西念坊が師に尋ねた。

「親鸞上人、あなたが私のために書いてくださった巻物のおかげで、法然上人の思想がよくわかりました。ありがとうございます。しかし私は法然上人の『悪人でさえ浄土に生まれる、ましてや、善人はなおさらである……』というお言葉に疑問があります。親鸞上人は私たちにしばしば『善人でも浄土に往生できる、ましてや、悪人が往生しないはずはない。』とおっしゃいます。」

親鸞は答えた。

「もともと、この文章は中国の僧、善導の『凡人が往生出来るのであるから、聖人は往生出来るのは当然である』という文から来たものです。法然上人はこの文章を『善人も悪人も、すべての人が浄土に往生する』と、解釈されました。」

「法然上人の真意はそこにあったのですか?」

「はい、法然上人は悪人に善人を付け加えたのでした。上人はまず、悪人のことを言おうとしたのです。ですから、この上人の言葉を私がよく繰り返して言うように『善人でさえ往生する、ましてや悪人はなおさらである。』と解釈しなければなりません。」

「ありがとうございます。法然上人のおっしゃることがよくわかりました。」

親鸞は言葉を続けた。

「しかし、人々はしばしば、『悪人でさえ往生できるのだから、善人が往生しないはずはない。』と考えます。この考えは阿弥陀仏の本願や釈迦仏の教えに反します。なぜならば、阿弥陀仏の無量劫にわたる行の大変な努力や釈迦仏の行は、まず、凡夫が生死の輪廻を出るために行われたので、聖人のためだけの努力ではありません。ですから、阿弥陀仏の本願は凡夫のためにあるのです。浄土往生が凡夫にとって難しいのなら、阿弥陀仏の誓願は意味がありません。阿弥陀仏は十劫にわたる大利益を衆生のために成し遂げられました。十方のすべての仏が阿弥陀仏のみ名を唱えて大利益を証明しました。」

天気の良い秋のある日、笠間の領主、宇都宮氏が家臣を連れて親鸞に会いに来た。複数の神社の神主でもある宇都宮氏は、黒く鋭い目、ふさふさした髪、肉厚のくちびる、人の良い風貌の持ち主であった。親鸞は彼におじぎをし、恭しく言った。

「あなたに再びお目にかかれてうれしいです。あなたの援助のおかげで、私はこの地方に念仏を広めることができます。」

宇都宮氏は丁重に答えた。

「感謝しなければならないのは、私の方です。あなたはあらゆる階層の人々に仏法を説いてくださいます。親鸞聖人の説法で人生に希望が持てるようになったと言って、みんな満足しているようです。今日は、感謝のしるしに、なにかお手伝いしたいと思って参りました。なにか必要でしたら、遠慮なさらずおっしゃってください。」

後世に残す作品について長い間熟考していた親鸞は、しばらく考えてから返事をした。

「越後で流刑中に、私は浄土宗についての書を記しました。全経典や昔の高僧の書物などを読んで、私の疑問点を解決して確信したく存じます。書物で自分の信心の証拠を見出し、作品に阿弥陀仏への感謝と信心を表明したいのです。私はもう四十八歳です。これらの本は私の生涯の作品になるでしょう。そのために、中国や昔の日本の多くの資料を読む必要があります。」

宇都宮氏はほほえみながらうなずいた。

「それは素晴らしいご決意で私も非常に関心があります。あなたの教えが書かれたご本が読みたいです。ここから数里離れたところに、姫舎があります、鹿島神宮もあります。私の家臣やあなたの弟子で、鹿島神宮の家の出の順信坊があなたをご案内します。私は今すぐに、あなたを姫舎にお連れしましょう。」

宇都宮氏や弟子たちと一緒に親鸞はすぐに姫舎におもむいた。姫舎の資料室には、たくさんの書物が保管されていた、親鸞は書物を調べてわくわくしてきた、特に大乗経典がそろっているのを見て大変喜んだ。親鸞は資料室にあるすべての本を読みたかった。それを見て、宇都宮氏はうれしくなった。

「他の本がお読みになりたかったら、又いらっしゃい。家臣に頼んで資料室を開けさせますから、いつでもお気に召す資料は何でもご覧ください。」

別の日、順信坊が親鸞を馬に乗せて鹿島神宮に案内した。鹿島神宮の神主は、たくさんの本や仕事に必要なさまざまな資料を親鸞に貸した。準備が完了したと思った親鸞は、未来の大作、『教行信証《きょうぎょうしんしょう》』の下書きを整理し始めた。

一年後、一二二〇年、晩秋のある夜、親鸞は性信坊や蓮位坊や順信坊など、自分の思想をよく理解している弟子たちを、稲田の仕事部屋に集めて言った。

「姫舎や鹿島神宮の資料室のおかげで、私は仏教書をたくさん読めました。浄土三部経典の中国の説明書は多くのことを私に教えてくれました。研究の成果は予想以上のものでした。今日、集まってもらったのは、あなた方に手伝ってもらいたかったのです。」

三人の弟子たちの目が輝き、いっせいに答えた。

「親鸞聖人、あなたの作品を作るため、私たちが協力できるなんて、身に余る光栄です。」

親鸞は彼らに説明をした。

「浄土往生のための道を教える重要な本を、書こうと思っています。題名は『教行信証』です。」

「それは素晴らしい！　もっと詳しく教えてくださいませんか？」と、性信坊が尋ねた。

「では、私が考えている本の骨格を説明しましょう。この本は六巻で構成されます。一巻は教、二巻は行、三巻は信、四巻は証、五巻は真仏土、六巻は化身土です。」

弟子たちは一言ももらすまいと、親鸞の言うことを紙に書きとめた。

「全巻、同じ様式で書きます。まず最初に、阿弥陀仏の教えの私の解釈を書き留めてください。

次に経典や仏教書の文章を集めて、それらの資料で、私は阿弥陀仏の教えの正しさを解明します。まず、質問を出し、その問いをよく検討して、問いかけの論法を強固にします。」

親鸞はしばらく沈黙して考えた。それから、又言葉を続けた。

「この本の目的については、これから言いますから、書き留めてください。

阿弥陀仏の誓願のおかげで信心を獲得すること。阿弥陀仏は五劫にわたる長い瞑想の後、衆生を救う誓願を建てられた。我々衆生は阿弥陀仏の言葉に頼らねばなりません。僧も俗人も他力の信心を批判して、自分の力を信じて行をして救われようと、自力にたよっていることは嘆かわしい。彼らは完全に他力に委ねる信心を求めようとしません。そのため、私はこの本で、阿弥陀仏の慈悲を称えて、この世を厭い浄土を願う全ての衆生に、この慈悲を知らせたいのです。」

「それは素晴らしい！　それで、私たちはどのようにあなたを助け、その本はどのぐらいの時間がかかりますか？」

「完璧な本を作りたいから、長く困難な仕事になります。概論を推敲するだけで、少なくとも四年はかかるでしょう。次にその推敲を入念に仕上げなければなりません。」

「私どもはあなたを最後の日まで、助けることを誓います。」と、弟子たちが厳粛な表情で誓った。

親鸞は「どうか、この仕事を完成するため、気力を失わないようにしてください。又、他の宗派の僧たちの批判に勇敢に立ち向かっていけるように、阿弥陀仏が慈悲をたれてくださいますように。」と、祈った。それから、毎週日曜日、これらの三人の弟子たちに来てもらい、草稿を手伝ってもらった。

ある日曜日、四十代ぐらいの髭を生やした品の良い美貌の細長の男が、草庵を訪れて尋ねた。

「このあたりに、親鸞聖人の道場があると言われたのですが。」

弟子たちに茶の接待をするため火鉢にやかんを沸騰させていた恵信は、愛想よく訪問者に答えた。

「はい、ここです。あなたはどなたですか？」

「ああ、やっと見つけた。私は幸実と申します、玉日の兄です。」

恵信は玉日という名前を聞いてびっくりした。

「玉日？　親鸞の最初の奥様ですか？　ちょっとお待ちください、親鸞にあなたの来訪を伝えてきます。」

親鸞も玉日の兄と聞いて驚いた。一緒にいた弟子たちに、仕事を続けるように言ってから、玄関に来て、合掌してこの訪問者に言った。

「おお、覚えていますよ。あなたは二十年前、九条家で玉日と私のための結婚式に出席していましたね。あの時、母上と出席しましたね。よく覚えていますよ。」

「そうです。あの時にお会いしました。十年前、下総に島流しされる前でした。」

「なんですって？　島流しになったって言いましたか？　一体どうされたのですか？」

恵信は夫に部屋に上ってもらうように言って、熱いお茶を二人に勧めた。部屋の中で二人の会話が盛り上がった。親鸞が言った。

「十年前といえば、私も越後に流刑になりました。」

「はい、存じております。」

「あなたの罪名は何ですか？」

「おお、私は断じて罪を犯していません。私は後鳥羽上皇に、にらまれたのです。後鳥羽上皇は私の父、兼実を嫌っていました。今でもなんで私が流刑になったのか、わからないのです。たぶん、父のことだと思いますが、はっきりしません。幸いにも、今年、赦免になりました。たぶん、後鳥羽上皇の影響力が弱くなったのだと思います。八年続いた島流しは終わりました。」

「それは良かった。この島流しの間、つらい生活だったのですか？」

「いいえ、幸いにも、下総の豪族、長五郎が島流しの最初から、自宅に泊まるように勧めてくださいました。おかげで、たいした苦労はしなくて済みました。しかし、この事件や父や母や玉日の死など、いろいろ苦しいことがありました。今、私は天蓋の孤独です。私はこの世に生きていく理由がわかりません。」

「ずいぶんつらい人生だったのですね。どうやって私の草庵を見つけたのですか？」

「数週間前に私の甥で、あなたのご長男の印信様から、一通の手紙をいただきました。彼は私を不憫に思って、時々私を慰める手紙をくれるのです。彼があなたが関東に引っ越したこと、そして稲田で念仏道場を開いていると教えてくださいました。」

「ああ、印信ですね！　彼は元気ですか？」

「はい、今は天台宗の僧です。」

親鸞と幸実はしばらく印信について語り合った。それから幸実が言った。

「稲田は下総の長五郎の邸宅から、歩いてもそんなに遠くありません。昨日の朝、出発して、ずいぶんあなたの草庵を探しましたが、とうとう、みつかりました。」

「ここまであなたを導いたのは阿弥陀仏です。今夜は、ここにお泊まりなさい。恵信があなたを寝室にご案内します。明日、あなたに仏法を語りましょう。あなたの苦しみが、生きる理由を問いかけさせました。あなたの苦労は、阿弥陀仏によって報われるでしょう。」と、親鸞が答えた、その時、弟子たちが、二人がいる部屋に来た。

「親鸞聖人、今日の下書きの仕事が終わりました。これで私どもはお暇《いとま》いたします。」

「ありがとう、同志たち。気を付けてお帰りなさい。夜になり寒さが増したから。」

弟子たちが家を出て行った後、親鸞と幸実は過去の多くのことを、夜明けまで話し込んだ。最後に親鸞が言った。

「印信にあなたの来訪を知らせましょう。毎日曜日、あなたはここ、稲田の道場に来て、私の説法を聞きなさい。」

幸実は親鸞との出会いで、重ぐるしい孤独の重みから解放されたと感じた。幸実はほとんど毎週訪れ、浄土の教えを熱心に聴聞した。

二年後、親鸞は幸実の髪をそり、定念坊という僧名を与えた。他の弟子たちと同じように、かれは親鸞に忠実に最後まで仕えた。

後鳥羽上皇の流刑

僧になってから二年たった七月、定念坊は印信から、一通の手紙を受け取った。手紙には、後鳥羽上皇が隠岐に島流しになったと書いてあった。定念坊はびっくりして、親鸞に伝えるために稲田の草庵に走った。道場では、何人かの弟子たちと領主、宇都宮氏がすでに集まっていて、親鸞とこのことを話し合っていた。宇都宮氏がこの事件を最初に知り、稲田に駆け付けたのだ。稲田では、この事件は寝耳に水であった。

「承久の乱が原因だ。」と宇都宮氏が断言した。

定念坊が尋ねた。

「お殿様、私は長いこと田舎におりましたので、京都で起ったことの情報を知りません。今、あなたのおっしゃった承久の乱って、何ですか？　大変申し訳ないのですが、説明してくださいませんか？」

他の弟子たちも同様にわからなかったらしく、うなずいた。

「宮廷と鎌倉幕府の間に起った、恐ろしい戦いのことだ。最後は北条家が勝って、権力を握ったのだ。」

定念坊が言った。

「私は宮廷と北条家との不和の歴史を、良く知っています。父の九条兼実が、ある期間、宮廷の摂政関白でしたから。そのころ、私は子供でした。子供心にも当時みんなが話していた事件を知っていました。」

弟子たちが定念坊にこの戦いの原因を尋ねた。

「昔から、宮廷は海賊や山賊を平定するために、又、当時武装化した比叡山や興福寺の僧兵を抑えつけるために、武力を必要としていました。この要求に答えるために、貴族であった平氏と源氏が軍隊を作ったのです。いわゆる武家というものです。やがて、平氏の軍隊の長であった平の清盛が政界に入り、宮廷の重要な要職につきました。しかしながら、栄華を誇っていた平家は壇ノ浦で源氏に惨敗しました。三十六年前のことです。」

親鸞はなつかしそうに口をはさんだ。

「当時私は十三歳で、比叡山で仏教の勉強をしていました。」定念坊が話を続けた。

「私は三歳でした。私は母と二歳の妹の玉日と一緒に、西の洞院の館に住んでいました。私の父、兼実はあの頃が絶頂期でした。最近、親鸞様が『すべての栄華は長続きしない』とおっしゃいましたが、全くそのとおりだと思います。」

定念坊は物思いにふけって黙ってしまった。宇都宮氏が話を続けた。

「定念坊の代わりに、鎌倉幕府の歴史を私に説明させてください。平家滅亡の後、源の頼朝が征夷大将軍になり、鎌倉に幕府を開き、京都の宮廷から独立しました。最初は宮廷は鎌倉幕府と共存していました。国を治めるのが宮廷で、内乱を鎮圧したり、秩序の維持を幕府が担っていました。しかし、後鳥羽上皇は、この共存関係に甘んじたくなかったのです。頼朝の死後、頼家と源の実朝が将軍を継ぎました。この二人の将軍は幕府と朝廷との不和を、制御できませんでした。頼家の忠臣、北条時政がそこで、国の支配者になりました。十六年前のことです。ところが、二年前、三番目の将軍、実朝が公暁に暗殺されました。このため源氏の直系が絶えました。そこで、後鳥羽上皇は北条家を制圧しようと、北条家に戦いをしかけました。これが、承久の乱です。その結果、後鳥羽上皇が北条家に敗れました。一カ月前のことです。この戦いで武家の力が、朝廷の力よりも強いことが示されました。権力が逆転したのでした。こうして、私たちを島流しにした後鳥羽上皇が、今度は自分が隠岐の島に流されたのです。」

弟子たちはこの話に引きこまれた。定念坊は話を続けた。

「後鳥羽上皇は私たちの師、親鸞と法然を十四年前島流しにしました。私も十一年前、下総に流されました。私たちは無実の罪をきせられたのでした. 今度のことは当然の報いです。」

後鳥羽上皇に対するこの言葉に同感して、みんなうなずいた。

「この事件をかんがみるに」と、親鸞が言った。

「浄土門の念仏は盛んになっていますが、聖道門の行はすでに、だいぶ前からすたれています。それなのに、聖道門の僧たちは、阿弥陀仏の救いの教えを理解していません。彼らは後鳥羽上皇に、念仏の禁止を強訴しました。こうして帝とその仲間たちは、法を犯しました。これは正義ではありません。彼らは浄土の道に対する怒りをおさえきれず、私たちへの恨みを募らせました。そのため、法然と何人かの弟子たちは島流しになり僧名を取り上げられました。四人の法然の弟子を容赦なく死刑にしました。私、親鸞も島流しにされた一人です。約五年間、島に置かれました。」しばらく、考え込み沈黙した、やがて厳かな調子で言った。

「後鳥羽上皇の流刑は、後鳥羽自身が行なった過去の悪行の結果です。すべてが原因と結果の法に依るものです。」

弁円

当時、関東一帯に親鸞の評判は良かった。稲田の近くの板敷山に、京都の聖護院の系統である、弁円という名の山伏がいた。彼の才知と徳を認めた朝廷は、常陸に住むように勧めた。こうして、弁円は常陸の修験道の十二の寺の長になった。親鸞がこの地方に来る前のことである。村人たちは彼を修験道の創始者、役小角《えんのおづぬ》の再来だと言って崇拝した。村人が病気になると、弁円がその家に行って病気回復の祈りをしたり、村人たちに心配ごとや家族の問題がおこると、悪鬼から身を守るため彼らにお祓いを施した。弁円は村人たちに言った。

「あなたの悩み事は邪気から起こっています。家を改築して運気を取り入れなさい。」

病人には「あなたの病気は先祖のたたりが原因です。治すため、お祓いをしてあげましょう」と、言った。村民たちは弁円に莫大なお金を払い、弁円は金持ちになった。弟子をたくさん雇い、贅沢に暮らしていた。

物事の結果には必ず原因があると説く、原因と結果の説明は親鸞の教えの一部になっていた。鹿島神宮に行くとき、親鸞は板敷山のふもとに集まってきた住民に、何回も因果の法則の説明を繰り返した。その結果、親鸞を生き仏と思うようになった現地住民は、弁円から離れ、親鸞の弟子になっていった。このため弁円は非常に不愉快になって、稲田の説教師に嫉妬した。

「私の信者は最近、稲田に来た坊主のため、私から離れてしまった。奴は私の信者を奪ったのだ、くそ！　絶対にただでは済ませんぞ！」とつぶやいた。この気持ちは恨みに変わった、弁円は弟子たちを集めて言った。

「わしの信者は減り、みんな親鸞のもとに移ってしまったのじゃ。こんな状態が続いたら、修験道はすたれてしまう。この禍の種を取り除くため、この忌まわしい坊主にのろいをかけてやる、わしは板敷山の頂上で呪詛の行をするのじゃ。」弁円は山の頂上に壇を設け、山伏の行をした。

しかし、この行は親鸞になんの影響ももたらさなかった。親鸞はいつも元気であった。ある日は、親鸞は大勢の弟子を伴い、板敷山を通り鹿島神宮に行き、山のふもとで待ちかまえていた村人たちに、長い説法をした。親鸞にのろいがかからないのに、閉口した弁円は「畜生！　この坊主は鬼だ！　わしの修験道の山伏の行に全然引っかからない。決着をつけるために、殺さなければならないのか？　ええい！　なるようになれ！」

弁円は十二の修験道の寺から集めた、頑丈で信心のない手下のものに、この厄介者を消すように命じた。

それから二週間がたった、親鸞は板敷山を通って、筑波山の近くの柿丘の百姓の家に、説教をしに出かけた。柿丘から稲田に帰る途中、板敷山の斜面に夜のとばりがおりた。山伏の刺客たちが、森の茂みで待ち伏せしていた。しかし、その日は、親鸞は別の道を通り、無事に草庵に戻った。別の日、彼らは同じ道で、再び暗殺しようとした、しかし、その時は、親鸞はいつもより早く、稲田に戻ったため難を逃れた。弁円は怒り狂った。もっと確実に殺せるように、さらに部下に暗殺するように命じた。弁円自身が、弓矢で武装した、前より忠実な三十人ほどの手下の頭になった。親鸞がいつも通る板敷山の各所に、手下どもを見張らせた。この時は、親鸞は二十人ほどの弟子たちを連れ、念仏を合唱しながら山道を通った。森中に響き渡る念仏の合唱に圧倒されて、彼らは一瞬たじろぎ、弓を引いた。その弓はことごとく的が外れた。

親鸞はこの恐ろしい暗殺を逃れた。弁円は「奴は本当に鬼じゃ」とつぶやき激怒した。われに返り弁円は、武装して一人、稲田の草庵に行き、自らの手で説教者を殺そうと思った。稲田に着いた弁円は、親鸞に面会を求めた。弟子が親鸞に告げに行った。

「親鸞聖人、獰猛な山伏、弁円がここに来ました。あなたを殺しに来たのです。どうぞ、すぐ逃げてください、我々弟子があなたに代わって会い、何とかしますから。」

親鸞は唇に笑みを浮かべて静かに答えた。

「いや、その必要がない。心配するな。今日は死なないよ。」

長い髪、厚い睫、全身毛むくじゃらの、黄色の衣を着た弁円は、脅迫するように鋭い視先を投げかけ、弓矢を持って玄関の前に立った。草庵の主が現れると、今にも弓を引こうとした。威張り腐った調子で興奮して喚いた。

「俺様は山伏の弁円じゃ。小さいころから山で修験道を励んできたのだ。わしは、仏になり超能力をつけるため煩悩をとる方法を探しておる。わしらの修験道は日本、中国の全ての教えを含んでいるのじゃ。神道、真言、儒教、陰陽道など、みんな入っている。わしらは煩悩の燃え盛るこの身で悟りに達したのじゃ。修験道は貴様の教えより優れていると思わないか?」

親鸞はこの男を「悪がきの大将みたい」だと思った。親鸞は微笑ながら厳かに答えた。

「あなたはこの煩悩のままで、悟りに達したとおっしゃいましたね。それは問題外です。即身成仏は真言密教の教えの主要な目的ですが、三密の行によって得られる果実にすぎません。さらに法華一乗に言われている六根清浄は、四正行によって得られる功徳以外の何ものでもありません。みんな難行の行者がする観想行によって成し遂げられる悟りです。」

これを聞いた弁円は後悔した。

「なんと！　この親鸞という人物は偉大な学者じゃないか！　わしに、わけのわからないことを言うておるぞ。わしよりも仏法のことを知っているようじゃ」と思った。

親鸞は相変わらず静かに語り続けた。

「真言や法華経の行をする僧たちでさえ、今生で煩悩を断ち切ることは、非常に難しいので、来世の悟りを祈ります。ましてや仏行も行わず、知恵もない人々にとって、今生で煩悩を断ち切ることは不可能なのです。」

弁円は思った。――奴は今生で煩悩を断つことは難かしいと言いおったぞ。それは確かだ。わしは奴を殺すために来たのじゃ。わしは奴に嫉妬して苦しんでいた。しかし、奴は煩悩を断つために別の道があると言いおったぞ。奴の言う別の行を聞いてから殺しても良かろう。――

親鸞は弁円が考えている間も語り続けた。

「来世で悟りを得るのは他力による浄土往生の教えで、信心決定の道です。さらに、それは凡夫が専念できる易行なのです。良い人とか悪い人という善悪を選びません。」

弁円は、――なんだと！　浄土の教えは、人の善悪をえらばないと言いおったぞ！　そんな易行があったのか？　そんなことできるのか？――と、思った。

親鸞は語り続けた。

「阿弥陀仏の誓願の舟に乗れば、衆生は生死の輪廻の苦しみの海を渡り、阿弥陀仏の浄土に到着し、煩悩の暗い雲は、すみやかに晴れ、すぐに仏性の悟りの月が現れ、阿弥陀仏の放つ無限の光明に包まれるのです。この法が十方の世界を満たします。この法は衆生全体に恩恵を与えます。その時が悟りです。今生《こんじょう》で即身成仏するという人々は、釈迦仏のように、あらゆる種類の体に変身出来ますか？　お釈迦様は今生で悟りに達しました。」

弁円は親鸞の教えに動揺して考えた。

「たしかに奴の言うとおりだ。わしら、修験者はお釈迦様のように三十二相や八十二随形好に変身することが出来ないのじゃ。」弁円は親鸞の説法を聞くにつれて、殺意が消えていった。彼は自分の高慢さがわかり恥ずかしくなった。地面に弓矢を投げ出し親鸞の前にひれ伏した。親鸞は微笑を浮かべて弁円に言った。

「和讃に『ただ金剛の信心の定まるときに弥陀の心に摂取され、永久に生死の輪廻からはなれる。』と書かれています。」

怒りがおさまった弁円は、困ったように言った。

「親鸞様、わしはこの和讃の意味がよくわからないのじゃ。」

「私たちの心に信心が決定したとき、私たちは阿弥陀様に摂取され、決して捨てられることはありません。もう、六道に戻ることはないのです。ゆえに、『生死の輪廻から永久に離れる。』と書かれているのです。しかし、阿弥陀仏のお慈悲によって救われたと、考えずに、自分が悟ったと勘違いする人々がいます。なんて嘆かわしいことでしょう！　あくまでも阿弥陀仏のおかげなのに、これが人間のなした悟りと言えるでしょうか？　故法然上人は今生にて本願を信じ、浄土に至って悟りを開くのだとおっしゃいましたよ。」

弁円は三回親鸞におじぎをした。もう彼の声には攻撃的な調子が消えていた。弁円は言った。

「お許しくだされ、親鸞様。わしは長いこと修験道を修行してきた。いつしかこの地方の先生になるんだと考えるようになったのです、まったく驕っていました。幸運にもあなた様の知恵ある言葉を知れる機会に恵まれました、親鸞様の仏法への深い信心に感嘆して、私の憂さは消えてしまいました。あなた様の徳に比べれば、三密の行に依って超能力が得られたと思ったことは、まったくの幻影でしかなかったのです。住民どもがわしの下を去り、親鸞様の信者になったので、わしは嫉妬心で煮えくり返っていたのです。これこそ、わしを地獄につれて行く煩悩です。しかしながら、わしに善因がまだ残っていたようです。親鸞聖人お願いします、わしに教えてください。わしはあなた様の弟子になりたい。いつもあなた様の傍に召使としてわしを置いてやってください。」

弁円の告白を聞いた親鸞は、両手を広げて抱き寄せて言った。

「私はあなたを待っていました。今朝、私は良い弟子に出会うだろうと感じていましたよ。」

親鸞は本当に仏様だと弁円は思った。親鸞は言った。

「あなたに浄土真宗の教えを話しましょう。阿弥陀仏の本願の教えです。深く自分の罪障を悲しみ嘆き、浄土に生まれたいと切に願う人々に与えられた教えです。彼らは阿弥陀仏への信心によって浄土に生まれることが出来ます。今から、あなたは阿弥陀仏への感謝の念仏を唱えることを怠らないように。」

「わしは修験道者を止める。毎週日曜日、稲田の道場に親鸞様の尊い説教を聞きに来ても良いですか？」

「いいですとも。阿弥陀仏から深いご信心をいただくまで説教を聞きなさい。」弁円は約束を守った。毎週稲田に通い親鸞の説教を聞いた。三十二歳の時、親鸞に剃髪してもらい、明法坊という僧名をいただいた。

三十六年後、一二五七年、明法坊は六十八歳で亡くなった。親鸞も六十八歳になっていたが、この喪の知らせを京都で聞いた。感動した親鸞は、明法坊に最後まで付き添った弟子たちに手紙を書いた。

――なによりも、明法坊が浄土往生の目的を遂げられたことは常陸の国の信者たちにとって、めでたいことであります。浄土往生は念仏の行者の計らいによるものではありません。阿弥陀仏に出会うことは、仏があなたがたに与えた限りない慈悲心によるものです。聖者さえ自分の計らいを捨てなければなりません。そして、完全に阿弥陀仏の力に委ねなければなりません。ましてや、聖者でないあなた方は、計らってはいけません。間違った考えから改心した明法坊は浄土に往生出来ました。私は明法坊の往生を知ってとても喜んでいます。――

平次郎とその妻の物語

ある秋の日、親鸞はいつものように三人の弟子を連れて板敷山を通って鹿島神宮に彼の大書、教行信証の資料を探しに行った。途中、みすぼらしいぼろを纏った若い女性が泣いているのに気が付いた。深く絶望しているようであった。同情した親鸞は彼女に尋ねた。

「どうされたのですか？　どうして泣いているのですか？」

この僧の温かい気持ちに触れて、女性はためらいなく心を開いた。

「私は平次郎という者の妻です。夫は放蕩にあけくれ、いつも私に暴力を振るいます。そこで、私は板敷山の修験道の寺に行って、修験者に主人の悪行を止めさせる方法を聞きました。修験者は主人は心の病にかかっていて、それは悪い方角が原因だとおっしゃいました。もう一部屋、増築すればうまくいくと言います。しかし、夫が放蕩で持ち崩してしまい、家にはお金がありません。御坊様、我が家に再び平和が訪れるには、どうしたら良いのでしょうか？」と、言った。

しばらく考えた後、親鸞は答えた。

「病気には必ず、原因があります。方角が悪いのでもなく呪いでもありません。部屋を造る必要はありません。」

それから、言葉を選びながら親鸞は阿弥陀仏の本願の説明をして、彼女に勧めた。

「私の教えが聞きたかったら、私の道場にいらっしゃい。毎週日曜日、板敷山の反対側の稲田で、私は道場を開いています。」

その女性は恐怖で顔がひきつった。それを見て、親鸞はすぐ事情を悟り、

「わかりました。稲田に説法を聞きに来れないのなら、自宅で念仏をいつも唱えなさい。」と、言った。

彼女は泣きながら言った。

「家で念仏を唱えていたら、主人は非常に怒るでしょう。」

親鸞は頭陀袋から一枚の紙を取り出し、その上に「南無阿弥陀仏」と書いて、彼女に渡して言った。

「あなたに阿弥陀仏の名号を書いた紙を渡します。部屋の奥にこれを隠しなさい。ご主人が出かけたら、念仏を唱えながらこの名号に礼拝しなさい。」

阿弥陀仏の名号が書かれた紙をいただき大喜びしたその女は、尊敬と崇拝心から何回も親鸞にお辞儀をして礼を言った。

家に帰った平次郎の妻は、障子に名号の紙を懸けた。夫が留守の時は、名号の紙の前にぬかずいて、信心深く念仏を唱えた。

ある日、いつものように彼女は夫が正気に戻るように祈っていた時、突然、平次郎が戻り、妻が紙の前にひざまつき泣きながらぶつぶつ言うのを目撃した。すぐに、その紙は恋文にちがいないと思い、嫉妬心に狂った平次郎は障子の戸を開けて、その紙を引きはがそうとした。

妻は抵抗し「ちがいます！　お前さんの考えるようなものじゃありません、破いたら恐ろしい罪を犯すことになります！」と叫んだ。平次郎は妻の言うことを聞き入れず、怒りを抑えられなくなり、

「なんだと！　罪を犯したのはお前だろう。お前は男と寝たのだろう、お前を罰してやる！」とわめきながら、太刀を振りかざし、妻に恐ろしい一撃を加えた。妻は苦しさのあまり悲鳴をあげた、傷口から血が吹き出し床に流れ、敷物が真っ赤になった。妻は倒れ、ぜいぜいあおぎながら最期の息を引き取った。

平次郎は落ち着いて死体を、何事もなかったようにわらに包み、引きずり、家の奥の庭に埋めた。それから、井戸に行き血だらけになった手を洗った。と、背後に誰かがいる気配を感じたので後ろを振り向いた。彼は仰天して身が硬直した。今、殺したばかりの妻が、光の雲のようなものに包まれ、夫に憐みをかけるように微笑みながら立っていたのだ！　平次郎の足は震えだし、顔は真っ青になった。口ごもりながら、かろうじて言った。

「本当にお前なのか？　それとも幽霊か？　たった今、家に帰ったら、お前が泣きながら紙を読んでいた。その紙は恋文だと思ったわしはかーっとなって、刀を抜き、お前を殺したのだ。おれはお前が床に倒れ死んでいるのをたしかに見たのだ。しかし、今お前はおれの前に立っているじゃないか？」

妻は魔術にかかったように、阿弥陀仏の名前が大文字で書かれている紙を広げて、墓から戻っ

てきたような声で言った。

「お前さんの言うとおり、これは南無阿弥陀仏と書かれた恋文です。」

「さっぱりわけがわからん、おれは気が狂ったのか？」

「お前さんのことで心を痛めていた私は、修験道の道場に、お前さんが正気に戻るにはどうしたらいいか聞きに行ったのです。しかし、良い返事がなかったので、帰り道で泣いておりました、そこを親鸞様が通り、私を憐れんで阿弥陀仏の名前を紙に書き、私にそれを下さり、『お念仏を唱えなさい、苦しみがやわらぐでしょう』と、おっしゃったのです。」

夫は仰天して「では、あれは恋文じゃなかったのか？　おれが真人間になるように祈っていたお前にたいして、自分はなんて恩知らずだったのか！　お前はおれを許してくれるか？」と言った。幽霊になった妻は答えた。

「許しがほしければ、条件があります！」

「お前は善良な女だ。望むようにするよ。」

「阿弥陀仏の前で、あなたの悪業を悔い改めてください。それから、一緒に親鸞聖人の説教を聞きにいきましょう。」

「一緒だと？　お前は死んだのにどうやって？」

「そのことは心配しないでください。親鸞聖人のそばに行けば、私は人間の姿に戻るでしょう。」

平次郎は同意した、そして妻の寛大さが非常にうれしかった。すぐに、二人は稲田の草庵に行った。

この事件は親鸞が明法坊に教えを説いていた時に起った。平次郎とその妻が稲田の道場に着いたとき、明法坊もそこにいた。親鸞はこの夫婦を喜んで迎えた。

「今日はご主人と一緒に来られましたね、私が、あの日、道端であなたに渡した名号の紙は良い縁をもたらしたように思われます。」

平次郎の妻はどうして夫をここに連れてきたか、そのわけを語った。親鸞はこの事件の話を聞いて、好奇心を持った。親鸞は平次郎に言った。

「平次郎、私に何を期待しますか？」

「親鸞聖人、わしは今生で多くの悪業を重ねました。わしは妻を殺そうとしたのです。このような重罪を犯した者でも救われるのか？」

「はい、あなたが本気で悔い改めれば、そして、阿弥陀仏を深く信じれば、救われます。毎日何回も念仏を唱えれば、必ず阿弥陀仏によって救われます。」

「目に見えない触れることも出来ない阿弥陀仏に、どうやって救われるのじゃ？　わしにはわからん。」

「その質問にあなたにわかりやすく、簡単に答えるのはむずかしいことです。説明することがたくさんあるからです。私は、阿弥陀仏が命じた教訓を、今、ここで明法坊に教えます。あなたは、今のこの瞬間を、浄土の教えを学ぶ時としなさい。」

三人は感謝の気持ちをこめて親鸞にお辞儀した。平次郎は疑いながら聞いた。

「たった一回の念仏を唱えるだけで、八十億劫の重罪が消えるのかのう？　たった一回の念仏でその重罪を消すことが出来るのであろうか？」

「平次郎、私の言葉をさえぎらないでください！　最後まで聞きなさい！」

「すみません、聖人。」

「よろしい。日頃は念仏を唱えたことのない人が、十悪や五逆を犯したとしましょう、その人が死ぬとき、善知識に勧められて、はじめて念仏を一回でもすれば、八十億劫の罪が消え、十回念仏すれば八百億劫の重罪も消え往生出来ます。」

しばらく間を置いて、親鸞は尋ねた。

「ここまでわかりましたか？」

今度は明法坊が尋ねた。

「一回の念仏と言い、次に十回の念仏と言いよった。一体、何を言おうとしているのじゃ？」

「これは、一回の念仏であれ、十回の念仏であれ、究極の目的は私たちに十悪と五逆の罪の軽重を知らせることとです。」

平次郎はこういう話を聞くのは初めてだったので質問が長引いた。

「それは罪を消す効用があるっということかのう？　それは信心を強めることが出来るのか？」

親鸞は静かに説明した。

「平次郎、今私に『そんなこと本当かな？』と疑いましたね。これから言うことをよく聞きなさい。その理由はこうです。阿弥陀仏の光に照らされる故に、最初の念仏を唱えるその時、金剛の信心を与えられ、正定聚の位におかれて、命が終わったら、もろもろの煩悩の罪障を転じて、悟りに至らせていただくのです。もしも、この仏の悲願がなければ、このような重罪を犯す人が、どうして生死の流転を離れることができようかと思い、一生に唱える念仏は、すべてみなことごとく如来の大悲に対する報恩であり、如来の徳を感謝する念仏だと知りなさい。」

三人は深く考え込んだ。親鸞はこの沈黙を尊重して数分間、間を置いた。それから、熱く語った。

「念仏を唱えるたびに罪を消すと信じることとは、自力で罪を消してから、往生できると信じることではないでしょうか。もしそうなら、私たちが一生のうちに思いつく全ての考えは、生死輪廻に結びつかないものはありませんから、浄土往生のために、念仏を人生の最後まで唱え続けなければならなくなります。しかしながら、私たちの果報は限りがありますから、思いがけないことで死んだり、病気で苦しみ悶えて死んだりで、死の瞬間、正念でおれなくなったり、念仏を唱えることが難しくなったりするのです。

死の瞬間に犯した罪はどうやって消すのでありましょうか？　また、罪が消えなければ往生は出来ないのでありましょうか？　いいえ、そうではありません。必ず救い捨てない仏の願にまかせれば、たとえ不慮の死や念仏せずに罪を犯しても、すぐに往生できます。又、たとえ念仏が出来ても、今、往生が近づくにつれて、ますます弥陀にたのみ、念仏を唱えてご恩に報いなければなりません。罪を消そうとするのは自力の心であり、それが臨終を正念であろうと祈る人々の目的で、それは、他力の信心ではありません。」

平次郎は三回お辞儀をしてから言った。

「わしは、無知な者ゆえ、お主の言葉の深い意味がよくわからんのじゃが、お前さんの知恵を教えてくださってありがたく思うのじゃ。今から、わしは阿弥陀仏の慈悲にすがりたいものじゃ。親鸞聖人、明法坊のように、わしにも髪を切ってくだされ。」

親鸞は平次郎の誓いの言葉を喜び、返事した。

「平次郎、毎週日曜日に稲田に説教を聞きにいらっしゃい。毎日、奥さんと一緒に家で念仏を唱えなさい。僧になるには時間がかかります、それにあなたの信心はしばしば試されるでしょう。」

その後、親鸞の説法を長い間聞いて、素行が完全に改まり別人のようになった。

親鸞聖人は平次郎を僧と認め唯円と名付けた。唯円は故郷の水戸に帰り、そこに報仏寺を建て、阿弥陀仏を人々に教えた。その妻はいつも信心深かった。唯円は少なくとも一日に一回、親鸞が妻に書いてくれた名号の紙の前に座り念仏するのを怠らなかった。

平次郎が稲田に訪れてから数日後、親鸞は弟子覚信坊の臨終に立ち会った。覚信坊は聖人の言葉を長年、忠実に守って実行した人だ。親鸞は明法坊を連れて行った。覚信坊は少し前、親鸞が草庵で言った言葉「往生が近づくにつれて、ますます弥陀にたのみ、念仏を唱えてご恩に報いなければなりません。」を思い出していた。覚信坊の最後が近づいたので、その家族が親鸞に家に来て、極楽へ発つ助けをしてあげてほしいと頼んだ。親鸞が到着すると、覚信坊は苦しい息の中を念仏を唱え続けていた。親鸞は彼に聞いた。

「苦しくても念仏を続けることは素晴らしい！　今、何を思っていますか？　まだ疑いが心にありますか？」苦しい呼吸の中、覚信坊は答えた。

「大いなる歓喜が近づいているのじゃ。息が出来る限り、一瞬でも、わしは感謝の念仏を唱えるぞ。わしはもうじき、浄土にうまれるのじゃ。」

その言葉に親鸞は涙が出るほど感動した。そして思った。――覚信坊が私に仕えてくれた間、私が教えたことが実を結んだのだ。――

唯円の疑い

覚信坊が亡くなった後、親鸞はしばしば覚信坊の臨終の時の様子を、稲田の説法の時、語った。

「覚信坊の臨終は浄土真宗の教えの重要な部分を示す良いお手本です。念仏には二種類あります。十九願に基づく念仏と十八願に基づく念仏です。最初の念仏は功徳の誓願と呼ばれるものです。死の時、念仏者の前に仏が現れる願です。阿弥陀仏は二菩薩に伴われて、自力念仏の行者を迎えにくるのです。後の十八願に基づく念仏は他力の念仏で、私たちの浄土真宗の念仏です。自力念仏の人々は臨終のとき、この他力の力を受けることが出来ないことを思い出しましょう。自力念仏の行者は、最初、浄土の辺境や疑城胎宮に生まれます。その後、浄土に往生します。しかし、直接、浄土に往生出来ません、なぜなら、十八願に従わなかったからです。」

一人の弟子が質問した。

「辺境浄土とか疑城胎宮とは何ですか？」

「辺境浄土には、けまん界と疑城胎宮があります。けまん界はこの世で自力修行をした人の行く所です。疑城胎宮は阿弥陀仏の誓願を疑った人の行く所です。これらの辺境浄土に生まれた人々は五百年間閉じた蓮の花の中にいます、その間、仏に会うことが出来なく、又悟りに至ることもありません。自力念仏に励む人は、自分の最後はどんな状態になるのか知ることが出来ません。彼らは自分の過去に犯した行為を知らないからです。たとえば、炎に包まれて死ぬのか、溺れて死ぬのか、敵の投げた石に当たって死ぬのかわかりません。あるいは、眠りながら死ぬこともあります。みんな私たちの業によって決まります。どんな死に方をするかは想定外のことです。もしも、敵の投げた石にあたって死んだら最後の瞬間は恨みながら死ぬでしょう。その場合、最後の瞬間に念仏を唱えるひまがありません。睡眠中に亡くなれば最後の時がいつだということはわかりません。眠っているとき死ぬ場合、どうやって念仏を唱えることが出来るでしょうか？　そういうわけで、浄土に往生するのに臨終を待つことは意味がありません。それに対して、他力の念仏を唱える人々は、阿弥陀仏と二菩薩が死ぬとき迎えに来る来迎を待つ必要がありません。自力から他力に回心したときに、往生が決まります。回心後の念仏は阿弥陀仏への感謝の念仏になります。覚信坊は臨終のとき、報恩の念仏しか唱えていませんでした。私が教えたことを完全に実現したのを見て、私は大変感動しました。」

しかし、唯円は信心にいつも疑いがあって、念仏しても無駄に思えた。ある日、稲田の親鸞を訪ねて心配な点を打ち開けた。

「親鸞聖人、私は念仏を唱えても飛び上るほどの喜びがありませんし、早く浄土に行きたいとは思いません。妻にもう会えないのではないかと、心配です。どうしてこうなのでしょう？」

親鸞は答えた。

「あなたの奥さんは念仏の行者なので、浄土で又会えるでしょう、たぶん別の形で。」

その返事に安心した唯円は、説教で言われる煩悩や宿業について親鸞に聞いた。親鸞はその説明に長い時間がかかった。

「私は善業を積もうと思いませんし、悪もおそれません、それは、阿弥陀仏の本願は全ての善業を超えるものであるし、どんな悪も本願を妨げるものでないからです。

しかし、『過去に善業を積んでなかった人々は、念仏を唱えても、浄土に生まれることは出来ません』とか、『過去に悪業を積んだ人々が、念仏を唱えても浄土往生が出来ない』と言う人々がおります。このような意見は正しくありません。悪業を自分の意志で止めて、善業をする人々は自力で生死の輪廻を離れ、浄土往生するでしょう。しかし、それは、阿弥陀仏の本願を信じて往生するのではありません。

実際は、人は悪を犯さないと注意しても、悪を犯したり、又、善をしようと思っても、そう簡単には善行はできるものではありません。これが凡夫の姿です。ふつうの人々は凡夫とよばれ、思いのまま、善が出来たり悪を回避したりする精神の自由がありません。私たち、凡夫は三毒から成り、生死の輪廻を出ることが出来ません。五劫という長い間、数えきれないほど功徳を積んで、浄土を荘厳して、限りない慈悲の誓願を立てられた阿弥陀仏は、私ども凡人は阿弥陀仏から信心を受けるほか救われないと知っておられたのです。

しかしながら、法を受けられる機根を持つ凡人が、念仏を唱えて浄土往生が決まると考える人たちは、悪い機根の人間が念仏を唱えて往生出来ることを疑います。そういう人々は無限の慈悲の阿弥陀仏の本願に序列を設けてしまい、自分自身が罪障があることを知りません。極楽浄土は法蔵菩薩が起こした四十八願によって作られたものです。経典を読むとか、阿弥陀仏を観想するなどの自力の行で極楽に往生できるのではありません。根機が良いとか悪いとかも問題ではありません。阿弥陀仏の知恵は善業や悪業を超えています。この阿弥陀仏の知恵に依らなければ、どうして凡人が極楽往生出来るでしょうか？　そういうわけで、私は『善業を積むことを望んだり、悪を恐れたり』は、しないというのです。中国の僧、善導は『すべての善悪の凡人が浄土往生をするためには、阿弥陀仏の願の他力の強い縁に依るしかない』と、おっしゃいました。

一般的に、善業の宿縁をもつ人はこの世で善を行うのを好みます。反対に悪業の宿縁を持つ人はこの世で悪行をすることを好み、善行をしたがりません。善悪は宿業にしたがい、往生は阿弥陀の誓願の偉大な力に任すのがよろしい。善悪の宿業を見て、誰が浄土に往生出来るかあるいは出来ないか、人が決定できるものではありません。」

親鸞はしばらく沈黙した。それから、突然、唯円に言った。

「浄土に行くために、念仏より簡単な方法があります。お望みなら、今、教えましょう」唯円の目が輝いて、今か今かと親鸞の言葉を待った。親鸞は唯円を見つめて言った。

「私がこれからあなたに頼むことを聞いてくれますか？」

「はい、何でも聞きます。」

「では、私が頼むことは何でもしてくれますね。」と、又、親鸞は言った。それから、「今、千人の人を殺してください！　千人の人を殺したら、あなたは浄土に生まれます。」と、言い放った。

この言葉にその場に居たみんな、拳骨を一発喰らった気がして、静まり返った。唯円は衝撃を受けてしばらくの間、答えられなかった。

それから、「たとえ、聖人の命令でも、私は一人の人も殺せません。特に、妻を殺そうとした恐ろしい経験の後では……」

「では、何故あなたは何でも聞くと答えたのですか?」と、言い、今度はみんなに向かって話した。

「私たちが思うまま、いつも行動できるなら、私が浄土に生まれるために千人殺しなさいと言ったとき、すぐに、あなたがたはしなければならなかったのです。しかし、一人でも殺すように促す宿業がなかったので、あなたがたはそのようなことをしないのです。殺さないのはあなた方の心が良いからではありません。過去に原因になるような種を持っていないからです。人を傷つけたくないと思っても、百人、千人を殺すようになるのは、過去に原因となる種を持つ宿業により、その種に催されて殺人をおかしてしまうのです。このように私たちは、宿業により自分の意思を超えて、何でもしてしまうのです。ゆえに、他力に完全にゆだね、浄土往生は阿弥陀仏に任せなさいと勧めるのです。」

天童のお告げ

嘉禄一年(一二二五)一月八日、親鸞は下野に説法をしに行かなければならなかった。親鸞は一人、田んぼ道に沿って歩いていた。日が沈み大変寒くなった。宿屋をさがしたが、近くに見当たらなかった。あまりにも疲れ果てたので、近くにあった平らな大きな石の上に腰かけた。気力を取り戻そうと思って念仏を唱え始めた。凍え死にしてしまうから、眠ってはいけなかった。一晩中、無気力と戦い、念仏を唱え続けて眠気を追い払った。夜明けになった。

するると、透明の体でまぶしい光を放つ天童らしきものが親鸞の前に現れた。片手に柳に木の枝を持ち、もう一方の手には白い布で覆われた包みを持っていた。夢でないかと、親鸞は瞼をこすった。それから、思い切ってその天童に問いかけた。

「あなたは一体誰ですか？　どこから来たのですか？」

「私は宵の明星から来た虚空蔵菩薩です。あなたに、この聖地を教えるために来ました。親鸞聖人、あなたが今座っている場所に寺を建てなさい。あなたに柳の木と菩提樹の木の種を差し上げましょう。」

童子は白い包みをほどき、一掴みの菩提樹の種を取り出し、柳の枝と一緒に親鸞の足もとに置いた。それから、現れた時と同じように素早く立ち去った。

この怪しげな幻覚を親鸞は誰にも話さなかったが、この光童の示した場所に寺を建てる計画を抱き秘密にしておいた。

当時、下野に大内国時と言う名の真岡の領主がいた。親鸞の説法を何回も聞き、もっとも熱心な親鸞の信者の一人になった。大内国時は土地を親鸞に寄進して、下野の国の高田に寺を造ってくれと頼んだ。この土地こそ天童が示した場所であった。したがって、親鸞はこの場所に寺を建造することに決めた。

やがて、関東地方の相馬や笠間の領主たちが、次々と親鸞の弟子になった。それらの領主たちがみんな、家族、親類、家臣たちを集め、親鸞の望んでいた寺の建築費を負担した。さらに、下野や下総の親鸞の弟子たちが領主たちに協力して寺の建築に尽力した。その時、親鸞を崇拝していた大内国時が寺の近くに草庵を造らせた。当時、親鸞はまだ稲田に住んでいたので建築現場から遠かった。そこで、大内国時はその草庵に住むように親鸞に勧めた。親鸞は承諾した。家族を稲田に残し親鸞一人その草庵に住んだ。しかし、出来る限り家族の元に帰るようにした。その後、国時は親鸞の弟子になるため剃髪をして、高田の入道という名を授かった。

善光寺のお告げ

草庵で眠っていたある晩、親鸞は不思議な夢を見た。親鸞が五十三歳の時だ。ある崇高な僧が新しい寺を造るという親鸞の誓願は成就されるでしょうと、告げた。そして、「すぐ、信濃の国にある善光寺に行きなさい。あなたに仏像を一体差し上げましょう」と言った。親鸞はその僧が西の方角に行き高田と言う場所で消えたのを見た。

親鸞は夢の中でこれから起こる現実を見たようだ、実際、以前から、新しい寺を建てたいと言っていたが、それがどこでどのようにして行われるのか本人も知らなかった。この夢がその回答だと親鸞は思った。数日後、横曾根に住む性信坊と鹿島に住む順信坊を伴い善光寺に行く準備をした。

同じ日、信濃の善光寺で、十数人の僧たちが集まった。いつもの仏行をした後、各々が昨夜見た夢について話し合った。

「私は昨夜の夢で阿弥陀仏の貴重なお告げを聞きました。」

「そうか。」と、別の僧が「阿弥陀仏はわしにも現れたのじゃ。親鸞とかいう僧が阿弥陀仏のお気に入りの弟子だと言っておったぞ。」

「わしも同じ夢じゃが」と、ほかの僧が、「親鸞と言う僧が明日ここ、善光寺に来る。とお告げを聞いたのじゃ。」と言った。

一番年長らしき僧が話をさえぎって言った。

「みんな同じ夢じゃ。夢の中にこそ真のお告げあると見なければならない。わしらみんなが、阿弥陀仏の同じ言葉を聞いたのだから。」

祈りのための小さな部屋にもかかわらず、阿弥陀仏と観音菩薩と勢至菩薩の三体の仏像があった。この三仏の内の阿弥陀仏が彼らの夢の中にあらわれたのだ。僧たちは阿弥陀仏を本尊として祈った。

一人の僧が「この親鸞という坊主はいつ此処に到着するのか?」と聞いた。

三日後、親鸞と二人の弟子たちが善光寺に到着した。三人を見つけた老僧がすぐに彼らに会った。

「あなたが親鸞様ですか?」と、先頭を歩いて来た人に聞いた。

「はい、そうです。以前は善信という名でした。」

他の僧たちも追いつきお辞儀をして、三仏の像を渡した。親鸞は阿弥陀仏像を取り、袈裟に包んだ、弟子たちは他の二つの像をそれぞれ背負った。

数日後、百人以上の大工が高田に集まり、親鸞の指図どおり寺を建立した。

嘉禄一年七月二十一日、下野の国司、国春が亡くなり、その息子、春時が城主についた。子供の頃から浄土宗に慣れ親しんでいた春時は、時々、親鸞の説法を聞いていた。その父が亡くなったとき、春時は僧になると決めた。しかし、親鸞は年が若すぎると言い、剃髪することを拒んだ。十七歳だった春時が執拗に頼んだので、最後は受け入れて、

「一般に、人が僧になる動機は両親が亡くなって生活に困ったからとか、妻子の死に会い悲嘆にくれたときなどです。しかし、あなたはまだ若いし城主として幸福の絶頂にいます。そういう幸福の状態にもかかわらず、家族や財産など、全てを捨てて仏の道に入ろうと願っておられる。あなたは真に仏になりたいのですね。私はあなたに真仏という僧名を与えます。」と、言った。

嘉禄二年（一二二六）一月十五日、真仏は京都に行き、祖父、国時の名代として朝廷に高田の寺の認可をお願いした。二月十九日、後堀川天皇はこの願いを聞き入れた。天皇は高田の専修阿弥陀寺という名を与えた。三月三日、真仏は願いが通り名前を与えられたことに満足して高田に帰った。

専修阿弥陀寺の落成式は四月十五日に行われた。関東地方の城主数人が妻を伴い参加し、親鸞

の全ての弟子も地方からやってきて、又、貴族たち、農民もこの式に出席した。

二十八人の弟子と真仏が信者の集団の先頭に歩き式を祝った。親鸞は三仏の像を如来堂に安置した。その後、二十八人の弟子とこの国の領主たちが契約に署名した、その契約書にこの寺は親鸞の寺であると記録された。領主たちはこの寺に隣接する土地、田、山林など計十九町を寺に寄付した。

親鸞は人々に説法をした、この日以来、親鸞は念仏の布教に専念したが、この寺を管理する時間がないので、まだ若いが管理能力がある真仏を、この寺の住職の位に推薦した。全員がこの提案に合意した。そこで、親鸞は真仏に専修阿弥陀寺を任せ、稲田に帰った。

関東地方の親鸞の弟子たち

親鸞が稲田に住んで二十年経った。その間、親鸞は念仏の教えを稲田だけでなく下総、上野、下野、常陸にも広めた。弟子の数は驚くほど増えた。関東地方だけでも約五十人が髪をそり僧になった。そのうちの数人が親鸞教の信者の集団を束ねる統率者になり、昔から村にあった如来堂や太子堂を改修して道場を造ったり、新しい寺を建てたりした。各道場に約百人の信者がいてその大部分は農民であった。下野の国の高田にある専修阿弥陀寺を管理していたのは真仏と顕智坊であり、横曽根門徒を率いていたのは性信坊で後に出来た寺は報恩寺である。常陸の国の鹿島門徒を率いていたのは順信坊であった。歎異抄の著者、唯円は西光寺（茨城県）の住職になった。

親鸞は各門徒集団の寺を巡回して説教した。統率者たちや信徒たちが親鸞の住む稲田の草庵まで旅をして来ることもあった。当時、関東地方に親鸞の教えの信者が数千人いた。道場が増えるにつれて、統率者間で勢力争いが目立ってきた。親鸞は弟子たちの内部争いを聞き、これが心配の種になった。ある日、親鸞は全ての弟子を一堂に集めて言った。

「あなた方、門徒たちの間で、この人は私の弟子、あの人は他の人の弟子と言い争っていますが、もってのほかのことです。このような言葉は阿弥陀仏の教えに全く反しています。私、親鸞は弟子は一人も持ちません。私の計らいで人々に念仏をさせたのなら親鸞の弟子であると言えますが、阿弥陀仏の促しを受けて念仏を唱えるようになった人々を、私の弟子だと言うのは全く道理に合わないことです。私とのご縁がある場合、私に伴い、離れるご縁であれば離れるでしょう。しかし、師に背き、他の師について念仏する人は往生出来ないなどと言うのは、まったくおかしいことです。如来より賜ったご信心を、自分のものにして弟子にしようとするのでしょうか？　そんなことは絶対にあってはならないことであるともう一度言います。自然の道理にかなうならば、仏恩も知り又師の恩も知るでしょう。」

安貞一年（一二二七）、親鸞は五十五歳になった。妻の恵信は四十六歳で夫婦には三人の息子と三人の娘がいた。長女の小倉女房は十八歳、次女は高野善尼、末っ子の覚信尼は三歳であった。息子たちは長男の慈信（後の名は善鸞）、二男の明信（後の名は信蓮）それから三男の有房（後の名は益方入道）である。息子たちは親鸞の日常生活を手伝ったり畑仕事に精を出していた。娘たちは母を助け家族や弟子たちや来客のための料理作りや衣類をつくろったり、さまざまな家事をこなした。

十一月になった。草庵は雪で覆われた。子供たちは草庵に積もった雪かきをしていた、その時、老いた僧が現れた、そこで、長男の慈信が尋ねた。

「どなた様ですか？　どこに行かれるのですか？」

「わしは性善坊と申す僧じゃ。親鸞聖人が若いときに傍に仕えていた者じゃ。」

娘たちと夕食の支度をしていた恵信は、性善坊という名を聞いて門に出た。彼女は岡崎に一緒に住んでいた旧友を見て、

「おお！　性善坊！　よく来たわね。どうぞ中に入ってください。主人、親鸞は部屋で書き物をしています。」と声をかけた。

性善坊は朝（恵信）に再会して、とてもうれしかった。

「おはようさん、朝。長いことお目にかからなかったじゃがのう。お前さんは親鸞の妻になったと人から聞いたが、本当かのう？」

「本当ですよ。子供が六人いますよ！」それから、恵信は鍬を持って隣に立っていた慈信に言った。

「慈信、性善坊をお父さんの部屋にお連れして！」少年はいぶかしげな顔で、

「おじさん、母の名は朝ではありませんよ！」と言った。優しい表情で恵信は説明した。

「この人は性善坊と言って、私が朝と言う名前の時、お父様の従事を長くしていたのですよ。さあ、着物についた雪を払ってあげて、温かいお茶を差し上げて！」

親鸞はこの訪問に、びっくりしたり大喜びしたりして温かく迎えた。

「おお、性善坊、よく来たね。お互いにだいぶ老けたね。まだ無動寺に仕えているの？」

「はい、私はいつも範意様、いまでは印信様にお名前がかわりましたが、お仕えしております。昔の摂政関白であられた九条兼実のお嬢様、玉日姫とあなたとの間に最初に生まれたお子です。もう二十四歳になります。比叡山の天台の寺の良い僧になりました。」

「印信が元気で良い坊さんになったと聞いてとてもうれしいよ。ほかに私の知らない事を知っていますか？」

「今日の来訪は、京都で起った悪い知らせをあなたにお伝えに来ました。」と、悲しげな声で性善坊は答えた。

「何ですか？　早く言ってください、早く」と親鸞が厳しい調子で聞いた。

「法然様がお亡くなりになった後、お弟子さんたちは、特に、隆寛様などが朝廷の念仏禁止令を

無視して、念仏を教え続けました。こうして、この教えは宮廷の貴族の中に深く浸透しました。」

「おお、良い報せではないか！」

「ところが比叡山の僧侶たちにとっては、おもしろくないことです。浄土宗の信者の数が増えたので、比叡山の僧たちは朝廷に再び念仏禁止を願い出ました。」

「それで、朝廷は何と答えたのですか？」

「朝廷は称名念仏のこの新しい波を禁じる力がありませんでした。そこで、比叡山の僧たちが念仏衆に直接行動に出たのです。朝廷も比叡山の僧兵の暴力に困惑しました。比叡山の怒りを静めるために、ついに隆寛らの念仏の僧たちを島流しにしました。」

「隆寛を島流しに？　私は隆寛を知っています。彼はとても良い説教をします。彼は京都の法然の墓を守っていました。隆寛は八十歳に近いので島流しはきついのではありませんか？」

「はい、そのとおりです。今年の六月、比叡山の僧兵共が法然の墓を破壊するつもりで、大谷の墓地に侵入しました。幸いに、侍の後藤五郎兵衛が、僧兵と戦って法然の骨を保護しました。彼は比叡山の僧たちを追い払うのに成功しました。その夜、法然の弟子たちが明光院に集まりました。」

「明光院？」

「そうです。明光院の僧正は亡くなった九条兼実の長男で、あなたの奥様の玉日姫のお兄様です。」

「おお、故九条兼実の息子が僧になったのですか？」

「はい」

「それで？」

「法然の弟子たちは秘かに法然聖人の遺骨を、京都の二尊院に移すことにしました。六波羅探題の兵士たちが遺骨の護衛をしました。比叡山の僧共は念仏信者を探し、見つけると襲いその家に火をつけました。僧兵共は法然聖人の著書『選択本願念仏宗』を焼くよう朝廷に申し立てをしました。朝廷は僧兵共の暴力を止めさせるため、京都の住民に念仏禁止令を発令しました。朝廷はついに比叡山の僧共の欲求に従うようになりました。」

「隆寛はどんな罪をおかしたのですか？　選択本願念仏宗は聖なる書ですよ。」

「何も罪は犯しておりません。ああ、私は別の悪い報せをお伝えしなければなりません。慈円和尚が亡くなったことをご存じですか？」

「はい、私の弟子が教えてくれました……とても悲しいことです。性善坊、念仏を唱えることをしていますか？」

「はい、禁止されていますが、心の中で唱えています。」

「よろしい。ありがとう性善坊、よく来てくれたね。慈信があなたのために部屋を用意しますから、この草庵に好きなだけ泊まっていきなさい。」

親鸞の長男の慈信は、隣の部屋で秘かにこの会話を盗み聞きをしていた。慈信は自分は九条家で生まれた子で、本当の母親は恵信ではないと、いつも思っていた。この確信を誰にも言わなかったが、恵信を恨む気持ちが心の中にいつもあった。

親鸞は恵信に打ち明ける

寛喜三年（一二三一）四月十四日の午後、親鸞は風邪気味になり、疲れを感じたので普段より早く床に着いた。恵信に「誰も寝床に近づけないでくれ、一人にしてくれ」と頼み、心配した恵信が「背中や足をもみましょうか」と言う言葉も断った。高熱と頭痛がひどい日が三日続いた。四日目の朝、相変わらず苦しんでいた。

「これまでだ」と意味不明のうわごとを言ったので恵信尼は非常に心配した。

「何をおっしゃったのですか？」と、恵信は目を丸くして尋ねた。親鸞は恵信の手をとり愛情をこめて抱きしめて言った。

「いや、たわごとではないよ、聞いてくれるかな？」

恵信はうなずいた。

「病気になってから二日目から、私は無量寿経を一行もかかさず唱えた。目を閉じると、経典の文字が一字も欠かさず見えた。このことをよく考えると、十七年か十八年前、全ての人のため浄土三部経典を三千回称えていたことを思い出したのだ。今はそんなことはなんの意味もなく間違っている、経典を読むことは、お念仏を唱えることからはずれている、と、今は言えます。

当時そんなことをして何の役に立つのだろうと自問して、善導の一節を思い出したのです。『自ら信じ人におしえて信じさせることは、もっとも難しいことである。』実際に自ら信じ他人に教えて信じさせることだけが、阿弥陀仏への感謝の気持ちをあらわす唯一の方法であると、信じるのなら、念仏の何が不足で、経典を唱える必要を感じるのであろうか？

このことを考えた後、私はもはや経典を唱えなくなりました。しかし、この二日間、浄土三部経典を唱えたことは、まだ、自分の中に念仏以外のもので埋めようとする気持ちが残っていたのだろうか？

自力の信心や執着についてよく考える必要があることだと思いました。私はよく反省し、もう経典を唱えることを止めようと決意したのです。それで、『これまでだ』と、口走ったのでしょう。」

しばらくして、風邪が治った親鸞は自分の人生や未来について熟考した。それを恵信に話した。

「恵信、私たちが京都を去ってからもう二十五年になるね。」

「おお！　なんて時は早く過ぎ去るのでしょう。」

「私たちは越後に五年住み、流刑が赦免されてから京都に行ったね。それから越前に帰った。二年後、小島に三年住んだ、それからここ、稲田と高田に住み始めてからまもなく十五年になる。」

「その間に私たちは六人の子供に恵まれました」と、恵信が付け加えた。「素晴らしいあなたのおかげで、私は幸せな家族が持てました。」

「ありがとう。私も、お前が助けてくれたから、苦労せずに関東地方に念仏を広めることが出来た。私は、越後、上野、下野、そして常陸の国々で念仏の種をまいた。多くの念仏の門徒が生まれたよ。さらに各門徒集団の統率者が住民に浄土真宗の教えを広めてくれた。」

「そのとおりです。あなたは本当によく働きました。あなたの勇気と努力のおかげで多くの人が、念仏を心に保ち、人生の希望を見出しました。あなたは亡くなった法然聖人のご遺志をよく成し遂げました。」

「しかし、まだ、念仏の種をまいてない国があるのだよ。私はその人たちに念仏を広めたい。そして、相模や三河や尾張や近江の国々をまわって念仏を勧め、最後は京都に戻りたい。」

恵信はこの打ち明け話を聞いて驚きうろたえた。

「まあ、なんて大きな計画を持っているのでしょう！　いつからこのようなことを考えていたのですか？」

「熱に苦しんでいた時、それから治ってから、私は自分の残りの人生を考えていたのだ。私はすでに五十九歳になる。すでにかなりの歳だけど、幸いなことに私は元気だ。出来る間は、念仏を人々に知らせたいのだ。」

「とても長い旅だわ。」と恵信は目を丸くして言った。「旅の終わりの京都に着くまで何年かかると思っておられるのですか？」

「たぶん三年かかるだろう。」

「なんで京都に帰りたいのですか？　ここの稲田がお好きではないのですか？」

「もちろん好きだよ。しかし、私は大きな仕事、教行信証を京都で成し遂げたいのだ。京都には多くの寺があって、そこには本がいっぱいある。教行信証を確かめるため、その本が必要なのだ。さらに、若いとき書き留めていた法然の説教を編集したいのだ。残りの人生は、念仏の教えの本を造るために捧げたいのだ。それに、法然上人の墓を今まで守ってくれた隆寛に代わって、守りたいのだ、隆寛は島流しの刑になって出来なくなっているからね。」

「私はあなたの決意を受け入れなければなりません。」

「しかし、それには犠牲が伴うのだ。私の計画には心配なことがたくさんある。私の弟、尋有は、京都で家族で暮らすのはとても難しいと書いてきたよ。数年以来、飢饉が京の町を襲い、飢え死にした人は四万人もいる。」

「なんて恐ろしいこと！　それでは、京都での私たちの生活はどうするのですか？　不可能でないですか！　家族を養うのにどうなさるつもりですか？」

「そうなんだ、私はただの乞食坊主にすぎないのだよ。財産もない。しかし関東の信者の送ってくれる布施を当てにしている。」

「ああ、そうなんですか、お布施ね、それは当てにならないわ。無茶です。京都で飢え死にするでしょう、それが現実です。」

「知っているよ。よく考えたよ。だから、お願いがあるんだけど、お前は子供を連れて故郷の越前に帰ってくれないか。あそこなら、お父さんから引き継いだ土地もあるし、子供と一緒にもっと楽にくらせるよ、そこで農業をして暮らしたらどうか？」

「あなたは私たちが離れて生きることを望んでいるのですか？　私はいやです。」と恵信が反対した。

「もっともだ！　私もいやだ、しかし、私は自分の使命を果たさなければならないのだよ。私は、念仏の教えを出来るだけ多くの人々に知らせたいのだ。」

恵信はしばらく黙ってしまった。それから、静かに言った。

「わかりました。あなたの計画に同意します。法然上人が亡くなる直前に私に、あなたが最後まで志をかなえさせることを約束させたのです。あなたの使命を遂行させることが一番です。たとえ、私があなたと死ぬまで一緒に生活したいと望んでも、運命は別の決断を強います。ああ、なんてつらいことでしょう！」

「恵信、わかってくれてとても感謝するよ。」

「仏教は愛し合う人たちに、つらい別れがあると言います。私たちにとって、今度が最後の別れになるでしょう。」

「たぶんそうなるだろう。なにしろ、京都と稲田はとても離れているから。このような旅行は危険が伴うのに加えて、一人旅でも、とてもお金がかかるのだよ。」

「では、私は子供たちと一緒に越前に帰りましょう。私の老いた母が越前に帰ってきてほしいと言うのです。最近、母のことが心配でした。召使たちを管理する人がいないと書いてきたのです。私にも役目があります。私は年老いた母の面倒をみないといけません。私たちは、それぞれの役割を果たすために生きるのです。あなたのおそばに居れて、とても幸せでした。もっと長く一緒にいたかったのですが……」

「私もだ。お前と子供たちがいてくれたので、私は心配なく私流のやり方で、念仏を広めることが出来たよ。ありがとう、お前のおかげで幸せだった。本当にありがとう。」

「お手紙を書いてくださる？」

「もちろんだよ。私たちのつながりは、もう、手紙の交換しかないのだよ。お前はもうすぐ五十一歳だ、もう、かなりの歳だ。もう会えないだろう。」

恵信は涙を抑えきれなかった。苦しそうに夫に言った。

「私はあなたの晩年が一人になることを心配します。」

「そう、私はお前や家族と離れるなんて、ものすごく悲しいよ。しかし、私は自分の使命を果たすために、孤独に耐えなければならないのだ。仏様は、最後まで私に付き添ってくれると確信している。」

二人は夜明けまで別れの言葉を交わしていた。

翌朝、親鸞は子供たちを呼び、自分は京都まで、六人の同行者と共に巡礼の旅に出ること、そして、子供たちは越後のおばあさんの家に、お母さんと一緒に住むように告げた。子供たちはこの思いがけない話を聞いて涙を流した。

長女の小倉女房は泣きながら「この計画は大胆で困難がいっぱいあります。たぶん実現できないのでないのでしょうか？」と言った。

子供たちはこの話を聞いて非常に嘆き悲しんだが、父の決断はいつも堅固なので、悲しいけど家長の命令に従わなければならないことをみんな知っていた。慈信だけはそんなに悲しそうでなかった。二十二歳になった彼は家を出て、自由に京都まで行ける機会がやってきたと思った。――京都に着いたら、九条家に会いにいこう、僕は父上の最初の妻、玉日の子供だ――と思い込み、この考えが彼の頭から離れなかったのだ。

親鸞が稲田を去るという報せは油に火がつくように、たちまち広がった。弟子たちや信者たちは悲しみにうちのめされた。みんな稲田の草庵に集まった。別れの時、みんなで念仏を唱えながら見返り橋まで親鸞について行った。村人たちが口々に親鸞に言った。

「親鸞聖人、お別れしたくありません。京都までついて行きたいです。」

「親鸞様の教えがなければ、私はどうやって最後の瞬間を迎えていいかわかりません。」

「親鸞聖人、疑問が起こりましたら、私らはあなたのご返事を伺いに京都に行きます。」

「親鸞聖人、私どものことは心配なさらなくてもいいです。わしらは最後までお念仏を唱えます。」

「私たち弟子はお互いに、助け合い、住民に説教をして、あなたのお留守を守りましょう。」

「お手紙をさしあげます。」

一同、まるで赤ん坊が、離れようとする母親に泣きつくように、長々と別れのあいさつをした。最初の訪問地として親鸞は高田の寺に行って、そこの僧たちに別れを告げた。僧たちもまた親鸞一家が去ると知って、非常に悲しんだ。そして、京都に最後の教えを聞きに訪問すると断言した。

親鸞は、賢智坊、善念坊、西念坊、性信坊の四人の弟子と旅行を共にした。高田の寺の住職、真仏は武蔵野国の矢口まで見送った。

一行は相模に到着した。彼らは信楽寺に泊まった。親鸞が稲田に居た時、説教をしに、しばしば通ったのでよく知っている寺だ。この寺はもともとは天台宗の寺だが、その後、親鸞に影響されて浄土真宗に改宗した。

親鸞とその弟子たちが信楽寺に泊まったので、農民を連れた村人たちが説教を聞きに訪ねてきた。

北条泰時の治世、中国の宋は五千巻以上に及ぶ全経典を鎌倉幕府に寄贈した。将軍、泰時は学識のある僧を集め経典の一字一字を確かめさせ、記録する価値のある経典すべてを手書きで模写させた。

丁度そのころ、親鸞は相模の国にある信楽寺に滞在していた。将軍、泰時は親鸞にこの計画に参加するよう呼びかけた。親鸞は受諾した。親鸞は自分で鎌倉の常盤村に草庵をたてて、そこから鎌倉の明王院に通いその作業をした。

将軍、泰時とその地方の領主たちは、しばしば明王院で宴会を設け、僧たちの労をねぎらった。その宴には肉や魚が供された。他の僧たちは食事をするとき、袈裟を脱いだのに、親鸞だけが袈裟を着て肉や魚を食べた。宴会のさなか、九歳になる将軍の息子、開寿（後の時頼）が親鸞の隣に座り、おずおずと小声で親鸞に聞いた。

「他の坊主はみんな袈裟を脱いで、肉や魚を食べるのに、親鸞、あなたはどうして、袈裟を着て肉や魚を召し上がるのですか？」

親鸞は答えた。

「この僧たちは肉や魚を食べるときは、袈裟を脱ぐことに決めていたのでしょう。私は、このごちそうがおいしそうだったので、食べたくて、急いだあまり袈裟を脱ぐことを忘れてしまいました。」

しかし、開寿は疑いが晴れず、又聞いた。

「申し訳ないのだけど、私はあなたの真意が読めません。私がまだ子供だから冗談をおっしゃったのではありませんか？」

この宴会はくりかえしおこなわれた。親鸞はいつも同じことをした。すなわち、肉や魚を食べるとき、袈裟を脱ごうとしなかった。そのたびに若い時頼（開寿）は同じことを聞いた。少年の執拗さに親鸞はついに本当の理由を打ち明けた。

「人間として生まれたことは非常にまれな幸運です。しかし、私は人が殺した肉を食べます、殺すことはとても悪い行為です。それだから、釈迦牟尼は僧に生き物を殺すことを禁じました。しかしながら、末法に生きる衆生は戒律を守れません。私も肉や魚を食べるなという戒律を守れません。袈裟を着ても脱いでも、心は凡人のままです。肉や魚を食するのなら、これらの生き物を解脱させようとする方が良いのです。私は釈迦の弟子ですが私の心は俗塵にそまり、知恵も徳もありません。どうしたらこれらの生き物を救えるか自問しました。衆生を救う価値を持つのは袈裟です。私が肉や魚を袈裟を着ながら食すれば、袈裟の持つ徳がこれらの動物を救うでしょう。私は肉や魚を食べるとき、このように考えるのです。」

子供の時頼はこの言葉にひどく感動したようであった。

経典の仕事を終えた親鸞は信楽寺に戻った。嘉禎一年（一二三五）三月、大勢の侍がこの寺に着いた。その中に親鸞が念仏を教えた領主も交じっていた。関東地方の領主たちが臣下の侍を引き連れてきたのだ。特に、親鸞は真岡の領主であった高田の寺の僧、高田の入道国時や小栗城の領主や相馬や笠間の領主などと懇意であった。みんな険しい顔をしていた。親鸞は彼らに恭しくおじぎをした。それから、応接間に案内した。いったん、落ち着くと、高田の入道が口火を切り親鸞に直接言った。

「親鸞聖人、私どもは後堀川上皇の命令を伝えなければなりません。去年、後堀川上皇は専修念仏を禁止し、宣旨を出されました。すなわち、『念仏僧、藤原則政は流刑にし、全ての京都の弟子たちを追放処分にする。』この禁止命令は、すぐに、比叡山の第百二十二代大僧正、尊正によって執行されました。」

「後堀川上皇のひいきのおかげで僧になった者は、上皇の長寿とご利益を祈らなければならないのです。」

「最悪なことは、尊正は軍隊の大将だ。必要とあらば、念仏の弟子たちを軍の力で京都から追放しようとしている。」

「この宮廷の弾圧が鎌倉政府に影響を及ぼさないかと心配している」と、笠間の領主が指摘した。

「そうだ、念仏を信じていない関東地方の領主が、しばしば鎌倉幕府に訴訟を起こして、関東地方の念仏門徒の統率者たちを追い出そうとしている。」と、高田の入道が付け加えた。

「最近、鎌倉幕府は、京都の六波羅探題に再び、念仏禁止命令を出すように要求した。」

親鸞は考え込み、それから尋ねた。

「しかし、我々に対して、どんな罪状で訴えるのですか？　本当の理由はなんなのですか？　どんな議論がなされているのですか？」

「朝廷は心が不純でもかまわないと主張している一部の信徒を非難している。人が阿弥陀仏を信じれば浄土に生まれる。たとえ罪を犯そうと、その罪は浄土往生の妨げにならない。我々は悔い改めることも告解する必要もないと、彼らは主張している。なぜこの易行を選ばないのか？　悪行を恐れる人々は阿弥陀仏の誓願を疑う人びとである。と、彼らは考える。こういう輩は悪いことをしながら、悔い改めない。彼らは戒律を破り規則を無視する。彼らは経典に従わず、師の言うことを無視する。このような統率者に所属する者は善業をみんな放棄し、大罪を犯すことを恐れない。仏像も経典も尊重しない。寺院の中で悪い行いをすることをためらわない。喧嘩や怠惰を好み、それでも浄土に生まれると主張する。」

親鸞はよく考えた後、自分の立場を明確に示そうとして言った。

「私は念仏禁止命令が、彼らのためになるとは思いませんが、この一部の信者が念仏の真の意味を間違って解釈しているのを憂えています。彼らは阿弥陀仏の誓願は、愛欲にとらわれた人間に向けられていると言います。ここまではよろしい。しかし、たとえ悪いことしても阿弥陀仏がすべて許してくれる。さらに阿弥陀仏の許しの下であえて悪いことをする。こういう人々は阿弥陀仏を誠実に信じる人々や、無知の世の中で、真の念仏の教えを広めようとする人々の妨げになると思います。しかし、罪障の深い我々全ての衆生を救うと約束された阿弥陀仏の誓願のおかげで、私たちは浄土に往生できるのです。そのため、私たちは生存中、阿弥陀仏への感謝の念仏を唱えましょう。私たちは決して阿弥陀仏が、私たちにしてくれたことを忘れてはいけません。その首謀者たちは私たちと違います。彼らは地獄におちます。幕府が、阿弥陀仏の許しを口実にして、あえて悪い行動をとろうとする人々だけを取り締まるなら私は納得します。しかしながら、幕府は全ての念仏の信者を罰せようとします。ですから、私はこの幕府の命令を受け入れられません。

このような悪い輩だけを逮捕すべきです。」

小栗城の領主は指摘した。

「申しわけありませんが、親鸞聖人、問題はあなたが考えるように簡単ではないのです。実は、鎌倉幕府は他の宗教団体の意見も気にしているのです。関東地方では、上層階級の権力者たちは、神道や修験道や真言の秘術などの他の宗教に支持されています。人々を支配するためには、そういう宗教が彼らにとって都合が良いのです。」

「しかし、親鸞聖人、あなたは、主に下層階級の人々に、個人の救済を教えます。あなたは人々に、全ての人間は阿弥陀仏の前で平等であると教えます。支配階級の人々は、あなたの教えに目覚めた民衆が、封建制に勇敢に立ち向かっていくことを恐れています。数にすれば、下層階級の方が上層階級より圧倒的に多いからです。」

領主、国時がはっきり言った。

「そんなことは個人の救いと、何の関係もありません。ただ、上層階級は自分たちの権力や利益を守ろうとしているのです。自分たちの特権が失われるのが怖いのです。ただそれだけです。それに対して、親鸞聖人は、全ての人の救いしか考えていません。」

今度は、小栗城の領主が付け加えた。

「そのとおりです。私もよくわかっています。しかし、私の家来の中にも、念仏衆が増えるのを恐れている者がいます。この新興宗教が農民全部に広がるのを恐れています。」

次に、笠間の領主が意見した。

「さらに、比叡山の天台宗や興福寺の法相宗の旧宗教の僧たちもまた、念仏が広がることを恐れています。そのため、僧侶たちも鎌倉幕府にこの念仏を止めさせるように訴えました。」

今度は小栗の領主が発言した。

「亡くなった北条政子は法然聖人と手紙のやりとりをしました。政子は阿弥陀仏を信じています。上層階級の中にも念仏の信者はいます。」

「そうです。上層階級にも多くの念仏信者がいます。そこで、我々は親鸞様がこの地、相模を去れば鎌倉幕府は、関東地方の信者に阿弥陀仏を深く信じることを禁止しないと読みました。親鸞聖人、我々はあなたとご家族のことを心配しています。念仏禁止令が六波羅探題で決定されたら、鎌倉幕府はあなたを逮捕するでしょう。命令が下る前に、あなたがこの地を去るのなら、幕府は我々信者になにもしないでしょう。我々は念仏をつづけられます。そういうわけで、あなたとご家族は出来るだけ早くこの地を離れてください。」

親鸞は彼らに答えた。

「ありがとう、領主の方々、京都の朝廷の情報を私に流してくれて。すぐに、相模を去りましょう。しかし、いつもどおり、念仏の布教を続けながら、京都までの旅をします。それが私たちの使命だからです。心配しないでよろしい。阿弥陀仏がいつも私たちを守ってくれますから。」

関東地方の領主たちの賢明な忠告に従い、親鸞はすぐに相模の国を去り京都に向かった。親鸞と弟子たちは最初に箱根に行った。賢智坊と西念坊は親鸞と共に旅を続けた。蓮位坊と性信坊は箱根のふもとまでついて行き、その後、彼らの故郷に戻った。

箱根山は相模の国と伊豆の国境沿いにある。親鸞と二人の弟子たちは山を越え谷を降り、箱根の山を越えるのに非常に苦労した。六十歳を過ぎていた親鸞は竹の杖をついて登り、二人の弟子がかわるがわる腕を貸して支えた。夜明け頃、ようやく神社にたどり着いた。みんな死にそうなほど疲れ切っていた。

突然、烏帽子をかぶった老人が一行の前に現れて、一行を神社の玄関につれて行った。そこで、三人の藁草履を脱がせ、ふとんの敷いてある部屋へ案内した。神官たちが食卓の準備をしていた。親鸞たちがこの特別な歓迎を不思議に思い、無言でほほえみをうかべていた老人に聞いた。

「私どもは僧です。山道はきつく大変でした。やっと、この神社にたどり着きました。私どもはこれ以上歩けなかったので、この神社を見つけた時はとてもうれしかったのです。数時間、途中で休憩がしたかったのです。しかし、不思議なことに、あなた方は私たちの到着を知って、すでに準備していたのです。どうしてですか？」

老人は歯の抜けた口をあけ、微笑みながら答えた。

「私どもは日本の神様、権現様にお仕えしています。昨夜、私の弟子たちと月を愛でていたら、権現様が眠りそうになった私たちの前に現れて、お告げをなさいました。『夜明けになると、わたしが愛する一人の僧がこの寺に着きます。あなたがたは、ねんごろにこの僧をもてなしなさい。』と。夢見心地のまま、私たちはすぐにごちそうをそろえました。そうしたら、お告げどおり、あなたがたがこの神社に来られたのです。あなたは普通の人間ではないと思われます。どうぞ、この食事を召し上がってください、それからゆっくりとおやすみなさい。」

親鸞はこの暖かい言葉に感動し、一行はごちそうを堪能し、ぐっすりと眠った。翌朝、一行はこの箱根権現の鎮座されている堂に行き、感謝の祈りを捧げた。

この箱根神社で親鸞は、偶然に真岡の領主の家臣に出会った。彼は親鸞に追いつくため山を駆け上ってきたのだ。そして、領主の手紙を親鸞に渡した。その手紙には「親鸞聖人、ご無事にお弟子さんと旅をしておられますか？　相模を出たことは正解でした。鎌倉幕府はあなたが相模を出られた後、念仏禁止令を発令しました。もっと長く相模に滞在していらしたら、逮捕されるところでした。鎌倉幕府が朝廷に送った手紙を同封します。」と、書いてあった。朝廷への手紙には「最近、鎌倉の町や村に黒い袈裟を着て、自ら、師と名のりながら堕落した行為をしている輩が多数おります。取り締まりを強化しなければなりません。帝がこの決議書に署名してくだされたら、ただちに我々幕府は、関東地方の取り締まりを行います。同様のお触れはしばしば、帝より出されましたが、今まで実行されませんでした。それで、まだ一人も逮捕していません。どうぞ、帝からもう一度、このお触れを出してくださるようにお願いします。」と書かれてあった。

手紙の最後に領主は「その結果、帝は念仏禁止令を幕府に命じ、幕府もあなたを逮捕しないですみました。親鸞様、どうぞ良い旅行をなさってください。高田の入道、国時。」と書き添えてあった。

しかしながら、親鸞はこの念仏禁止命令を気にせず、旅をつづけ、各地で出会った人々に念仏の教えを説いて回った。その結果、親鸞の説教を聞いた他の宗派の僧侶たちや神社の神主たちも次々と浄土真宗に改宗した。たとえば、真言宗の運善寺や西方寺が浄土真宗に改宗した。

嘉禎一年の六月末、親鸞は三河の国に出かけた。薬師堂の近くの宿に三十七日間泊まった。その間、千人以上の人々が、柳堂で毎日行われた親鸞の説法を聞きに来た。その土地の天台宗の古刹の住職、了海はこのことが気に入らなかった。そのわけは、昔からいつも多くの信者が彼の寺に集まるのに、柳堂で説法をする親鸞のために、だれも寺を訪れることがなくなったからだ。悔しさでいっぱいになった了海は、同じ気持ちの弟子二人を連れて柳堂に行き、親鸞に文句を言い、すぐに、この国を去るように命令することにした。彼らが柳堂に着いたときは、親鸞は数百人の人を前にして説法をしていた。仕方がないので、了海は弟子と説法の終わりまで聞く羽目になった。親鸞の声はよく通ったので、柳堂の外でもよく聞こえた。親鸞は大きな声で語った。

「お釈迦様はたくさんの教えを説かれました。その全てが良い教えです。お釈迦様の教えに従って功徳を積めば、大きな利益があります。それは確かです。しかしながら、お釈迦様がおられた時代と末法の現在とは大きな違いがあります。初期の時代の人で法を受け入れられる力のある人は、難行も出来て悟りに到達できました。しかし、今日の末法の時代に生きる人には、もう難行を成し遂げる力がありません。私があなたがたに勧める教えは、阿弥陀仏の絶対他力の教えです。

十八願の誓願の教えは、信心を持って阿弥陀仏の名前を唱える全ての人が往生できると約束します。たとえ十悪を犯す凡夫でも、たとえ重大な罪を犯す人でも、心から阿弥陀仏を信じれば、阿弥陀様は彼らの回心の時に即得往生を約束しています。人が阿弥陀仏に心を向け回心することは、阿弥陀の至上心から来るからです。それを疑ってはいけません。阿弥陀様からご信心をいただいた後は、阿弥陀様への感謝のしるしに念仏を熱心に唱えなさい。」

堂の中で聞いていた人も、外で聞いてた人も全てが、目に涙を浮かべて念仏を共に唱えた。この説法を聞いた了海と二人の弟子は突然恩寵に包まれ感動した。彼らは、いきなり、自我の束縛から解き放たれ、ひざまずいた。そして回心懺悔して、浄土真宗の信者になった。

平田の城主、安藤薩摩の守は、親鸞を城に招き浄土への道の説法を聞いた。その後、直ちに親鸞に剃髪してもらい、親鸞の忠実な弟子になった。又、その兄、同じ国の安静の城主、安藤権の守も親鸞の弟子になった。多くの住民が阿弥陀仏の教えを聞きに親鸞を訪問した。

親鸞は長くこの国に滞在したが、やがて、巡礼の杖を取り出発した。この次は、尾張の国、伊勢の国、美濃の国に向かった。美濃の旅籠屋に泊まっていたころ、三通の手紙を受け取った。

最初の手紙は妻の恵信から、二番目のは弟の尋有から、そして、三番目は玉日との間に生まれた息子、印信からのものだった。

妻は「長男の慈信は、親鸞が稲田を発ってすぐに京都に行ったこと。今は天台宗の僧になったこと、もうすぐ、京都の女性と結婚し、やがて、孫が生まれる」と、伝えた。親鸞はもうすぐ祖父になり、京都に着いたら新家族に会えることを喜んだ。

別の手紙には、聖覚が六十九歳で亡くなったことを、親鸞の弟の尋有が知らせてきた。親鸞は京都に着いたら、この親友と会えるのを楽しみにしていたので、この悪い知らせにがっかりした。親鸞は聖覚との思い出にひたった。

――若い時、聖覚と吉水の寺で法然の教えを学んだこと、聖覚が書いた『唯信抄』を親鸞は高く評価して、手書きで写し、この本を稲田の弟子たちに「法然の教えを基にして書かれたものだ」と読むように勧めたことなどを思い出した。

印信は「結婚し、八歳の子供がいること、慈円が十年前に亡くなったこと、保護者の慈円を失ったことで、京都での生活はだんだん難しくなり、日常の生活にも事欠くようになり、京都で家族と生活することは出来なくなった。窮乏を知った、叔父の幸実（成念坊、玉日の兄）が一家を下総に来るように呼んでくれたので、去年、都を離れることになった。」と、書いてきた。

昔、親鸞が住んでいた京都の岡崎の家で、印信一家と再会できると楽しみにしていたので、親鸞は落胆した。

八月の初めのたそがれ時に、親鸞と弟子たちが近江の国に到着した。親鸞は神社の天王堂に一晩泊めてほしいと頼んだが、神主の善性に断わられた。しかし、親鸞は気にしなかった、そして弟子に言った。

「この世の全ての場所は宿になる。旅行者はどの場所でも泊まれる。」と、言いながら、笈を松の木の根元におろして、天王堂の縁側の柱に寄りかかり、疲れた足を柔らかく湿った地面に投げ出した。弟子たちも真似をした。この神社の神は多聞天であった。その神が親鸞の夢の中に現れて告げた。

「私はあなたがこの神社に来ることを願っていました。あなたにお願いしたいことがあります。私の像を移動させて、あなたがいつも袈裟袋の中にいれて背負っている阿弥陀仏像と置き換えてください。あなたが念仏を唱えて、この神社を浄土真宗の寺にしてください。私、帝釈天は、あなたが教える浄土の法を尊敬いたします。」

不思議なことに、神主の善性、父子も親鸞と同じ夢をみた。夢の中で、帝釈天が彼ら父子に言った。

「私、帝釈天は『阿弥陀仏の法の守護者になりなさい。』という天命を受けました。あなたの近くに立派な僧がおります。しかし、あなたはこの人の徳の高さをしりません。私はあなたに命令を下します。門を開けて、この僧の一行を迎え入れ、食物と寝床を提供しなさい。あなたはこの僧に仕え、この国に念仏を広めなさい。」

夜が明けると、善性と友連父子はお互いにこの不思議な夢について話し合った。二人は親鸞を呼び寄せ、多聞天の命令を伝えた。今度は親鸞が自分も同じ夢をみたと、二人に教えた。みんなこの不思議な夢の一致に非常に驚いた。みんなで仕事にかかった、多聞天像を別の部屋に移動させ、その場所に阿弥陀仏像を置いた。神社の人たちは親鸞を釈迦仏の生まれ変わりとして尊敬し、ねんごろに遇した。

親鸞と弟子たちは数日間この場所に残り、この地方の多くの人々に念仏を教えた。親鸞と弟子たちが京都に到着したのは嘉禎一年、八月の終わり、親鸞六十三歳のことだった。

京都での親鸞

京都に着いた一行、三人は岡崎の寺に直行した。そこには弟の尋有と関白の九条道家が待っていて迎えた。親鸞はこの地に着いて感激した。二十四年前、まだ範宴と名乗っていたころ、初めの妻、玉日と出会って範意がここで誕生し、その子が今では印信と言う名の僧になった。又、侍従の性善坊も一緒に暮らしていた。そんなことがなつかしく思い出された。

親鸞聖人が京都の岡崎に住んでいるという報せが届くと、関東地方の門徒の指導者たちが、いたるところから会いに駆け付け、彼らの情報を伝えた。親鸞は自分のいなくなった後、念仏の教えが地方のいたるところに広がったことを知って、非常に喜んだ。親鸞と弟子たちは法然の供養の儀式を行った。そして毎月二十五日、親鸞主催で法然の法要を岡崎で行うことに決めた。その日は全信者が集まり一緒に念仏を唱えることになった。

息子の慈信も親鸞が京都に来るのを心待ちしていた。慈信は四年前、二十二歳の時、稲田を発ち京都に行った。上洛の理由に父上が若いときしたように、自分も比叡山で佛教の修行をしたいと、母に語って出かけたのだ。しかし本当の理由は、京都の西の洞院の邸宅を訪れて、今まで疑っていた自分の血統を確かめようとしたのだ。彼は自分は兼実のいる九条家の出身だと思い込んでいた。恵信は息子の上洛の計画を聞いて、京都への道も何もわからず、どんなに旅が困難かも知らない息子のことが、非常に心配になった。そこで、京都に行く信者の一団に、息子もつれて行ってほしいと頼んだ。

目的地に到着した慈信は西の洞院に向かった。「親鸞の息子だ」と名乗ったが、九条家は怪しみ彼を門前払いした。慈信はこの冷たい仕打ちにひどく失望した。拒絶されたことに打ちのめされ、行く所もなく京都の町をさまよっていた。その時、比叡山の僧兵募集の知らせを偶然見た。空腹と疲労で死ぬ思いだった慈信は、比叡山の僧兵に応募することにした。

比叡山の僧は、彼に食事をたっぷり与え、もし僧兵になるのなら寝床も提供しようと提案した。ほかに生きる道がなかったので、この提案を受け入れた。僧兵の大部分が元乞食や牢から出てきた輩で構成されていた。この小さな軍隊に慈信は入隊した。ここで、弓矢の使い方や上手に馬に乗る方法を学んだ。数カ月かかって戦の技術を覚えた。二十四歳まで比叡山に居た。

ある日、比叡山のふもとで一人の女性に出会い、恋に落ちた。寺の近くの粗末な小屋で同居を始めた。その年に赤ん坊が生まれた。

慈信は母、恵信に手紙を書き近況と新しい住所を知らせた。恵信は親鸞とたびたび手紙のやりとりをしていたので、息子が京都で妻と子と一緒に暮らしていることを親鸞も知った。親鸞は孫の如信と息子、慈信とその妻に再会するのを楽しみにして、首を長くしてその日を待っていた。恵信は慈信に親鸞の弟、尋有の住む寺の住所を教え、京都での生活が難しくなったら、いつでも尋有の寺を訪ねなさいと手紙に書いた。恵信は尋有にも手紙を書き、兄の親鸞が京都に来ることを知らせた。

慈信のこだわり

親鸞を深く敬愛していた九条道家は、玉日の眠る西の洞院の古い屋敷を改築させた。道家は親鸞にそこに住むように招いた。その時、京都に住み続けるなら、さまざまな危険があることも、親鸞に教えた。

「朝廷は念仏禁止令を発令しました。ですから注意してください。私は反対者が邸宅に入らないように見張らせますが、親鸞様も、どうぞ控えめになさってください。」

道家の好意に甘えて、親鸞は弟子の顕智坊と一緒に西の洞院に住んだ。屋敷は広く部屋がたくさんあった。親鸞は息子の慈信が比叡山のふもとの粗末な小屋に住んでいることを知っていたので、手紙を書いた。

この手紙を受け取った慈信が妻に言った。

「この手紙に、父が西の洞院に移り住んだと書いてある。僕が四年前に西の洞院に行って親鸞の息子だと名乗った時、九条家に冷たくあしらわれ、まるで、犬を追い払うように門前払いされたのを思い出すよ、それが、実におどろいたことに、父上の時は九条家の人々は大歓迎しているよ。」

妻はちっとも驚く様子を示さず、反対に、

「あなたのお父様が歓迎されたことは当然だと思うわ。親鸞聖人は立派な御坊様だし、亡くなった九条兼実の娘、玉日の夫だということを忘れてなかったからよ。」と、言った。

「僕は玉日の息子なのだ」と、慈信は言った。

「あなたはいつも私にそう言うけれど、そんなこと有りえないと言っているでしょう。親鸞様は恵信様と越後に流刑になりました、その土地であなたが生まれたのですから、あなたは恵信様の息子なのです。恵信様があなたを育て、いつもあなたに気を使ってきました。あなたはこのようなことを言うべきではありません。」

「たぶんそうだろう、でも僕は恵信は継母だと思い続けてきたのだ。」

「どうして、そんなことを思いついたのですか？」

「恵信は僕が小さかった時、僕のことを放ったからしにした。あいつはいつも弟や妹ばかりかわいがっていたからさ。僕は恵信の愛情を受けたことがないよ。」

「おそらく、あなたが小さかった頃、お母様は家族の世話でいっぱいで、他の兄弟姉妹よりあなたをかまってあげる時間がなかったからよ。あなたはひねくれていると思うわ。私も赤ん坊がいるけど、つきっきりで世話をしなければならなくて、毎日大変だわ。あなたのお母様は三人も年子の子供がいて、その上に、いつも訪れるお父様のお弟子さんたちの世話をしなければならなかったのですよ。私は、あなたと反対にお母様をすごく尊敬しているわ。」

それでも慈信は言い張った。

「小さいとき、僕はいつも飢えていた。母はいつも子供に十分に食べさせるだけの食料がないと、言っていた。それでも、家にはいつも父の弟子が何人もいたよ。母は他の母親がするように、まず子供の僕のことを考えるべきだったのだ。」

最後に慈信は妻に心に抱いていた秘密を打ち明けた。

「父と一緒に流刑され、越後で生活して、父の当時をよく知る弟子が流刑地から帰ってきて、父に話す言葉を聞いたことがあるよ。彼の話によると、僕の父、親鸞が侍女の朝を伴って越後に出発したあと、玉日は親鸞と朝の間にすでに出来ていると疑って、気が狂うほど苦しんだという。病気になりそうな娘を見て、僕のおじいさん、すなわち、玉日の父の兼実が娘の健康を非常に心配した。それで、玉日に数人の彼の家来を連れて越後に行くことを許したんだ。親鸞が越後に行って一年経った頃だ。それで、この時、玉日は父と越後で結ばれて僕が生まれたのさ。しかし、僕の母はその後すぐに死んでしまったので、恵信が僕を引き取ったのだ。その弟子の言った話を盗み聞きしたのだよ。」

「本当なの？　どうしてそんなことがあるの？　信じられないわ。」

「本当だよ。そこで、自分はその話が本当かどうか調べに、その話をした弟子と越後に行ったのだ。その弟子は越後の玉日の墓へ僕を案内してくれた。この墓を見て、僕は玉日の息子だと確信したのだ。」

「とんでもない話だわ、それに、たとえそれが本当だとしても、あなたを育ててくれたのは恵信様じゃないの。いいえ、絶対にそんなことないわ！　私は信じないわ、私はあなたみたいに単純じゃないわ。それで、お父様はあなたに対して、どんなだったの？」

「僕の思い出す限りでは、父は本を読んだり、書いたり、村人たちに説教をしたりしていた。地方の住民に念仏の教えを伝えるために、しばしば家を留守にした。それで、僕はいつも悲しかったよ、だれも僕の相手をしてくれなかったから、弟子の性信坊はちがうよ。彼は遊んでくれたり面白い話をしてくれた。それでだいぶ救われたよ、僕はお前に会うまでずっと、孤独だったのだ。今は僕は愛されていると感じているよ。お前の愛情が私の心を助けてくれて、元気づけてくれるよ、大好きな梅、ありがとう。」

「私もあなたが大好きよ、実は、私も孤独を感じていたのよ。あなたも知っているように、私の両親は貧しい農民だったの。両親は私が十五歳の時、飢饉で死んでしまったわ。それで、私は叔父の家に引き取られたの。だけど、叔父の家には子供が五人もいたのよ。それで、叔父の家も生活が大変だったの。あなたに出会わなかったなら、遊女の宿に売られていたと思うわ。」

「なんてかわいそうなんだ！　でも、僕はおまえと子供をずっと守るつもりだよ。そして、僕たちの人生が最良なものになるように、出来る限りのことをするつもりだよ。」

「ありがとう、私の大切なあなた、早くここを出てあなたのお父様にお会いしたいわ。この手紙に西の洞院の屋敷に私たちを迎えて、一緒に住むことが出来ると書いてあるわ。」

「もっともだ。僕も早く父に会って僕たちの子供、如信を父に見せたいよ。さあ、出発の用意をしよう、明日の朝早くここを出よう！」

親鸞は念仏堂の近くの庭の片隅で、昔の仏教書を読んでいた、ふと目を上げると、赤ん坊を胸に抱いた慈信がいた。顕智坊と若い美しい女性が彼に続いた。親鸞の顔に微笑が浮かんだ。すばやく立ちあがり、両腕を大きく開いて歓迎のしぐさをして言った。

「おお、慈信、待ってたぞ。立派な大人になったなあ！　別人かと思ったよ。」

慈信は広げた親鸞の胸に飛び込み、こみ上げる感情で声を詰まらせて言った。

「父上！　長い間、ご無沙汰していました。今は幸せに暮らしています。お父さんもずいぶん歳をとって、でも、顔色はよさそうですね。お元気ですか？」

「とっても元気だよ。お母さんからの手紙で、お前が京都にいることは知っていたよ。隣にいる美しい人はお前の奥さんかな？　そして、このかわいい赤ん坊は息子かな？」

慈信の妻はうやうやしくおじぎをして、親鸞に敬意を表して言った。

「梅と申します。こちらは私たちの息子、如信です。夫があなたのことをよく話してくれました。早くお会いしたいと思っていました。」

親鸞はこの若い妻を感じの良い人だと思った。

「さあ、お入りなさい、こちらにどうぞ。」と言いながら、彼らを奥に案内した。

「この家には、顕智坊と私しかいないよ。遠慮はいらぬ、ゆっくりしていいよ。」

顕智坊はふかふかの座布団に、客を座らせ緑茶でもてなした。如信は母の胸で、すやすや眠っていた。ちょっと気まずくなった慈信が言った。

「何から話して良いのかわかりませんが、ともかくもお父さんが長旅を終えられて無事に京都についてほっとしています。」

「まったく長い旅だった。心配してくれてありがとう。お前のことは比叡山で学んでいると聞いたけど。」

「僕は馬に乗ったり弓矢の使い方、命令に従うことなど、良い僧兵になる訓練をうけていました。」

親鸞は眉をひそめ、ちょっと失望したようだった。

「では、お前は比叡山の僧兵になったのか？」

「はい、お父さん、でも、家族を養わなければならないことをわかってください。この仕事を見つけて喜んでいます。」

「わかるけれど、その仕事を今日で辞めてくれないか？」

慈信は驚いて、どうして親鸞がこんなことを聞いてくるのかと思った。

「どうしてこの仕事を止めるのですか？　家族が路頭に迷ってしまいます、僕に他に何が出来ると言うのですか？」

「お前も知っているように、比叡山の兵は念仏の信者を捕まえようと、機会をうかがっているのだ。僧兵どもは信者に暴力を振るったり、家を焼いたりする。お前が比叡山で兵法を続ければ、私の敵になってしまう。息子と父が戦うのは自然でない、それは仏法に反する。お前は人を殺す方法を学んでいるのか？　お前は自分自身を救う方法を学ぶ方が良い。お前の救いが私は非常に心配だ。」

「父上、そんなことを言われても困ってしまうよ。しかし、父上を傷つけるつもりはないよ。」

梅は困惑しながら夫を見ていたが、優しく静かな声で二人の中に入った。

「夫は勇敢な人です。兵士になったのは自分の信念からでなく、家族を養うためです。どうか夫にあまり厳しくしないでください。」

親鸞は梅がますます気に入った。おだやかで優しい声で息子に聞いた。

「慈信、どこに住んでいるのだ？」

「比叡山のふもとにある、粗末な小屋に住んでいます。冬はとても寒く、いつも子供が病気になるのでないかと心配しています。そこには祈祷師がいないのでどうしていいかわからないのです。」

この率直な言葉に深く感動した親鸞は、しばらく考え込んだ。それから決然として言った。

「ここに住みなさい。私は関白、九条道家に承諾をとってこよう。この家はとても広い。お前たち夫婦と孫が住むのに十分な場所がある。ここなら子供の世話が十分にできるよ、もう、どうしたらいいかなど悩まなくてもすむよ。私はお前に浄土真宗の教えをここで授けよう。仕事のことなら、お前の叔父の尋有に、善法院に良い仕事があるか聞いてあげよう。」

慈信は父に頭を下げて感謝の気持ちを表した。

「ありがとう、父上。僕は父上の手伝いをすると約束する。妻が良いと言ったら、兵士の職を辞めて、喜んでここ、西の洞院で父上と一緒に住むよ。」

「そうするのが良いよ。私はすぐにお母さんに手紙で知らせよう。お母さんも喜ぶだろう。」

赤ん坊が泣きだした、梅はそっと着物の胸元を開き赤ん坊に乳を飲ました、赤子はむしゃぶりつくように乳首を含んだ。親鸞はそれを見て胸がいっぱいになった。

慈信は比叡山の僧兵を辞職して、家族と共に西の洞院に移り住んだ。叔父の尋有がこの甥を、天台宗の彼の寺の修業僧として引き取り、特に自分の身の回りの世話をさせた。数年後、天台宗の僧として得度させて善鸞という新しい名前を与えた。親鸞は孫の如信をかわいがり、ひざに乗せて、釈迦や阿弥陀仏の絵本を繰り返し読んで聞かせた。この孫は後に本願寺二世になった。嫁の梅は昼も夜も西の洞院の家事を切り盛りした。

夜になると、親鸞は慈信と梅に仏教を教えた。顕智坊もこの教えを一緒に聞いた。しかし、日が経つにつれて親鸞は慈信に念仏を教えることに専心するようになった、親鸞は息子が比叡山の教えに、はまるのでないかと心配したからだ。こういう心配はあったが、親鸞は家族の温かさに喜びと安らぎを感じ、幸せであった。

だんだんと日が経つにつれて、西の洞院の前に多くの住民が集まり、親鸞に説法するように求めた。念仏禁止令が敷かれているため、親鸞は目立たないように、稲田の時のように、家の中で説法するようになった。やがて、親鸞は忠実に従ってくれた三人の弟子を呼んで言った。

「これから私が言うことを侮辱だとは思わないでください、それどころか、浄土真宗の教えを、あなたがたがよくわかっているのを感謝して言うのです。専信坊は関東に戻りなさい、そこで、真仏と共に念仏の布教に尽力してほしい。善念坊は伊勢に行き、仏の教えを知らない住民に念仏を教えてほしい。顕智坊、おまえは私のそばに残りなさい。」

地方へ念仏の布教を指示された二人の弟子は師の要求にひざをかがめて、すぐに従った。

「私どもは師の言いつけどおりにします。しかし、あなたと別れることは非常につらいことだと知ってください。」と、専信坊が言った。

「しかし、高尚な理由があることを知っております。つらいことですが、あなたが私どもに示してくださった信頼に感謝いたします。」と、善念坊が付け加えた。今度は顕智坊が言った。

「あなたのおそばにいることを許してくださいましてありがとうございます。ご信頼に応えるように努力をいたします。」

親鸞は著書『教行信証』の編集を始めた。毎日、多くの訪問客がくるため、岡崎や尋有の家の善法院、吉水の信者の家、あるいは、三条富小路の別の信者の家など何回も居場所を変えて、著述の時間を作った。

親鸞の告白

親鸞は六十六歳になった、ある秋の日、関東など地方から信者の代表団が来て西の洞院に集まった。みんな親鸞が行う説法を聞きたくてやってきた。少し老いているが強い調子で親鸞は集まった人たちに語りかけた。

「みなさんが十余カ国の国境を越えて、身の危険を顧みずに訪ねてきたのは、往生極楽の道を私に聞きたいからですね。しかしながら、もしも、私が極楽に往生するために念仏以外の道を知っているのではないかとか、経典の言葉を知っているのでないかと、思って来られたりしたならば、それは大変なあやまりです。そういう方々には、奈良や比叡山に優れた学者さんたちがいっぱいおられますから、そちらに行かれる方が良いと思います。彼らに浄土の国に生まれるために何をしたら良いかをお聞きしなさい。私は『ただ念仏して弥陀に助けられなさい』と、善き人、法然上人のおっしゃったことを信じるほか、なにもないのです。念仏はまことに浄土に生まれる種であろうか？　地獄に落ちる業であろうか？　私は全く知らないのです。たとえ、法然上人にだまされて念仏を唱えて地獄に落ちたとしても、私は後悔はしません。そのわけは、もし私が念仏以外の諸行に励んで仏になることが出来るのに、念仏を唱えて地獄に落ちたなら、だまされたという後悔もありましょうが、どんな行も出来ない身なので、地獄こそ私の住処なのです。もしも阿弥陀仏の本願が真実であるのなら、釈迦仏の説教はうそではありません。もしも釈迦仏の説法が本当ならば、善導の注釈はまちがっていません。善導の注釈がまことなら、法然の教えが偽りでありましょうか？　法然の教えが真なら、親鸞の言うことも空しいものではないでしょう。要するに、愚かな私の信心に関してはこのようなものです。これを聞いた後、念仏を信じようと捨てようと、あなたがたの判断によります。」

非常に暑い日の午後、親鸞は庭に面した廊下に座り、うちわであおいで涼をとっていた。そこへ、恵信の手紙が届けられた。手紙には十五歳になった末っ子の覚信尼が京都に行ったこと。そこで、すぐに、貴族の久我家の召使の仕事をみつけたこと。そこで同じように久我家で仕えていた日野広綱と恋に落ち、覚信尼は彼の愛人になることに同意したと、書いてあった。読後、親鸞は末の娘が京都に住み、自分の人生を快適に築いていることを知って大変喜んだ。

恵信が覚信尼の住所を知らせてくれたので、親鸞は娘に連絡をいれた。親鸞は信者をつかわし、娘を西の洞院に招いた。覚信尼も父親に会えることを非常に喜び、すぐに招待を受け入れた。父と娘の再会は愛情あふれるあたたかいものになった。娘は父に愛人の広綱との生活は楽しく、彼の子供を宿していると言った。

数カ月後、京都の小さい家で広綱と過ごしていた覚信尼が、出産のため西の洞院にやってきた。

彼女は男の子を出産した次の年、今度は女の子を生んだ。覚信尼と広綱が西の洞院にやって来ると、屋敷中に楽しい幼児の声が響き、おじいさんになった親鸞はとても安らぎ幸福であった。

仁治一年（一二四〇）、六十八歳になったある春の日、名前を平太郎という常陸の国の百姓が尋ねてきた。当時、平次郎という名であった歎異抄の著者、唯円の兄が平太郎である。

平太郎は紀州の熊野神宮に行かねばならなかった。大分の村の領主は、毎年熊野神宮へ参拝する習慣があった。この領主が平太郎についてくるように命じたからである。平太郎は稲田で教えていた親鸞の信者であった。領主の命令から平太郎の心に疑いが生まれたので、親鸞に相談した。

「わしは、もちろん、いつもあなたの教えを信じているのじゃ。しかし、阿弥陀仏に祈る者が別の神に礼拝して良いのかのう？　このように行動することは、親鸞聖人が否定される雑行に値するのじゃないかと思うのじゃが。わしは神道を信じるお殿様に連れ添うのはうれしいことだが、神道を信じる者は念仏を信じる者と同じなのかな？　熊野神宮に参拝する前に、親鸞様の答えを聞きたくて参ったのじゃ。」

親鸞はしばらく考えた後、彼に答えた。

「神々は誰もだましません。さらに、熊野神社の神は阿弥陀仏と違うお顔をしておられるが、その本地は阿弥陀仏なのです。あなたが心をこめて神に祈りを捧げるのなら、どんな服装で祈っても、神にとっては正装とおなじです。そのわけは、神の目的はいつもすべての人を神の見守りの中におき、彼らの未来の人生を輝かせることだからです。」

平太郎は熊野神宮に殿のお供をした、親鸞の言葉に従って、神道の正装の服を着て参拝することを断った。これ以後、平太郎はどの神殿に行っても、いつも阿弥陀仏の前にいるような服装、つまり、平服で参拝した。

平太郎が修験道の神殿である熊野神宮に参拝したとき、不思議な夢を見た。正装した神、熊野権現が神殿の戸を開けて、平太郎に非難するように言った。

「なぜ、あなたは正装せずにここに来たのですか？」

その時、平太郎の夢の中に、親鸞が現れ、代わって答えた。

「この人は私の忠告に従って正装せずに来ました。服を見るのでなく彼の心の中を見なさい。」

すると、熊野権現は何も言わずに、恭しく親鸞の前にひざまずき、最高の知恵の杖をおごそかに渡した。この不思議な夢に驚いた平太郎は、西の洞院に行き親鸞にこの夢を知らせた。そしてこの夢の意味するところを解き明かしてほしいと頼んだ。

親鸞は「あなたが私の所に来られた時に、私が言ったとおりの光景ではないですか？　自分の意志からでなく、神社に入った阿弥陀仏の信者の例があなたの場合です。あなたの領主の命令のように誰か権力者の命令の場合、阿弥陀仏はその信者のしたことを何も非難しません。守護地頭の法は王法です。どうして念仏の行者が国家の公の秩序である法に背くべきでしょうか？

念仏の信者は主君に仕えると同時に公の事を尊重出来ます。それは阿弥陀仏が勧めることとそれほど違いがありません。しかし、念仏の行者はこの世に仮に現れた権現に執着すべきではありません。完全に阿弥陀の誓願にお任せすべきです。心から阿弥陀仏の誓願を尊重するなら、清浄にこだわったり、みかけを賢くつくろったりする必要がありません。念仏の行者は外見をとりつくろわず、ありのままの姿で完全に本願に委ねなければなりません。だからと言って、他の神みを無視すべきだと言っているのではありません。それどころか、修験道の服を着て見かけを正装でつくろうとしても、心はきれいになりません。どんな神でもそのような外見だけをとりつくろう人を受け入れないでしょう。」と、答えた。

唯円の疑問

平太郎の弟、唯円はある疑いをいだきながら、それでも常陸の住民に親鸞の教えを布教し続けた。兄、平太郎が京都で親鸞に会ったと知って、唯円も京都に行く決意をした。両親がずっと京都に住んでいたので、夫婦で両親の家に引っ越すことにした。稲田に親鸞がいたころ、唯円は全ての説法を和紙に毛筆で書き留めておいた。京都に着いた唯円は、親鸞の今の教えを聞いて、違和感を覚え精神的に行き詰まってしまった。彼は自分の死が非常に怖く、来世の救いを心配したのだ。一刻も早く親鸞に再会を願った唯円を、師は西の洞院で迎えた。唯円はさっそく切り出した。

「親鸞聖人、あなたが稲田を去ってから私は自分の救いが信じられなくなりました。それで常陸におれなくなって、ここに参上しました。今、妻と京都の両親の家におります。どうか私の疑いを晴らすために、しばしば、ここに来て説法を聞くことをお許しください。」

親鸞はうなずいて承諾の合図をした。安心した唯円は最初の質問をした。

「念仏を唱えても、踊り出すほどの喜びがありません、さらに、急いで浄土に行きたいという気持ちにもなれません。どうしてなのでしょう?」

いつものように、親鸞はしばらく考えて、それから唯円に答えた。

「私も同じような不安を感じていたが、唯円坊、あなたもそうでしたか。しかし、よくよく考えてみれば、天に踊り地に踊るほど喜ばしいことなのに、喜ばないことで、いよいよ往生は決まったと思うべきです。喜ぶべきことを抑えて喜べないのは煩悩が邪魔しているからです。

しかし、仏は前からそれをご存じで、我々人間を煩悩具足の凡夫とおっしゃったことであるから、他力の悲願はこのような我々のためのものであると知って、ますます如来の救いを頼もしく思われるのです。又、浄土に急いで行きたい心がなくて、ちょっとした病気をすると、死ぬのではないかと心細く思うことも煩悩の仕業なのです。久遠の昔から今まで、流転を続けた苦しみのこの世は捨てがたく、いまだ生まれたことのない安養浄土は恋しく思わないことこそ、本当に煩悩が盛んだからだと思います。この世は名残惜しいが、この世の縁が尽きて、力がなくなり終わるとき、かの浄土に参ればいいのです。早く浄土に行きたいと思わない者を、如来はことのほか憐れみなさるのです。これにつけても、いよいよ如来の大悲大願は頼もしく往生は決まったと思うべきです。踊るような歓喜の心があり早く浄土に行きたいと思うのでは、煩悩がないのではないかと逆に怪しく思えます。」

阿弥陀仏への信心に関する討論

唯円は親鸞の説法を書き留めた。その日、西の洞院に行かれなかった唯円坊の妻はどんな説法だったか、書いたものを読んで聞かせてほしいと夫に頼んだ。唯円は妻に親鸞の説法を読み聞かせた。

「経典や注釈を読まない人びとの往生は確かでないと言う人々がいる。しかしながら、この説は完全に間違った解釈である。他力真実の奥義を説いたもろもろの教えは、『本願を信じ念仏を唱えれば仏となる』である。これ以外にどんな学問が往生に必要であろうか？　この道理がわからなくて迷う人は、確かに学問をして本願の意味を知るべきである。経典や注釈を読んで学問しても、この真意をわからないのは、全く困ったことである。無学で経典や注釈のこともわからない人々が、唱えやすいようにとした名号であるから、易行と言うのである。学問を主とするのは聖道門で、難行と名付ける。あやまって学問をして名誉や利益に執着する人は来世の往生は大丈夫だろうか？」

その時、唯円の妻は質問した。

「ああそうですか。それで、弟子たちは何と言いましたか？」

「この説法の後、信楽坊、慈信坊（親鸞の長男）、顕智坊と私とで、活発な討論になったのだよ。我々は西の洞院の広間にいて、親鸞聖人は縁側の一室に引きこもり教行信証の執筆にとりかかっておられた。信楽坊、慈信坊は数年、比叡山で仏教を学んだけど、顕智坊と私はそういう経験はないので、親鸞の説く念仏の教えしか知らない。まず、最初、信楽坊が討論の口火を切ったのだよ。

「親鸞聖人の教えを聞いて一年以上経つが、私はこの教えに確信が持てないのだ。それで、親鸞のもとを去ろうと思っている。しかし、決意をする前にあなたがたの率直な意見を聞きたい。」と。

慈信は「いつでも話せるよ。」と、答えた。私、唯円はこの思いがけない信楽坊の言葉に戸惑ったよ。

信楽坊は「親鸞は阿弥陀仏の十八願を自分流に解釈していると思う。」と、話を続けたのだ。これに慈信は目を丸くして、「どうして？　父の教えのどこがいけないの？」と、聞いたんだ。

それで、信楽坊が「大無量寿経では阿弥陀仏の十八願をこう書いているよ。『私が仏になるとき、浄土往生を望む全ての衆生が、私（阿弥陀仏）を心から信じ、私の名を、たとえ一声でも、唱えるのなら、浄土に往生するであろう、もし、そうでないなら、私は仏にならない。』と。これは、一切衆生が弥陀すなわち、悟りの方へ自分の唱える念仏の徳を浄土往生に振り向けるという解釈が一般的だ。しかし、親鸞は漢文の語、至心回向という文句を変えて『阿弥陀仏自身が積んだ功徳を、一切衆生の上に振り向けて彼らのために浄土往生の道を開くことにした。つまり、衆生は救いの名号を阿弥陀仏からたまわった。だから、人間は阿弥陀仏を信じるだけで往生できる』と、解釈したのだ。」

慈信はこの指摘にちょっと驚いたようであった。おずおずとした声の調子で「信楽坊、僕の父はこの経典の文を別の意味に解釈したのだね。真の意味とは違っているのは本当だ。僕はあなたの言うことを認めるよ。」と言ったのだ。

「それで、あなたはなんて言ったの?」と、妻が厳しい調子で唯円に尋ねた。「親鸞の教えをゆがめた信楽坊を、あなたはしからなかったの? なんにも聞いてなかったように黙っていたの?」

すぐに唯円が答えた。

「そんな風に言わないでくれ。反対に私はこの討論に割って入ったよ。今の言葉は親鸞様に対して非常に失礼だ。親鸞様は阿弥陀仏から直接知恵と光を授かった方、私は親鸞様を仏教の新しい天才だと思っているとね。さらに、親鸞様は長い間全ての経典や中国の経論を読まれ、深い自己反省をし、直観も得られた人ですよ。信楽坊、慈信坊、お前たちは、そのような内省もないので、自分が救われないものだと言う自覚もないでしょうよ。」

唯円の妻は夫をほめた。

「よく言ってくれたわ、彼らは若いし経験も乏しいのよ。彼らの態度をあまり早く悪いと決めつけたり厳しくしない方がいいわ。それからどうなったの？　早く知りたいわ。」

「信楽坊はそれでも親鸞が正しいとは認めなかったよ、もう、説法をきくのも嫌だと言い、『私は親鸞の勧める念仏の行で自分を高めたかった。自分の向上が私の人生の目的だ。人生に向上がないのなら、そんな人生は私には無意味だ。だから、わたしは親鸞のもとを離れるつもりだ』と言ったのだ。慈信は彼に、『みんな自分の考えを持つ自由がある。だれも絶対の真理を主張できない。僕はあなたの言うことがよくわかる。だから、あれこれの意見によってあなたを判断しない。あなたは独立したがっている、あなたにとって、それが最善ならそれでいいよ。しかし、どこに行くつもりなの？　これから、どうするつもりなの？』と、聞くと信楽坊が、

「故郷に帰るよ。山に入って修行をして自分を高めるつもりだ。」と返事し、山岳修行について語りだしたとき、慈信坊は目を閉じて聞いていた。

それから皮肉たっぷりの調子で「君は自分の国の導師になるのか？　住民に尊敬されて金持ちになるよ。」と言った。

するとと信楽坊は慈信坊に「君はお父さんがまちがっているかも知れないと言いながら、どうして自分と同じようにしないのか？」と、聞いた。

困った慈信は視線をそらしながら「僕には妻も子供もいる。僕は稼げる自信がないのだ。もう、だいぶ前のことだが、僕が一人で九条家に行ったとき、とても冷たくあしらわれたんだ。その時、自分は親の七光がないと生きていけないと知ったのだ。それで、すっかり、自信をなくしてし

まったのだ。」と、言った。しかし信楽坊はがんこに「親鸞の仏教は自分のものより現代的で反動的だ」と主張した。それから、我々の見解を曲げさせようと、信楽坊は別の経典を挙げた。彼は自らを安心させるために、慈信坊を自分の領域に引っ張り込もうとしたのだ。」

「まあ！　それでどの経典を語ったの？」と、唯円の妻が聞いた。

「彼は観無量寿経を引用したよ。釈迦仏が阿難と韋提希夫人に、中品上生の人は五戒を守らなければならないと言った所だ。五戒とは殺すな、盗むな、姦淫をするな、うそをつくな、酒を飲むなの五つの戒を生涯守ることだ。それを聞いた慈信は、五戒に結婚するなと、書かれていないので、自分も中品上生の中に入れると安堵したのを私はみのがさなかったよ。信楽坊はさらに、この五戒のほかに、特別な期間、守らなければならない他の行があると言った。」

「あっ！　本当ですか？　私は親鸞様からそんなこと聞いたことがないわ。それは、どんな行なのですか？」と、唯円の妻が聞いた。

慈信もどんな行か知りたがっていた。信楽坊は、

「五戒の上にさらに三つの戒がある。一番目が化粧をしたり、きれいな装飾品を身に着けるな。歌も踊りも聞くな。二番目はぜいたくな寝床で寝るな、三番目は食事は一日一回にしなさい。」だと説明した。すると、慈信が言った。

「おお！　良かった。一定の期間この八戒を守れば良いんだね。そうすれば中品上生の中に入り、浄土に生まれるんだね？」と、言ったのだ。

信楽坊は、「そうだ。しかし、親鸞は我々に『私たちの生涯に思いつく全ての考えは、生死の輪廻につながらないものはない。』と、言うのだ。しかし、釈迦牟尼はそんなことは全然言わないよ。だから、私は親鸞は経典と違った解釈をして自分の教えを造っているのだ、と、言ったのさ。」と、答えたのだ。そこで、『それはあんまりだ！　信楽坊は親鸞の教えを批判すべきでない』と私が怒って、いらいらして彼に言ったのさ。『親鸞様は仏の光に照らされた方で、その光のおかげで、生死輪廻の奥義がわかるのだ。』とね。それから『親鸞様は何も造っていない。親鸞聖人はわかるのです。それだけです』と付け加えたよ。そしたら、信楽坊は、気を悪くして、背中を丸めて、『それは間違いだ！　私は神道の方が阿弥陀仏の教理より真実だと思う』と、つぶやいていたよ。私はひどく怒って、彼に言ってやったよ『神道の教理は阿弥陀仏の信心がもたらすような恩恵をもたらさない』とね。それから『信楽坊、お前は仏教に名誉とお金を探していると思うよ、親鸞様はこの態度を捨てなさったのだ。』と、私は言ったよ。」

顕智坊は信楽坊が唯円に言い負かされたのを見て、黙って白熱した討論をきいていた慈信に狙いを定めて、

「慈信、私は親鸞様があなたの信心を心配しているのがよくわかったよ。実を言うと、私は親鸞様があなたにひいきをするのを嫉妬していました。しかし、今、わかりました。あなたは本当にわかっていない。あなたが長男だからといって、親鸞聖人の後継者になろうと、もくろんでいるとしても、我々関東の弟子たちはあなたの意見をきかないでしょう。我々は親鸞様の言葉しか聞

きません。と、言ったよ。」

「あなたはこの争論をなだめようとしなかったの？」と、又、唯円の妻が尋ねた。

「もちろんしたよ。私は立ち上がり二人を指差して言ったよ。『もう良い、顕智坊と慈信、こんな卑劣な議論はやめなさい！　慈信、よく聞きなさい。心から阿弥陀様を信じなさい、もっと、お念仏をよく唱えなさい、そうすれば、あなたの心はもっと明るくなるでしょう、それから、信楽坊、親鸞様がしょっちゅう、あなたの間違いを指摘したにもかかわらず、あなたはなんにもわかろうとしていない、ここに言う無知な者はあなたのことだ。あなたの考えは親鸞様が言うことと完全に矛盾している。あなたは自分の考えに固執して、我々の宗派の念仏の行者に、影響力を及ぼそうとしているようなので、すぐに、この寺から出ていきなさい！　私の方からお前がこの寺を去りたがっていたと親鸞聖人に言っておく。大きな匙で食べると窒息するぞ！』と。」

「それで、親鸞様はなんておっしゃったの？」

「信楽坊が自分の考えを変えたくなく、関東に帰りたいと望んでいると親鸞様に告げたら、親鸞様は彼を傷つけないように浄土真宗から追い出したよ。」

「あなたを誇りに思うわ。良く言ったわ。それで、信楽坊は発ったの？」

「そう、もう、いないよ。彼が去った後、親鸞様は我々弟子を集めた時、我々は『今日、信楽坊は国に帰りました。どうして、親鸞聖人は彼に貸した仏教書や阿弥陀仏の銅像を返してもらわなかったのですか？』と、聞いたのだ。それに対して、親鸞様は、こうお答えなさった、『あなたのしたことはよかった。私は信楽坊になにも返してもらおうとしなかったのです。本尊や書物を取り返すことはするべきことではないと思います。その理由は親鸞は弟子を一人も持ちません。私がどんなことを教えて弟子というのでしょうか？　みんな阿弥陀如来のお弟子なので、みんな共にお同行です。

念仏往生の信心を得ることは、釈迦と阿弥陀様が授けたもので、親鸞が授けたものではありません。最近、弟子が師に逆らったとき、預けた仏像や書物を返してもらい、名前も信心も取り返す師を多く見かけます。しかし、そうするべきではありません。仏像や仏教書は衆生の利益のためにあるものですから、親鸞との親交を捨てて他の師の門に入る場合でも、それらを返してもらうべきではありません。如来の教えは、世間に広く流通するべきものです。親鸞が嫌いで憎ければ、袈裟さえもいとわしいと思って、たとえ、仏像や書物を山や川や野原に捨てたとしても、それを拾った他の人々が、その聖なる物のおかげで救いを得たら、衆生利益は本懐をとげるのです。凡夫の執着する財宝のように、仏像や書物を取り返すべきではありません。よくよく、このことを心得るように。』と、おっしゃったよ。」

仁治三年七十歳になった親鸞

親鸞は七十歳になった。親鸞の弟子の一人、入西坊は長い間、親鸞の肖像画を絵師に描かせたいと願っていた。親鸞はその願いを知って、許可し、京都、八条に住む、定禅法橋という仏師に描いてもらうように言った。入西は喜んで、定禅法橋を訪ね、西の洞院の老いた説教師の肖像画を描いてもらえないか尋ねた。

しばらくたって、定禅法橋は「この仕事は身に余る光栄です」と、涙を流して答えた。そして、「実は昨夜不思議な夢をみました。二人の尊い僧が夢の中に現れ、その一人は善光寺の僧でした。その人が『この僧の肖像画を作りなさい、この僧は阿弥陀様です。』と、言いました。」と、語ったのです。

さらに、画師は「私がいつも拝んでいる阿弥陀様が、人の目に思い浮かべられるように、人間の姿になられたと思いました。しかし、今、この親鸞聖人のお姿を見ますと、夢の中の高僧とそっくりなのです。それで、親鸞聖人は阿弥陀仏の化身であると、はっきりわかりました。」と、言いながら感激して、目を涙で曇らせた。

親鸞は息子の慈信と、その妻、梅と孫の如信と暮らしていた。建長一年（一二四九）、末娘の覚信尼が夫の広綱を感染症で亡くし、二十六歳で未亡人になった。生活の手段がなく三人の子供を抱えて途方にくれていた。親鸞は西の洞院に来て一緒に住みなさいと娘に言った。しかし、親鸞も豊かでなかった。関東の弟子たちから送られる布施だけで生活していた。関東の弟子たちはいたるところで、集会を開き、阿弥陀仏の教えを普及させていた。そのうちの数人の指導者たちが親鸞にお布施や贈り物を送っていた。しかし、その数は多くなく、確実に届くものでもなかった。

そのため、親鸞には家族全部を支えるほどの資力は持っていなかった。このため、覚信尼は息子を天台宗の青蓮院に預けなければならなくなった。そこでは仏教教育が低額でなされたからだ。親鸞は暇があるときはいつも如信とこうずの二人の孫にお釈迦様の話を聞かせた。

それから、十年が経って、親鸞は八十歳になった。建長四年（一二五二）のことである。

親鸞は関東の信者のことが心配であった。一部の念仏の信者たちが放逸無慚な振るまいをしていると、常陸の弟子たちが知らせてきたからだ。親鸞はみんなで読みなさいと、手紙を書いた。

「明教坊があなた方の志のおくりものを持ってきてくださいました。あなたがたのご厚意をうれしく思っています。しかし、浄土往生はすでに決まったと思いこみ、阿弥陀仏の教えを間違って解釈している人々に、私は申します。京都にも、そのような迷った信者が増えています。さらに、法然の弟子の中にも、間違った解釈をして、他の信者たちを迷わせている者がいます。彼らは自分は大学者だと言い、法然の教えを自分流に変えています。この悪い説教師から、間違った教えを聞いた多くの信者が、念仏の経典を曲解しているようです。念仏を唱えるみなさん、あなたがたも昔は弥陀の誓願も知らず、名号も唱えていませんでした。今は幸いにも、阿弥陀仏と釈迦仏のおかげで、あなたがたは後生の安心を得られつつあります。昔は無明の酒に酔いしれ、貪欲、怒り、愚痴の三毒に犯されていました。

しかし、阿弥陀仏の誓願の教えを聞いてから、無明の酔いもさめて、三毒もだんだん嫌いになり、阿弥陀仏の薬を好むようになりました。それでも、長年の酔いがさめきっていないので、煩悩から完全に抜け出ることは難しいのです。だからと言って、たえず、心にうかぶまま何でもして良いのでなく、欲望を満足させるべきではありません……念仏を唱えてすでに久しい信者は悪事から離れたい、もう悪事をしたくないという気持ちになってきます。仏法を聞いた人々は次第に、自分の心は悪いということがわかって、このままでは浄土往生は出来ないことが少しずつ、わかってきます。阿弥陀仏の救いは、自分が救いようにない煩悩具足の凡夫だと思う人びとに向けたものです。阿弥陀仏は心の善し悪しを問わず、救われようにないと思う人を救いに迎えに来ます。

阿弥陀仏のみこころを知った人は、この汚れた身を厭い、生死の輪廻の現実を悲しむようになります。その時、念仏を唱え阿弥陀仏の誓願を信じるようになるのです。

関東地方に住む一部の信者たちに関して悪いうわさが流れているのを、私は聞きました。彼らは師や他の念仏の行者を批判し、ないがしろにしていると言います。とんでもないことです。彼らは仏法を犯しています。彼らは五逆罪を犯す者と同じです。彼らから遠ざかりなさい。そして悪から離れなさい。反対に、真面目に念仏をする人々に近づきなさい。浄土に行った後、あなた方は再びこの世に今度は衆生を救いに戻って来るでしょう。しかし、それも自力で救うのでなく阿弥陀仏の力に支えられて、このような悪人を救うのです。どうぞ、みなさん、この手紙を、鹿島、行方、南の庄、その他いずれの所でも念仏を唱える人びとに読ませてください。」

親鸞はこの手紙を関東全土の信者に読んでもらうため、明教坊に渡す前に、家族の同意を得たかった。そこで、四十三歳になった息子の慈信と、二十歳になった孫の如信にこの手紙を読ませた。親鸞は二人にこの返書を書くに至った理由を説明した。それから、

「関東を去ってもうすぐ十八年になる。私は各門徒集団の指導者たちと文通をつづけ、励ましや阿弥陀仏の誓願の説明の長い手紙を送り続けた。それでも、まだよく理解しない者や私の真意を疑う者がいる。」と、言った。

善鸞はうなずいて、「それは本当だ、性信坊や真仏坊が嘆きながら、関東の念仏者の中に、品行が悪くなった者が次第に増えたと、僕に言っていたよ。阿弥陀仏の名のもと、放蕩を宣言した指導者さえいるって。信見坊という名の輩はそのうちの一人だと、二人は僕に断言したよ。」

親鸞は、頑丈な体を起こし、鷲のような鋭い視線を息子に投げかけて言った。

「法然上人も、ご生存中、同じ経験をなさった。まだそんな偽説教師がいるなんて尋常でない。

私は念仏者たちに私の立場、浄土真宗の教えの信心をはっきりわからせるため、答えなければならない。そして、私としては、このような噂はもう終わりにさせたい、と、切に思うのだ。」その言葉に懐疑的になった善鸞は話を続けた。

「念仏の経典の意味について争論になる集団があるとも、性信坊が僕に言ったよ。互いに、現世利益について、自分流に全く違った使いかたをするようだよ。」

有名になった善鸞

建長五年（一二五三）に善鸞とその家族が関東地方の稲田に着いた。親鸞と長年親交のあった教養坊が一家を迎えた。親鸞と恵信と子供たちが稲田にいたころに、善鸞は初めて教養坊に出会った。かれこれ三十年以上前のことだ。

善鸞は到着するとすぐに、父の弟子たちに手紙を書いた。

「私の父、親鸞は浄土真宗の真の教えをあなた方に教えるため関東に私を遣わしました。二十年間私はこの教えを、父から直接聞き学びました。今では父の後継者になれると思います。今、私は親鸞と一緒に長い間住んでいた稲田の草庵に宿泊しています。私の説教を聞きたいのでしたら、どうぞここにいらしてください、あるいは、私が喜んであなた方の寺を訪問してもいいです。どうぞよろしく。」

この手紙を全ての念仏の門徒集団、特に横曽根門徒、高田門徒、鹿島門徒、笠間門徒に送った。しかしながら、手紙を出したのに返事がこなかった。関東地方の親鸞の弟子全てが、この新しい説教者を無視したのだ。善鸞は非常に失望した。ある日、善鸞は妻と息子、如信に苦々しく言った。

「わからん、だれも私を寺に呼ばない、がっかりした。わしは親鸞の名代にふさわしくないのだろうか？」

梅はなぐさめの言葉で夫の苦悩を静めようとした。

「私にはあなたの失望する理由がわからないわ。一週間ぐらい前に常陸のお坊さんたちが来られてお米と引っ越し代ぐらいのお金を下さったじゃない。そして、あなたに常陸の寺に来て村人に説教をしてほしいと、言ってらしたじゃないの？　あの人たちはとても親切であなたの来訪を待ち望んでいるわ。」

「確かにそうだ。しかし私は常陸のような奥地でなく、このあたりの寺でしたいのだ。この家の教養坊でさえ、よく面倒をみてくれるけど、自分の信徒たちに説教をしてくれとは、わしに頼まないじゃないか。彼にとって、わしは単なる来訪者でしかないのだよ。わしの父がわしを名代としてここに遣わしたからには、それだけの価値の高い仕事で迎えるべきだ。しかし、実際は、わしはいたずらに時間をつぶしているだけだ、誰もわしの話を聞こうとしない。ここではわしの存在は意味がないのだ！」

「おそらく、京都と関東では風習が違うのだわ。どうして、あなたはこのことを教養坊に直接言わないの？　私は、彼は聞く耳を持っていると確信するわ、そしてあなたの心配はなくなるわ。」

感じやすく興奮気味な善鸞は教養坊に自分の気持ちをぶちまけた。

「教養坊、言ってくれ！　どうしてこの辺の念仏の門徒の指導者たちは、私が関東に来たことを認めないのか？　どうして尋ねて来ないのか？　私はそれがとてもいらだつのだ。私の父も同じ気持ちだと思う。教養坊自身も私がここにいる本当の理由に無関心じゃないか。あなたの寺に私を呼んで説教を信者たちにさせようとしないじゃないか！」

教養坊はこの質問が気にならなかったので、やさしく答えた。

「善鸞、気を悪くしないでください。では、私が説明しましょう。あなたのお父さんが京都に着いたとき、もう、だいぶ前のことだが、門徒の指導者たちはすぐには京都の草庵を訪れなかったのです。稲田の草庵に親鸞様がいらしたときは、しょっちゅう来て説教を聞いていた人々ですよ。長い間彼らと親鸞様とのきずなは中断されていたのは確かですが、各指導者が自分の門徒の集まりだけに閉じこもっていて、他の門徒の事に口出しをするのをいやがっていたのです。親鸞の教えの下に道場全てが集結するには長い時間がかかったのです。

しかし、お父さんは非常に忍耐強かったのです、そこがあなたと全く違うところです。お父さんは集会の機会が来るまで待たなければならないことを知っておられました。私はあなたの方から、私に聞いてくることを待っていました。謙遜からです。私たちみんながあなたに期待するのは、この謙遜です。

もちろん、この地方の他の道場も又、あなたの訪問を待っていることを保証します。あなたが訪問したら、大歓迎されるでしょう。こう言うのも、私が彼らの道場に行ったとき、又、ここでも、私たちはすでに、『親鸞があなたを信頼されたのだから、私たちも信頼しましょう』と、話し合っていたのです。ねばり強く、しかも大胆に動きなさい。血気にはやらないで、賢く言葉に注意してください、そうすれば、親鸞の息子にふさわしくなるでしょう。手本になりなさい、静観しなさい。これが、年長者の言葉です。」

教養坊の言葉に勇気づけられた善鸞は、自分で運命を切り開くことにした。全ての道場、寺、門徒集団を訪ね始めた、しかし、愛想良く迎えられたが、信者に説教をしてくださいと、頼まれることはほとんどなかった。ついに、彼は真宗の全ての指導者に対し憎しみを抱くようになった。最初、彼は西の洞院にいたころ、親鸞の名代と認めないと言った顕智坊を疑った。

顕智坊は高田専修寺の長老の一人になっていた。善鸞はどんな状況でも落ち着きなさいと言った教養坊との約束を忘れた、顕智坊に対する怒りがこみあげてきた。幸いなことに、その時、常陸の谷の奥に住んでいる金持ちの百姓、忠太郎から、自分の道場で阿弥陀仏の説教をしてほしいと、招かれた。善鸞はこの好意的な百姓に最後の希望を託してこの地を訪ねた。

三日間、善鸞はくたくたになって歩き続けて、やっと、常陸の寺に着いた。そして、寺の大歓迎を受けた。善鸞は指導者の中太郎が袈裟をつけてないこと、寺のだれもが袈裟を着てないことに驚いた。五十代初めの中太郎は愛想良い笑みを浮かべて善鸞に言った。

「おまえさんの父上、親鸞様の名代として、関東地方に来られたのを知って、わしらはおまえさんの来訪を待ちのぞんでいたのじゃよ。親鸞様が稲田を去った後、わしの念仏の仲間みんな、がっかりしてしもうてな、じゃがな、それでも、みんな阿弥陀様の教えをもっと学びたいと決めていた。そういうわけで、お前さんをわしらの道場に迎えてとても喜んでおる。平信徒なので、わしらは袈裟をつける義務はないのじゃよ。」

「では、あなたの道場には僧はいないのですか？」

「いません。みんな農民じゃ。」

「信者の数はどれぐらいですか？」

「毎週、約百人ほどの信者が集まり、一緒に念仏を唱えるのじゃ。」

「説教をする人はいないのですね？」

「いない。念仏が終わると世間話に興ずるのじゃ、天候のことや収穫のことなど。」

「では、どんな時、親鸞がしたように私に説教をたのみたいのですか？」

「いつでもじゃ。わしらはあなたに特別に頼んでおるのじゃよ」と感謝の気持ちを込めて何回もおじぎした。

次週、善鸞は二百人以上の住民に説教をした。全員が自分を信頼してくれるのを感じて、士気が高まった。

説教に入る前に「親鸞は父の代理として私を関東地方に遣わしました。父は決してあなた方のことを忘れない、いつもあなたがたの信心や生活のことを気にかけていると、伝えてほしいと私に言いました。」と、言った。この言葉に全ての信者が喜んで念仏を唱え始めた。

「なんてありがたいお言葉！」と、老人が声をはりあげて「南無阿弥陀仏、南無阿弥陀仏」と唱えた。善鸞はたとえようもない幸福感を初めて味わった。やっと、親鸞の信者の心をつかんだのだ。

「希望を失わないでください、いつもご信心を抱いてください。ご信心はまっすぐに仏の浄土につながります」と言う言葉で説教の終わりを締めた。

この記念すべき日の後、中太郎と善鸞の友情のきずなが出来た。この百姓は善鸞に、少なくとも月に一回信者たちに説教をきかせてくれるのなら、家族で住める家一軒を用意するとさえ、言ったのだ。

「私はとうとう自分を認めてくれる場所を見つけたよ。ここで、父から伝えられた教えを披露してわたしの力量を見せることができるのだ。きっと、父は私を誇りに思うだろう。」と、彼は梅に胸の内を打ち明けた。梅も夫が穏やかになり幸せそうなのを見て、うれしくて心がおどった。

「やがて、あなたの評判は関東に広まるでしょう。」と、勇気づけ「あなたを無視した指導者たちも、あの人たちが絶大な信頼を寄せていたお父様のように、あなたを特別な人と認めるでしょう。真仏坊や性信坊や顕智坊も、あなたを認めるようになるでしょう。」

「ありがとう、梅、いつも私を信頼してくれて。ますます好きになったよ。」と言って、しっかり梅を抱きしめた。

善鸞は中太郎の家で毎日曜日、ますます増える信者に親鸞のことをよく話した。彼の成功の評判はすでに常陸だけでなく他の地にも広まった。善鸞は親鸞が「南無阿弥陀仏」と書いてくれた旗を道場の屋根に建てた。

信者たちは、善鸞の説教を聞きに来る時はいつも、この親鸞自筆の旗にうやうやしくお辞儀をして敬意を示した。彼らはいつも、米や収穫したばかりの野菜や鶏肉などを、善鸞一家のために持ってきてくれた。この説教者の家族の生活は豊かになった。梅と如信は家長がいつも上機嫌なのを見て喜んだ。

しかし、善鸞の教えは少し親鸞のとは違っていた。親鸞の教えよりもっと厳しく、そして掟や義務や祭儀が加わった。その点、時間が経っても親指ほども変わらない親鸞の教えに対して、如信は父とは違った見方をし始めた。それでも、念仏を保つ条件で祖父がしたように新宗派を作る父、善鸞に如信は共感した。

中太郎が用意してくれた家に、善鸞一家が住みついてから一年が経った。善鸞が四十七歳、如信が二十一歳であった。春のある日、善鸞一家は庭のヒノキの大木の木陰の下の円卓に集まり、緑茶を飲みながら、おしゃべりを楽しんでいた、が、突然、善鸞と話がしたいと尋ねてきた一人の男によって会話は中断された。がっしりした体格、四十代ぐらい鷲のような鋭い目をした男は、妻と子供にはあいさつもせずに、善鸞に愛想のいい笑みをうかべて自分から自己紹介を始めた。こんな失礼な態度には慣れていなかった梅と善鸞はびっくりしたが、顔に出さなかった。

「哀愍と申します。あなたの説教の評判が良いので、ここに参りました。私は親鸞聖人の古くからの弟子です。長い間、親鸞様と手紙のやりとりがありましたが、時が経つにつれて、縁遠くなりました。あなたの説教はお父様のより良いという評判を聞いてやってきました。あなたの直々の弟子の一人にしていただけないでしょうか?」

この男の歯の浮くようなお世辞に善鸞は警戒した。声の調子に誠実さが感じられなかった。この人物を疑ったが、弟子の一人にしてほしいと又言ったので、失礼にならないように、関心あるふりをして聞いた。

善鸞はすぐに返事をせずに、どう見ても信頼に足る人物に思えないこの男の本心がなんであるかを探るため、別の日に会いましょうと言った。だが、第一印象だけで人を判断するのはよくないということも知っていた。

哀愍が再び現れ、又弟子にしてくれと言ってきた。善鸞はいつも答えを先延ばしにした。哀愍は何回もやってきて同じことを言った。

「善鸞様は現代の仏教のことを親鸞様よりよく知っておられます、善鸞様だけが浄土に往生する真の教えを知っているのです。」とおだてた。

哀愍は善鸞がこの男の下心を探っているとは一瞬も考えなかった。やがて、善鸞は哀愍はその地方の守護地頭の手下であるとわかった。守護地頭たちは哀愍を間諜あるいは、密偵に仕立て、念仏の広がるのを防ごうとした、百姓の唱える念仏の行がいつの日か自分たちの特権を奪うだろうと恐れていたのだ。善鸞は、哀愍に信用させる賭けに出た。次第に善鸞は哀愍を信用し始めた。哀愍の目的は善鸞と弟子たちがたてる計画の核心にまで入りこむことだ。

しかし、それがかなえられるにはまだ、時間がかかった。哀愍は猿のように悪賢かった、が、善鸞はさらにずるかった。善鸞を信用している如信と梅は二人のだまし合いをおもしろがった。善鸞は心を開くふりをして「実のところ、私は未来が不安であるのです、というのも、父の弟子たちが自分を受け入れないのです、実際、百姓たちは私を必要としていません、彼らは自分たちの世界に閉じこもってしまっているのです、私の忠告など聞きたくないのです」と、哀愍について本心をもらした。哀愍は善鸞のしかけた罠におちた。

哀愍は「あなたの怒りがわかります。親鸞の息子に対して失礼です。この地方の人々はかたくなに門徒の利益を守ろうとしているのです。と、いうのも、鎌倉幕府が念仏の狂信徒に対して取り締まりを厳しくしているからです、彼らは注意深くなって、よそ者に排他的であるのです。百姓らは、ただ、自分たちと違った文化を持つ人びとを警戒しているだけです。私は善鸞様に友情から教えますが、この新興農民集団の活力は守護、地頭の支配階級に深刻な脅威になっているのです。支配階級と農民の利益は相反しています。念仏の教えを布教する前に、あなたも警戒しないとひどい目に合うと思います。手遅れになる前に、私はこのことをあなたに教えにきたのです。

あなたに心の内を見せたので、もう私を信頼してくださいますね。」と、言った。

善鸞は皮肉たっぷりに言いかえした。

「父が申しましたように、『獅子の身中の虫が獅子の肉を喰らうが如し』です。

あなたはご存じないでしょうが、私はあなたの本心をずっと前から、さぐってきました。私はあなたを決めつけるようなことはしたくありません。あなたが私の友人でいたいのなら、良いですよ。しかし、あなたを完全に信頼したわけではありません。さあ、話を本題にもどしましょう。」この返事に哀愍は悲しそうな顔をして帰って行った。

関東地方に散らばった各門徒集団は百人から三千人の信者をかかえていた。信者の大部分は農民で、彼らは近くの道場に定期的に通い親鸞の教えを聞いていた。上流階級の信者は少なかった。善鸞は上流階級の人びとに近づき念仏の行者に改宗させようとした。上流階級の方も、自分たちの利益を守るため善鸞を利用して親鸞の弟子たちの活動を封じ込めようとした。農民を犠牲にして事を進めていく彼らのやり方に、善鸞は親鸞のように批判しないで、目をつぶってくれると思ったのだ。

善鸞から厳しい忠告を受けたにもかかわらず、哀愍は道場に通い詰めた。ある日、哀愍は地頭と神主に会うように、善鸞にしきりに勧めた。善鸞は承諾した。地頭は善鸞に聞いた。

「どうして念仏宗はこんなに排他的なのですか？　念仏宗は我々の仏や神を受け入れません。我々の先祖は仏や神々、道教、儒教を信じました。どうして変えなければならないのですか？」

今度は神主が発言した。

「私はこの地方の神主です。我々の民間信仰は密教、神道、道教、それに儒教が混ざり合ったものです。平安時代からそうです。」

この言葉は善鸞の好奇心を目覚めさせた。善鸞の好奇心に勇気づけられたかのように神主が話を進めた。

「宇宙は二つの相反するもので出来ています。たとえば、密教では胎蔵界と金剛界があります、神道は二神、イザナミとイザナギの結婚で人間が誕生したと言います。陰と陽の結合が天や地や人間に生命を与えました。」

善鸞はうなずいて言った。

「つまり、宇宙は男と女のように二つの相反する性をもたらしたわけですね？　大小、白黒、高低のように、男と女の合一が人間界、動物界、植物などに生命をもたらしたと信じます。」

「宇宙に存在する全ての創造です。」と、神主がきっぱりと言った。

「よくご存じのようですが、神道では男女関係が生命のもとであるとみなします。しかし密教を除く仏教は、反対に男女関係に否定的です。釈迦仏は戒律を作ったことがまちがいでした。しかし我々、神道は人間の行為にまちがいを見出さず、仏教のように戒律を作って制限をしません。しかし我々は死を穢れと嫌います、そのため清めの儀式が重要なのです。」

これに対して、如信が異議を申したてた。

「私の祖父、親鸞は二十年以上、浄土真宗の教えを私に聞かせてくれましたが、人間は清めの儀式で心が清まることは出来ないと言います。親鸞の師、法然上人は民間信仰を捨てなさい、阿弥陀仏しかないと言いました。」

「そのため、我々はここにやってきたのです。善鸞様、関東地方の念仏の信者と、我々の古い宗教とのとりなしをしていただきたいのです。我々の期待に応えてくれたら、協力のお礼金を支払います。」

この提案は関東地方の行政官に近づきたかった善鸞にとって満足のいくものであった。

「来てくださってありがとう。私はあなたがた、神主や旧仏教の僧に、協力しましょう、そして、共通の目的を実現させましょう。」

善鸞は守護、地頭に近づくにつれて、さまざまな民間信仰に染まっていった。たとえば、信者から家の建て方、病気の治し方、天地の神や鬼を祭るときなど尋ねられると、善鸞は信者が望む返事をした。こうして、各信者が満足するように、念仏をさまざまな民間信仰に取り入れた。しかし、いつも信者たちに良い行いをしなさいと教えた。

「悪人を救う阿弥陀仏の誓願があっても、悪いことをしたら浄土の救済から離れたところにとどまります。念仏を唱える者は聖人になるために戒律を守らなければなりません、信心だけでは何の功徳にもならないでしょう。」

如信は父の説教が変わってきたことに気づき、非常に心配して母に言った。

「もう、わからなくなります。父上は親鸞様の教えを変えて、ほとんど反対のことを説教しました。おじいさんの親鸞様は、『末法の時代に生きる人間は多くの間違いを犯して自力では救われない』と教えてくださいました。父上は親鸞様がきっぱり否定した雑行をご信心に混ぜても良いと、信者に説教しています。」

梅は息子の苦悩を静めようとした。

「そうね、お父様は変わったようね。私も同じように思います。でも、お父様はやっと自分の本当の道を見つけたのだと思うわ。人生には自分の個性を打ち出すため、しばしば別の方向を決断できるのよ。私はお父様は良い道を歩いていると思うわ。物事は長続きしない、無常なのよ、みんな死に、みんな変わり、別の体や心を着て生まれ変わるのよ。私はお父様は最上の着物を見つけて、この世に生きる全ての人を助けに来たのだと思うわ。だから、私はこの変身を喜んでいるのよ。よく考えたのだけど、もし人間が悪でなく、心になんにも悪いことを考えないのなら、一つの信心に完全に帰依する義務はないと思うの。自力で自分をすくうためにこのように完璧に動きたいなら、その人は救われるとは言わないわ。」

「お母さんの言うことは、僕には難しすぎるよ。みんなわかるほど大人になっていないと思うよ。」

「私が望むことは、家族みんなが落ち着いて生活できることよ。」

「最近、父上は信者さんのお布施のおかげで、裕福になりましたね。」

「そうなのよ、そのおかげで、今は楽に生きられるわ。あなたは極貧を知らないけど、私は娘の時、すごく貧しかったのよ。善鸞が私の窮状から救い出してくれたの。私は決して、あなたのお父様のしてくれたことを忘れないわ、だから、お願い、如信、お父様を批判することを止めて。お父様は私たちを養うために精一杯のことをしているのよ。たとえ、時には、変に思えても、お父様の教えに従って。」

「お母さん、心配しなくていいよ。僕はお父様に何も言わないよ。僕も家族の平和を壊したくないよ。でも、一年に一度、京都で行われる、おじいさんの、親鸞主催の法然上人の報恩講に行かせてください。」

「わかったわ。お父様にそのことを話して、あなたの旅行代を出してもらえるようにするわ。」

一方、善鸞は守護・地頭におだてられ、自分が人々の魂の救済者だと思うようになった。守護・地頭に忠実になったお返しに、約束どおり、彼らは善鸞に多くの布施をした。善鸞はすぐに大金持ちになった。

いつも、性信坊は密告や悪口に神経をとがらせていた。善鸞が関東地方に広めている教えが良いものかを親鸞に確かめるように言うために、彼はすぐに、京都に行った。そこで、性信坊は、ぶしつけに善鸞を批判し始め、親鸞の教えと違った教えをしていることを親鸞に気づかせようとした。親鸞は黙って聞いていたが、性信坊の言うことに同意してないように見えた。そして、仲裁に入るかどうかよく考えておくと性信坊に約束した。

しかし、「まず初めに、善鸞の言い分を聞いてみたい。」と、言った。それから、「善鸞に『もし、京都に来る時間がないのなら、手紙で何故、本来の念仏の教えをゆがめるのが有効だと判断したのか書いてよこしなさい』と、父が言っていたと伝えてください。」と、性信坊に頼んだ。

建長七年（一二五五）、善鸞は親鸞に長い手紙を送った。その手紙の親鸞の返事は、

「慈信（善鸞）、手紙を書きましたので送ります。信願坊が『人間はもともと悪いから悪いことを考えるのを好む。だから、人が悪いことをしたりバカなことを言っても良い。』と言ったとありますが、私は信願坊がそんなことを言ったとは信じられません。私の方も落ち度があるのかもしれませんが、私は悪いことを好むことは良いとは彼に言っていません。こんな間違ったことを広めた人々のうわさが念仏者の状態を悪くさせないことを願っています。間違ったことを言う人々は自分だけどうにもなればいい。しかし、念仏者の邪魔はしないでほしい。私があなたに言いたかったことはこのことです。父より」

関東地方に広がる善鸞の影響

善鸞の寺には毎日、忠太郎の信者たちや常陸や下野など遠方の弟子たちが、この有名な説教者の話を聞きにやって来るようになった。雄弁な説教で、善鸞は人々の心を揺さぶった。

「私が言うことは、父、親鸞聖人の教えの忠実な再現です。父はあなた方に念仏を出来るだけ多

く唱えるように勧めています。そこにこそ、真の救いの道があるのです。」と、断言した。この説教は忠太郎の所に通っていた信者たちに大きな影響を与え、大部分の信者が忠太郎のもとを離れて善鸞の信者になった。

哲学的な深さや文脈は親鸞の教えのままであるが、農民や支配階級の人々に、もっと浸透しやすくするため、伝統的な行を取り入れ、考え方もいくらか変えた。

善鸞の説教によって、関東地方の親鸞の信者は動揺した。親鸞の教えを曲げて解釈したため、悪いうわさが流れ、ついにそのうわさが親鸞の耳に届いた。性信坊、入信坊、真仏なども、善鸞の変心を伝えるために、親鸞に手紙を書いた。

「善鸞は説教で、『これまでの念仏は意味がない、そのほかの親鸞の教えは良い。』と、言いました。その結果、忠太郎のほとんどの信者は（九十人）忠太郎のもとを離れ、善鸞の弟子になりました。もっとも驚いたことは、忠太郎がそのことで気分を悪くしていないことです。それどころか、忠太郎は善鸞の言い分に納得しているのです。」

建長七年九月二十七日、善鸞は二回目の手紙と五貫の大量の銀を父に送った。善鸞はその手紙に「鎌倉幕府が関東地方で何度も念仏を禁止させたがっている、親鸞の弟子たちは、私、善鸞の進歩的な教えに従い、かつての父上の説教と少し違った説教をしている。善鸞がよくよく考え抜いたことは、指導者層の利害に反するため、この念仏の普及をいつも警戒している上流階級に好まれるように、念仏を政治の現実に合わせなければならない」と書き、さらに、「領主たちは念仏の信者に悪行を改め、昔からの信仰に改宗するように求めている。阿弥陀仏の教えに不満な彼らの気持ちを和らげるために、指導者層に組した教えをしなければならない。」と、説明し、「自分の新しい教えは親鸞の教えより指導者層に受け入れやすいから良い、その結果、指導者層は善鸞のもとに集まるようになった。農民たちが支配階級に反抗しない新しい教えに指導者層が善鸞に感謝して、多くの布施が寄せられた。こうして、五貫という多量の銀を父上、親鸞に送ることができた。この額は当時、父上が関東で信者たちから受けていた額、寺の運営費としてかかる二貫に比べると断然多い。」と、書いてきた。

この手紙を読んだ親鸞は、関東での息子の立場が少しわかってきた、が、親鸞は、善鸞の説教は、自分が息子に教えたいつもの念仏から完全に逸脱していることには、まだ、全く気づいていなかった。そして、親鸞は、関東の自分の弟子たちや信者たちの善鸞に対する批判より、息子の言葉の方を信頼したかった。

親鸞はすぐに善鸞に返事をしたためた。

「九月二十七日のお手紙よく読みました。銀五貫を確かに受け取りました。志をありがとう。このお金で屋根を直します。田舎の人びととの間違った解釈に私は閉口しています。彼らは私の教えたことより昔からの慣習に染まってしまっているのです。根気よく教え続けなさい。田舎の人々は支配者層に反感を抱いているのですか？　我々を隔てるこの状態に困惑しています。私は何回も手紙で念仏は困ったものでないと説明しました。しかし、長年続けてきた古来の信仰に背くことは彼らには難しいのでしょう。九十人以上の忠太郎の下に通っていた信者が忠太郎を捨てて、お前の信者になったこと、どんな理由でそんなことになったのですか？　お前の成功を羨んで大げさに言っていると思いたい。念仏の信心がきまっていないのである。お前の手紙に真仏坊、性信坊、入信坊がお前に忠実でないと批判しているが、彼らを恨んではいけない、みんな、それぞれの考えがある。厳しく他人をさばいてはいけない。よく、反省しなさい。私にも落ち度があるのかもしれない。聖覚の『唯心抄』や隆寛の『後世物語』『二河の譬喩』などを書いて、みんなに読ませたのに、残念なことである。みんな無駄な努力になってしまった。おまえがどのように説教したか知らない。想像も及ばない。後悔でつぶれそうだ。真実を話してほしい。あなかしこ、あなかしこ。十一月九日」

この手紙は善鸞の自惚れに火をつけた。善鸞は完全に変わってしまった。彼は羽を広げ、自分を持ち上げ、自分を待ち望まれた救世主だと思い込んだ。以前は単純でお人よしであった人物の中で、理解しがたい混乱が起こった。どうしてこんな醜い変身がおこったのだろうか？　善鸞は阿弥陀仏の十八願は、すたれた理論でしおれた花のようだと主張するようになったのだ。

ある日、善鸞は壬生の婦人に手紙で、

「住民に悪い行為をさせなさいと自分（慈信）に勧めたのは、継母の恵信です。そして、悪事を犯した常陸の念仏者たちを、鎌倉幕府に訴えるように命じたのは親鸞です。」と、わけのわからないことを書いた。さらに善鸞は、性信坊、入信坊、真仏を訴えた。真仏は高田の領主だったので、地方の領主たちが中に入って、とりなしたので裁判を免れた。幕府は性信坊と入信坊を国家侵害罪として牢獄にぶち込んだ。入信坊は牢屋で重病になったので、裁判に出頭したのは性信坊だけであった。訴訟は二年かかった。真仏は弟子の円空を親鸞のもとに遣わし、この劇的な事件の真実を報告させた。

親鸞はこの壬生の婦人に西の洞院で会いたいと言った。彼女は善鸞の手紙を携えて来た。親鸞はその手紙を読んで、非常に悲しくなった。数日後、今度は、高田の寺の弟子、円空が西の洞院にやってきた。三十代の初めと思われる若いがっちりした体格の青年は、善鸞と関東の弟子たちとの争いの全容を詳細に親鸞に説明した。親鸞は善鸞の奇妙な行為を認めなければならなくなった。

自分の息子は道理を完全に失い、気がおかしくなったと思った、

円空は、親鸞が関東で起ったことで疲れ果て健康を害したことを心配して、西の洞院にとどまった。親鸞は鹿島に住む真条坊からの手紙を受け取った。

手紙には、「善鸞が鎌倉幕府と京都、六波羅探題にしかけた訴訟のため、関東地方の念仏者は抑圧を受けている。善鸞は性信坊、入信坊、真仏を、日本の神々を軽蔑し不遜な悪い行為をしているという理由で奉行所に訴えた、しかし、実際、そういうことはなく、無実の罪である。善鸞の訴えで幕府は鹿島の真宗門徒に、念仏禁止令を出せるようになった。鹿島で念仏者として生きることは非常に厳しくなった。私はどうしたらいいのだろう?」と記してあった。

この手紙を読んで、親鸞は少し絶望した。

建長七年十二月十日の夜、八十三歳になる親鸞は西の洞院で、円空の読んでくれる経典を聞いていた。ろうそくの火のともる書斎で、座布団にすわって二人だけの平和な時を過ごしていた。残りの家族、覚信尼と二人の子供たちは寺を囲む廊下の近くの部屋でぐっすり眠りこんでいた。

突然、二人は「火事だ！　火事だ！　外に出ろ！　早く、早く！」という叫び声を聞いた。何事だと、親鸞と円空はすぐに外に飛び出した。二人は火が家族が眠っている館になめるようにして広がっているのを見て、家の中に駆け込んで、覚信尼と子供たちを起こした。親鸞が大声で叫んだ。

「早く、早く！　門の外にすぐ出ろ！　着替えをするな！　何も持つな！　時間がない、すぐにしろ！」

円空は親鸞の末の孫娘を背負い、上の娘の手をにぎる覚信尼を、猛火が広がる通りから離れたところへ、引っ張って行った。親鸞は勇敢にも、館に燃え広がる火の中、すばやく、教行信証の全原稿、法然の著書『選択本願念仏集』、法然の説教を書いたもの、三部経典などを胸にしっかりと抱いて猛火を脱出した。炎は親鸞にかからなかった。

猛火から完全に逃れた時、親鸞が「これから、弟の尋有のいる善法院に避難しよう。この寺は快適とは言わないが、とりあえず、私たちはここで十分だ。」と、言った。

火事場の近くの住民みんなが、すぐ集まり、少し離れた井戸で水をくみ消火にあたった。鐘を鳴らして火事を知らせる者もいた。親鸞一家と円空は群衆をかきわけて、三条富小路の奥にある善法院に向かった。

十二月十五日、親鸞は真仏に手紙を書いた。

「五日前、近くに火災が発生して、私の寺の一部が焼けました。あなたが遣わしてくれた円空のおかげで、家族は無事に少し離れた私の弟の寺に避難が出来ました。ここにしばらくおります。法然上人の主な書き物と私の書いたもの全てを持ち出せました。この困難の中、円空が本当に良くしてくれました。彼がいてくれて、どんなに助かったことか、ありがとうございます。今日、彼は高田寺に帰ります。着いたら、彼から火事の詳しいことを聞いてください。」

康元一年（一二五六）一月九日、善鸞を厳しく批判する手紙を真浄坊が親鸞に送った。親鸞はその返事を書いた。この事件に相当動揺したことが文面に現れている。

「善鸞が起こした訴訟で、念仏のためにその土地に居づらくなったと、書いてありました。本当に心苦しいことです。しかし、要するに、その土地の縁がつきたことなのでしょう。念仏が妨げられたということは、嘆くことではありません。念仏を止めようとする人はどうにでもなればいいのです。念仏を称える人が困ることは何もありません。他の人びとを縁として念仏を広めようと思うことは、決してあってはなりません。その土地に念仏が広まることも、仏や天のお計らいによるものです。

慈信坊がいろいろ申したことで、いろいろあったことは伺っております。ともかくも困ったことです。とにかく、仏天のお計らいに任せてください。その地の縁が尽きましたなら、どこにでもお移りなさるようにお計らいください。慈信坊が申すように、これからは他の人を強縁として、念仏を広めよ、などということ、私は断じて申したことがありません。大変間違っています。この世の習いで、念仏を妨げることは、昔、お釈迦様の時にもありましたから、別に驚くことではありません。慈信が申すことを、私の意見だと思わないでください。お耳に聞き入れないでください。ひどい間違ったことも言っているようです、浅ましいことです。入信坊が気の毒です。鎌倉の牢屋に長く留まっているのでしょう。かわいそうです。今、病に伏せているとか、そのようになるのも当然なことです。私の力が及びませんでした。

奥郡の人々が慈信坊にだまされて、信心がみんな浮かれてしまったこと、かえすがえすも、哀れで悲しいことです。私も人々をだましたように言われるのは、つくづく情けないです。このことは、日頃の人々の信心が定まっていないことが露見したのです。かえすがえすもなさけない。詮ずる所、人々の信心が真でなかったことがわかったので、かえって良いことなのでしょう。日頃、書き送った手紙やいろいろの書物、『唯信抄』も無駄だったようです。みんな慈信坊の言うことに従い、優れた書物を捨ててしまったとのこと、本当に情けないことです。よく、『唯信抄』や『後世物語』などをご覧ください。長年、信心が厚いと言っていた人々の言ったことは、みんな嘘だったのということ、全く情けない。又おたよりします。」

一二五六年五月二十九日、親鸞は善鸞に手紙を書いた。

「善鸞へ。最近、お前の噂しか聞こえてこない。私は哀愍房とかいう人物にまだ会ったことがない。一度も手紙を送ったことないし、むこうから手紙をもらったこともない。その人は親鸞から手紙をもらったなどと言いふらしているようだが、とんでもないことである。さらに、おまえの説く念仏の事やお前の行動に私が同意していると、お前は言いふらしていると聞いている。その結果、常陸や下野の人々は、私がかつて彼らに話したことは、全くうそだったと、思っているとか。私はお前をもう信用しない。お前との親子関係を断ちきる。なぜ、お前は実の母親の恵信のことを継母と言って、お前をだまして悪い道に進ませた張本人が恵信だなんて作り話をしたのか？

この悲しむべきでたらめなことを、地方のいたるところの信者たちに広めたことは重大な過失だ。壬生の女房からみんな聞いたぞ。そんなことをして恥ずかしいと思わないのか？　おまけに、お前は鎌倉幕府や京都の朝廷にうその数々を並べ立て、訴訟にもちこんだとか。どういう理由があるのか知らないが、そんなことをすべきでない。お前の未来の生活にとっても重要な過失だ。さらに、お前は浄土についてうそを作り出し、常陸や下野の念仏の信者をだました、阿弥陀仏の十八願をしおれた花だなどと言って十八願を捨てさせた。これは仏体に血を流させた五逆罪にあたいする。私はお前のために祈る。残念だが私たちはもう親子でない、もうお前を息子と思わないし私はお前の父でない。聖なる仏と教団と仏法の前で親子関係を断ちきったことを誓った。」

親鸞と性信坊との往復書簡

康元一年（一二五六）五月二十九日、親鸞は性信坊に手紙を送った。

「お手紙よく読みました。慈信（善鸞）の説教のため、常陸や下野の人びとの念仏は長年私が教えたものと、全く変わってしまったと、聞いております。かえすがえす情けなく浅ましいと思います。長年、往生は決まったと言っていた人びとが、慈信と同じようにうそを言っていたことに長い間気付かず、信頼していたことが本当に情けなく思います。しかし、往生の信心ということは、一念も疑うことのないことを往生一定というのです。光明寺の和尚が信の有り方を教えておられるように、真の信を定めた後は、弥陀や釈迦のような仏が空に満ちて、その仏たちが釈迦の教えや弥陀の本願はうそだと仰せになっても、一念の疑いも弥陀の誓願に持ってはいけないと長年、申しているのを忘れたのでしょう？

常陸や下野の念仏者が、みんな心が浮かれてしまって、慈信ぐらいの人の言うことを信じてしまったようです。あれほど確かな証文を力を尽くして沢山書いて送ったのに、それらをすべて、捨ててしまったということ、申す言葉もないほど情けないです。

まず、慈信のさまざまな教えを、私、親鸞はその名前も聞いたことがありません。まして教えられたこともありません、ましてや、慈信に秘かに私が教えたことは断じてありません。夜も昼も慈信一人だけに、秘かに教えたことなどありません。もし、慈信にそのようなことをしながら、私が隠しているならば、三界の諸天、善神、四海の竜神八部、閻魔王界の神祇冥道の罰をみんな親鸞の身に被らせるがよいでしょう。

これより後、慈信のことを子供だと思いません。父と子の関係を断ち切ります。法門の事だけでなく、世間のことも、空々しいうそを限りなく言い広めています。特に、その法門を聞いてみると、想像もできないでたらめなことです。親鸞には聞いたことも習ったこともないことです。つくづく、あきれるばかりで、情けないです。

哀愍房とかいう人物にまだ会ったこともなく、一度も手紙をしたことないし、むこうから手紙をもらったこともありません。親鸞から手紙をもらったなどといいふらしているようだが、とんでもないことです。唯信抄のことを書いたのも浅ましく思われます。火で燃やしてください。本当につらいことです。この手紙を人びとにみせてください。　親鸞」

性信坊の裁判

康元一年五月、性信坊は幕府の法廷に出頭した、そこで裁判官の前で事実を雄弁に語った。

「親鸞の教えは、神々も阿弥陀仏以外の仏もないがしろにしていませんし、悪いことをそそのかすようなこともしていません。世法に反したり道徳を無視したりするのは本当の念仏の信者ではありません。親鸞の念仏の信者だと言いながら、反社会的行動をする人々を、あなたがたが指弾するのは良いでしょう。私たち、本当の念仏の信者も、彼らを批判し救われない人びとだと思っています。ですから、領主や地主が本願ぼこりの人々を取り締まろうとするのは当然だと思われます、しかし、領主や地主は、自分たちの特権が失われることを恐れてするので、あまり効果がありません。親鸞も本願ぼこりの人々を厳しく罰することは良いことだと申しています。

私たち、念仏の真の信者が、獅子の体に巣食う虫のような人たちの犠牲になって、地獄の苦しみを味わうのはうれしくありません。私どもは彼らと違います、私たちこそ本願ぼこりの人々の犠牲者なのです。伝統のある我々の念仏の普及は、社会秩序を乱すことをしない、むしろ反対に我々の意図は国家を守ることです。親鸞はいつも信者を集めて、政治の違いを尊重しなさいと申しています。我々は阿弥陀仏の光明と信心を、仏からうけましたので、人々を静かに悟りと浄土に導ける力をいただきました。我々の念仏が社会の平和を乱すというような噂がありますが、それはなんの根拠もありません。親鸞の息子、善鸞は領主や地主を味方にして、念仏の信者を訴訟に持ち込みました。それらはみんな本願ぼこりの人々の悪行を利用して、自分たちの特権、個人的な利益を守るためです。まことしやかな理由をつけて、善鸞は地方の領主と共謀して作った陰謀の結果、我々、真の信者は追放されたり、島流しにされました。彼らはあらゆる手段を駆使して、阿弥陀仏が我々に伝えてくださった光の真理がひろがるのを妨害しようとしているのです。」

わいろなどとは全く関係ない誠実な性信坊は、時には法廷中に響くような、よく通る声で、格調高い言葉で雄弁に語ったので、判決を下すことを躊躇していた幕府の気持ちを変えさせた。この弁護者によって明らかになったことを検証するのにまだ時間がかかるので、審判は延期された。この事件に公平な裁判を心掛けていた幕府は、性信坊の指摘した国家転覆をはかった関東地方の念仏の門徒集団の行いの実態を詳細に調べはじめた。裁判は二年近く続いた。

当時、比叡山の天台宗の唱える念仏を評価していた政治の実力者は多くいた。たとえば、北条時頼将軍と北条泰時将軍は、天台宗の寺、善光寺に土地を寄進するなどした。時頼将軍は康元一年、禅僧、蘭渓道隆の指導の下で禅僧になった。時頼は死ぬとき、南無阿弥陀仏と念仏を唱えながら座禅の姿勢で没した。このように、天台の念仏は評価されていたが、親鸞の念仏は評価されなかった。

幕府が調査をしている間、善鸞と領主や地頭たちは親鸞の信者を迫害し始めた。次第に関東地方の念仏者の信心は善鸞の新宗派のために、ぐらつき始めた。親鸞の弟子の多くは、親鸞に反する善鸞の仲間の起こした訴訟に、不快感を抱いた。親鸞の弟子は西の洞院に数百通の手紙をおくり、この若い世代と年長者の二世代間の戦いに、親鸞が仲裁に入るように求めた。

性信坊は親鸞に手紙で六月一日から七月九日まで行われた訴訟の詳細を知らせた。奉行所には大勢のひとが詰めかけ、外にも人垣ができ、多くの人が裁判の様子を見守った。裁判の様子は、人から人へすばやく伝えられた。親鸞は康元一年七月の性信坊の最後の手紙に返事をした。

「性信坊様、六月一日のお手紙をよく読みました。鎌倉の訴訟の様子が詳しく説明されていました。あなたの弁護は正しく誠実で現実に即したものでした。長いこと、私は幕府があなたに立ちはだかり、あなたの言うことを聞こうとしないのではないかと心配していました。しかし、何も咎めを受けずに、無事にお帰りになったことを知って安心し、本当にうれしく思いました。この訴訟はあなただけの問題でなく、往生を願う全ての念仏信者の問題です。こういった訴訟はすでに過去にもありました。法然上人が御存命中も、このような攻撃を受けたことを覚えています。残念なことに、こういう状態は今にはじまったことではありません。気を落とさないでください、念仏信者たちの起こした反社会的行動の責任はあなたにあると、善鸞が奉行所の役人に言った非難は、性信坊一人のものでなく、我々教団全てのお沙汰であります。

しかし、なによりも、こんな訴訟を起こした善鸞の大きなまちがいです。昔、私が島流しになった時も、天皇みずから念仏禁止令を出されました。まったく変なことです。しかし、念仏の信者の数はかえって、特に田舎で二倍に増えました。お手紙の様子では、あなたが支配者の前でなされた陳述は、よく考え抜かれたものでした。我々におこったお沙汰を、見事に防いでくれたあなたの明晰さと誠実さからも、あなたは師に値する人物であるとわかります。我々の唱える念仏は我が身のためだけでなく、朝廷の人々のため、領主や守護地頭のため、特に国民全体のためです。浄土往生を願う信者は、我が身のためと国民全体のために念仏するのが良いのです。阿弥陀仏により往生が決定したと思う人は、仏のご恩を感謝して、ますますお念仏を唱えるように。そして、世の中が平和であるように、仏法が広まるように願ってください。今度のことであなたに深く感謝します。　親鸞　七月九日」

性信坊は危ないところだったが、ついに法廷を買収をしたという疑いも晴れ、裁判に勝った。親鸞は再び、性信坊に感謝を伝える手紙を送った。現在でも、当時の親鸞と性信坊との三通の往復書簡が残っている。

「性信坊へ　あなたはようやく、全ての疑いを晴らして、京都からお国にお帰りなさいました。なんてうれしいことでしょう！　これからは、罰せられる心配なしに念仏を唱えられます、これからは念仏がよく広まるでしょう、喜ばしいことです。あなたは重要な役割を立派に果たしました。念仏に心をいれて常に称えて、念仏をそしる人々のこの世と後の世までのことを祈ってあげてください。

あなたがたにとって念仏に代わるものがありません。曲がった世の人びとのことを祈り、弥陀の御誓いの中に入れと念ずれば、仏のご恩に報いることになるでしょう。よくよく心を入れて、念仏を称えてください。法然上人の報恩講、二十五日のお念仏の会も、つまるところ、このような邪見な者を助けるために称える念仏が良いのですから、よくよく、念仏をして念仏をそしる人も助かれと思いながら念仏してください。　康元一年八月、親鸞より」

ようやく、親鸞に静かな生活が戻ってきた。嵐はやんだ。善鸞と断絶してから、困ったことは起こらなかった。性信坊は親鸞と善鸞の間の仲介役を務め、二人の内面生活を互いに尊重し踏み入らないようにさせた。親鸞は従来の念仏を少しも変えることなく布教続けた。

一方、善鸞には、自分のたてた新宗教の信者がこの地方で多くなり、改宗した信者が、しょっちゅう善鸞の寺に集まるようになった。

関東地方の武蔵野国の念仏の信者二人が、京都にいる親鸞を訪問した。二人は性信坊が浄土の教えを寺院や道場や草堂で昼も夜も教えて、関東地方の念仏の普及に大活躍をしているのを伝えた。

「今度は、親鸞から仕事を任せられた性信坊が、関東の念仏の伝道者になった。」と、伝えた。

この報告に喜んだ親鸞は性信坊に又、手紙を書いた。

「性信坊へ

しむの入道と正念坊が私の家に尋ねてきてくれました。二人はあなたのお勧めで念仏を毎日何回も称えはじめたと私に言いました。とてもうれしく思います。阿弥陀仏の誓願、釈迦仏のお言葉、十方の諸仏の賞賛が念仏は真理であることを証明しています。信心は変わらないと思いながらも、実際は、いろいろ変わっているのが嘆かわしいと思います。訴訟など念仏のため、いろいろありましたが、もう安心だと二人から聞きました。とてもうれしく思っています。命がありましたら、又、お便りをします。　康元一年九月七日、親鸞より」

善鸞は裁判に負けて、非常に悔しがった。それからしばらくして受け取った親鸞の親子関係断絶の手紙がさらに彼を偏屈者にした。不愉快になり恨みのような気持から、自分の教理だけが良いと断言するようになった。十八願によって打ち立てられた親鸞の勧める念仏を執拗に否定した。次第に、支離滅裂で物質的な風紀の退廃した説教をするようになった。修験道のように密教的になり、念仏を唱えながら神々をあがめなければならないと教えたりした。時々、精神異常者に近い奇妙な行動をとるようになり、多くの信者を当惑させた。

首に親鸞の直筆の名号の書いた紙をぶら下げ、たえず、念仏を唱え、馬上にいても南無阿弥陀仏、南無阿弥陀仏と唱えていた。善鸞は立川流という、一種の性崇拝の宗教集団の元祖だともいわれる。立川流の深淵な行とは、浴びるように肉を食べたり酒を飲んだりし、さらに、男女の性的合一によって、今生で仏になるのであると、この宗教集団は主張した。

こうして、善鸞は崇拝する三百人ぐらいの信者に囲まれ、大徳という名を与えられた。彼は家族に囲まれ裕福に暮らし、八十歳で没した。

善鸞の息子の如信は親鸞の所に戻り、弟子になった。親鸞の亡くなる直前に本願寺第二世になった。

訴訟や息子との断絶、関東地方の信者たちの信心の動揺など、これら全てが原因になって、親鸞は健康を害した。親鸞は病に倒れた。この知らせはすぐに地方に伝わった。関東に住む弟子の顕智坊と蓮位坊が心配して、病人の寝ている家の近くにある善法院に駆けつけ泊まり、そこから親鸞を支えた。二人は親鸞に全ての著作を書き写す許可を求めた。

顕智坊と蓮位坊の滞在中、二人はこんな会話を交わした。蓮位坊が顕智坊に聞いた。

「親鸞聖人のことどう思っていますか?」

「私は阿弥陀仏の化身だと思っています。」と、顕智坊が答えると蓮位坊の顔に当惑した表情が見えた。蓮位坊はすぐ返事をしないで、考え込んでいた。しばらくして、言った。

「私はまだわからないのです。私も時にはそう思いますが、疑うときもあるのです。」

顕智坊はゆっくりと茶を味わいながら言った。

「親鸞様が聖人かどうかの真相は、亡くなるまで待たなければならないでしょう。」

数日後、蓮位坊は不思議な夢を見た。それは、聖徳太子が親鸞にお辞儀をして「私は大慈悲心の阿弥陀仏に敬意を表します。親鸞聖人はこの五逆罪を犯す人の多い末法の世に、仏の妙なる教えをひろめるためにこの世に来られました。この方こそ、人を悟りと往生の道に導くことが出来ます。」と、夢の中で言ったのである。

死ぬときに奇瑞が現れるのでないかと、想像していた弟子の期待に反して、親鸞は健康を回復した。元気になった親鸞は直弟子を集めて告げた。

「若いとき、私は禁欲を勧める比叡山の狭い門に入りました。その後、法然上人の教えのおかげで、阿弥陀仏の勧める大道に入りました。法然上人は勢至菩薩の化身です。いつも、その教えに従わなければなりません。その教えでは、肉を食べることも、異性と性的関係を結ぶことも、許されます。こういう人生を生きる、これからの人びとにふさわしい教えです。勢至菩薩と観音菩薩は私に、未来の衆生を導くために、凡夫の人生を歩むように命じました。

私はこの菩薩たちの命令を受け入れ忠実に従いました。勢至、観音の二菩薩の目的はこの世の衆生を決して見捨てない事です。その目的は私の目的でもあります。私が今言ったことを、みなさんもよく考えてください。全ての凡夫が救われることを知ってください、しかしそのためには、阿弥陀仏の誓願を心から頼みにしなければなりません。」

第五章　終章

老いても情熱的に働く親鸞

親鸞は八十五歳になった。こんな高齢は当時としては珍しい。年齢を重ねた結果、知恵に磨きがかかった。毎夜、手書きで著述をしたり、名号を筆で書いたり、讃歌を作って日を送っていた。日を追って、体の自由が利かなくなり老いの自覚が増した。しかし、残された時間を使って、これから生きる世代の人びとのために作品を残しておこうと思った。視力をほとんど失い、記憶力も落ち、関節症のため、手は痛み、ほとんど使えなかった。

息子、善鸞を断絶したこと、長年、関東地方で行われた念仏者への弾圧、自らの流刑、繰り返し出された念仏禁止令、多くの信者たちが弥陀の本願から離れたこと、近隣を襲った火事、そして、今は老いの身のつらさなど、彼の生涯に起きたあらゆる不幸にもかかわらず、親鸞の気力は落ちなかった。まだ少し残された、この困難な老年期を自分の作品を完成させるために費やした。

八十五歳（正嘉一年〈一二五七〉）になった親鸞の仕事を列挙してみる。

一月、法然上人の説教集「西方指南書」の編集、同時に『唯信鈔文意』を書き上げて、顕智坊と真正坊に原稿をわたし、浄土真宗の全ての信者に見せるように頼んだ。

二月、「西方指南書」を弟子に書き写させた。次に『一念多念文意』を書いた。同月『浄土高僧和讃』を書く。

一二五七年、夜中、親鸞はお告げを聞いた。

「お告げは私に言った。阿弥陀仏の本願を信じなさい。阿弥陀仏は本願を信じる人びとを救い、決して捨てない。阿弥陀仏の本願を信じる功徳によって、往生極楽の大利益を受ける。」

次に和讃『愚禿悲嘆述懐』を書く。

「浄土真宗に帰命するけれども、真実の心はありません、虚仮不実のわが身で、清浄の心は、さらにありません。

外側は賢善精進を装いますが、心の中は、むさぼり、怒り、よこしまな思い、偽善でいっぱいです。

悪性はさらに止まらなく、心はへびやさそりのようです。

善を修めても雑毒なので、虚仮の行と名付けます。

罪障を恥じることも、悔い改めることもしないこの身で、誠の心はありませんが、阿弥陀仏が下さったみ名なので、み名の功徳は十方の世界に満ちています。

ほんのわずかな慈悲心も無い、命ある身の利益を思わない、こんな私に、如来の願で出来た舟がなかったなら、苦しい人生の海をどうやってわたっていけばいいのでしょう。

へびやさそりのように邪悪の心なので、自力で善を修めることは出来ません。

如来の修めた善行の回向を頼まなければ、この身は恥じることもなく悔い改めることもなく終わってしまうでしょう。

この世の僧も凡人もみんな、うわっつらは仏教者とふるまいますが、心の中は外道を信じています。これが五濁の増した末法の世になった証拠です。」

三月、親鸞は『浄土三経往生文類』と『如来二種回向文』を執筆した。

五月、『上宮太子恩記』を書いた。

六月、『浄土文類聚鈔』を手書きした。

八月、『一念多念證文』を不自由な手で書き、次に『唯信鈔文意』を執筆した。

十月、親鸞は性信坊と真仏に手紙で、阿弥陀の誓願を思い、釈迦仏に祈ることを決して忘れないようにと書いて、金光明経を示した。

「金光明経の寿量品は、阿弥陀如来が人間としてこの世におられた時、息災延命のために説かれたみ法です。

比叡山の伝教大師は国土と人民を憐んで、七難消滅の呪文には南無阿弥陀仏と、唱えなさい、と、仰せられた。

一切の優れた功徳のある南無阿弥陀仏の名号を唱えれば、過去、現在、未来の三世にわたる重い障をみんな、かならず軽くさせる。

南無阿弥陀仏を唱えれば、この世の利益ははてしなく、流転輪廻の原因である罪（業障）が消えて、若死にすることなく天寿を全うする。

南無阿弥陀仏を唱えれば、梵王や帝釈天から敬われ、諸天の善神がみんな夜も昼も念仏の行者を守る。

南無阿弥陀仏を唱えれば、四天王が夜も昼も守り、あらゆる悪鬼を近づけさせない。

南無阿弥陀仏を唱えれば、大地の神は尊敬し、影のように行者を常に守る。

南無阿弥陀仏を唱えれば、多くの竜神が尊敬し、夜昼常に守る。

南無阿弥陀仏を唱えれば、閻魔王が尊敬し、冥界の神がみな共に、夜も昼も常に守る。

南無阿弥陀仏を唱えれば、他化天の大王が釈迦仏のみ前に「守ります」と誓う。

天の神、地の神はみんな善鬼神と名付けられるが、これらの善神がみんな念仏する人を守る。

願力不思議の信心は、大菩提心なので、天や地にいっぱいいる悪鬼神がみんな念仏者を恐れる。

南無阿弥陀仏と称えれば、観音、勢至の菩薩は無数の他の菩薩と、影のごとく信者の身にそう。

無碍光仏の光には、無数の阿弥陀仏の化身がいて、みんな真実信心を守る。

南無阿弥陀仏と称えれば、十方無量の諸仏は、百重千重になって念仏者を取り囲み喜んで守る。」

当時としては珍しいほどの長寿である親鸞は八十六歳になった。法然上人の説教を集めた『西方指南書』を編集し終わった。

四月五日、夜、親鸞は顕智坊を西の洞院の自宅に呼んで、数日間にわたって、浄土真宗の奥義を伝授した。

九月二十四日、親鸞は『正像末法和賛』を書き上げた。

十二月に、『獲得信心集』を著述した。

同月、善法院で顕智坊を高田専修寺の住職に任命した。これは今年三月真仏坊が亡くなられたので、その後継にしたのである。十二月、親鸞は再び顕智坊を善法院に呼び、「自然法爾《ほうに》」を口授し書き写させた。

「じねん（自然）とは、自はおのずからと言い、行者の計らいではない。然とは『しからしめる』という言葉である。『しからしめる』は、行者の計らいではなく、如来の誓いであるがゆえに『法爾』という。阿弥陀仏のご誓願は、もともと行者の計らいでなくて、南無阿弥陀仏と唱えて、阿弥陀仏に頼む者を迎えようと、仏がはからわれたのである。行者としては、良くも悪くも思わないのを、自然（じねん）と言うと、私は聞いている。阿弥陀仏は無上仏（最高の仏）になると誓われたのである。無上仏は、形もない。形がないゆえに自然（じねん）というのである。形があるときは、無上涅槃《ねはん》とはいわない。形のないということを示そうとして、阿弥陀仏と、申すのだと、私は聞き習っている。

阿弥陀仏というのは自然（じねん）の有様を知らせようとしたのである。この道理を心得た後は、この自然（じねん）のことを、あれこれ思い計るべきでない。

あれこれ思い計るのなら、義なきを義とするということが、又、義があることになるであろう、これは仏智の不思議であるのである。愚禿親鸞、八十六歳」

八十九歳になった親鸞は専空坊に三十通の手紙を口述させた。親鸞は亡くなるまでに、計九十二通の手紙を関東地方の弟子たちに送った。

だんだんと体が弱くなった。息子の善鸞のことを思うたびに、胸が締め付けられるような苦しみに襲われ、それを乗り越えることは出来なかった。息子との断絶が胸に深くこたえるほど苦しみ、その悲しみは誰にもわかるほど顔に出ていた。親鸞は弟子や信者たちに阿弥陀仏の化身だと敬われたが、彼は普通の人間であり、全ての親のように子供のことを心配する一介の父であるとしか自分のことを思っていなかった。親鸞は全く謙虚な人であった。

十月十日、親鸞は、息子、印信の妻から手紙を受け取った。この嫁は親鸞の孫娘、今御前の母である。この手紙を読んだ親鸞はさらなる苦しみに突き落とされた。

手紙には「最初の妻、玉日との子、印信が長年にわたる栄養不足で重病になり、家族は極貧状態である。」と、書いてあった。以下、手紙の内容を要約する。

「玉日の兄の浄念坊は、下総に来るように言ってくださいました。浄念坊は適当な仕事が見つからなかった印信を支え、私ども一家に経済援助をしてくれていました。しかし、浄念坊は念仏を公に唱えたために逮捕されました。そのため、もう、援助が期待できなくなりました。下総に来た当時は、浄念坊の保護者で裕福な百姓、長五郎様が、私どもの面倒をよくみてくださいました。

しかし、浄念坊が逮捕されてからは、長五郎様も念仏の信者に近づき過ぎる危険人物として幕府からにらまれ、当てに出来なくなりました。一家はもう、この地方で当てに出来る人がいなくなりました。土地を持っていないため、耕作が出来ません。夫の印信（別名、即生坊）は、父、親鸞に援助を申し出ることを望みませんが、こんな状態が続けば、一家全員が飢え死にしてしまいます。そのため、この手紙を、夫の承諾なしに書きました。どうか、この手紙を送ったことを内緒にしてください。そうしないと、夫に怒られてしまいますから。」

この手紙を読んだ親鸞は悲しみのあまり気がなえてしまった。続く不幸に対してこれまでにない無力感を味わった。親鸞は嫁に返事と常陸の弟子たちに手紙を書いた。しかし、よほど混乱したのか、筆跡は乱れ少し支離滅裂な文章であった。

「ご返事　常陸のみなさんにこの手紙をみせなさい。少しも変わっていません。この手紙が一番良いのですから、この手紙を同じ心の念仏者に見せるのです。あなかしこ　あなかしこ　親鸞」

「常陸のみなさまに、この、今御前の母は頼るところがなく、私が所領を持っていれば譲ってあげたいところだけど、それもかなわない事なので、常陸の信者さんたちで情けをかけていただけたらと願っています。どうか、この嫁からの手紙を読んでいただきたい。即生坊も生活する術がないので、申し聞かせることもできません。体が思うように動けないので情けないとは、このことです。即生坊からは何にも言ってきません。ただ、常陸の人々だけが頼りです。

どうかこの家族を憐れんでいただきたい。この手紙でみなさんが一致団結していただけると思っています。あなかしこ　あなかしこ　善信（親鸞）」

この二通の手紙は遺書になった。

最期の時

十一月二十三日以後、親鸞は床に着いたままであった。家族への心配が重すぎて、もはや立ち上がれなくなった。末娘の覚信尼が昼も夜も洗面や食事など世話をした。親鸞はもう食欲がなくなっていた。覚信尼は母親の恵信（当時、八十一歳）に手紙を書いて親鸞の重病を知らせた。又、兄弟姉妹にも知らせた。恵信がこの知らせを受け取った時は、彼女も病の床にいたため京都に行くことは出来なかった。親鸞の三番目の息子、有房、（別名、益丘入道）が見舞いに行った。かろうじて親鸞はこの末っ子がわかった。二人は世間話をしなかった。親鸞は念仏を絶え間なく唱えていた。

初期からの弟子、西念坊は京都を訪れていた。彼は、この機会に親鸞の見舞いに行こうと思った。しかし、もはや会えない程、親鸞の体が弱っていることを知らされ、非常に悲しんだ。親鸞はその気持ちに応えて、病床で書を書き簡単な手紙を添えて、覚信尼に頼んで西念坊に渡させた。

「疲れがひどくてお会いできません。もはやこの世ではお会いできないでしょう。お気持ちに感謝して書をかきました。私の遺品として、これを差し上げます。」

「超世の悲願を聞いたので、我ら生死の凡夫は、罪障の穢れは変わらないが、心は浄土に遊ぶなり。南無阿弥陀仏」

この書は今も、国宝として、西念寺に保存されている。

親鸞は意識がはっきりしたとき和讃を作った、それを弟子に口述させた。

「(私を) 恋しければ南無阿弥陀仏と唱えなさい。私もその六字の中におります。南無阿弥陀仏」

数日間は、回復の兆しがみられた。みんな希望を抱いた、しかし、この希望は、はかなく消え去った。すぐに、再び昏睡状態になった。

十一月二十七日、親鸞は自分の往生が近くなったと悟った。

十一月二十八日、数人の弟子が親鸞の床に集まった。親鸞は苦しみの中で、力を振り絞って弟子たちに言った。

「なにか質問があったら、早く聞きなさい。」

弟子たちは何も返事をしなかった、ひざまずきながら泣き始めた。親鸞はあえぎながら言った。

「私はまもなく浄土の岸に着きます。目をとじたら、私の遺骸を鴨川に投げ捨て、魚のえさにしなさい。」

親鸞は再び念仏を繰り返した後、家族と弟子に囲まれ、弘長二年 (一二六二)、九十歳で善法院にて永遠の眠りについた。顕智坊は枕元に座り、最期の瞬間まで親鸞の手を握り続けた。

終

参考文献・引用一覧

観経四帖疏（巻末部分より）善導作
法然上人全集「法然上人御夢想記」より（平楽寺書店）
法然上人全集「浄土五祖伝」より
法然上人全集「観無量壽経釈」より
法然上人全集「選択本願念仏集」より
愚管抄、慈円作
法然上人全集「九条兼実の問に答ふる書」より
聖典 浄土真宗「教行信証」より（明治書院）
日本の思想、親鸞集「恵信尼文書」より（筑摩書房）
日本の思想、親鸞集「親鸞上人御消息集」より
日本の思想、親鸞集「古写書簡・慈信坊義絶書」より

プロフィール

飛鳥涼子（あすか・りょうこ）

青山学院大学フランス文学科卒（一期生）。

日本の古典仏教書をフランスで翻訳出版することを志し、約20年間、二児を育てながら仏教と仏語を家庭で独学する。

1993年「日本仏教古典集、第一巻、Vers la Terre Pure（浄土に向かって）」をアルマタン社（本社、パリ）より出版。

日本の昔の知恵をヨーロッパに紹介するため、1997年に飛鳥研究所を設立。以後、「往生要集」、「さんしょう太夫」、貝原益軒の「養生訓」、「聖徳太子伝暦」、「十七条憲法」、白隠和尚の「夜船閑話」等、20冊以上の翻訳書を日本古典仏教全集として、アルマタン社から出版する。

2012年、フランス人オカンテ・ヤン氏と共著、第八巻「小説道元」を出版、好評を受ける。各巻ともフランス、ベルギー、スイスなどの新聞雑誌などで好批評をいただく。

小説 愚禿親鸞

2016年5月26日　第1刷発行

著　者　飛鳥涼子
発行人　大杉　剛
発行所　株式会社 風詠社
〒553-0001　大阪市福島区海老江5-2-7
ニュー野田阪神ビル4階
Tel 06（6136）8657　http://fueisha.com/
発売元　株式会社 星雲社
〒112-0012 東京都文京区大塚3-21-10
Tel 03（3947）1021
印刷・製本　シナノ印刷株式会社

ISBN978-4-434-21902-3 C0093